走进
平和

绿色柚都 文化名县

福建省炎黄文化研究会 编
福建省作家协会

海峡出版发行集团 | 海峡书局
THE STRAITS PUBLISHING & DIBLISHING GROUP

**图书在版编目（CIP）数据**

走进平和：绿色柚都 文化名县 / 福建省炎黄文化
研究会, 福建省作家协会编. -- 福州：海峡书局,
2012.8

ISBN 978-7-80691-758-9

Ⅰ.①走… Ⅱ.①福… ②福… Ⅲ.①中国文学 – 当
代文学 – 作品综合集 Ⅳ.①I217.1

中国版本图书馆CIP数据核字（2012）第173218号


责任编辑：陈月生

装帧设计：卢　清　郑必新

封面照片：

彩页照片：由中共平和县委宣传部提供

走进平和

**绿色柚都　文化名县**

编　　者：福建省炎黄文化研究会　福建省作家协会

出版发行：海峡书局

地　　址：福州市东水路76号出版中心12层

网　　址：www.hcsy.net.cn

邮　　编：350001

印　　刷：福州凯达印务有限公司

开　　本：787毫米×1092毫米　1/16

印　　张：17

字　　数：280千字

版　　次：2012年8月第1版

印　　次：2012年8月第1次印刷

印　　数：6000册

书　　号：ISBN 978-7-80691-758-9


定　　价：38.00元

平和县城一瞥

第七届中国(平和)蜜柚节暨琯溪蜜柚博览交易会开幕式

县城新貌

林语堂故居

林语堂文学馆展厅一隅

平和县小溪镇龙艺闹元宵

红军三平会师纪念馆

崎岭乡"桥上书屋"（获世界"阿迦汗"建筑奖、列世界八大环保建筑之首）

闽南绝技"结彩楼"

"南澳一号"出水的大量克拉克瓷

国家级白芽奇兰茶生产标准化示范基地崎岭乡彭溪村

柚香季节

坂仔镇蕉乡人家

中国琯溪蜜柚交易中心

三平古寺

三平祖师颂典仪式

全国重点文物保护单位——绳武楼

全国重点文物保护单位——庄上大楼

中国历史文化名镇——九峰镇

秀峰乡太极村

走水尪

崎岭乡天湖堂盛事

大溪镇风光

灵通山"珠帘化雨"胜景

林语堂故里——西溪风光

灵通山风光

闽南第一高峰大芹山茗峰仙境

# 平和县交通示意图

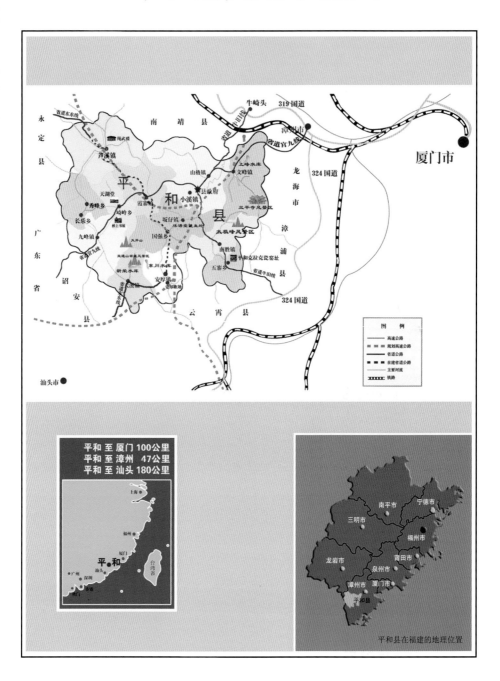

绿色柚都 文化名县

平和至厦门100公里
平和至漳州47公里
平和至汕头180公里

平和县在福建的地理位置

# 前　言

　　平和地处漳州西南部，位于九龙江上游、博平岭山脉的南段。因漳州地区的6条主要河流有5条发源于这里，故有"五江之源"之称。平和气候温润、物产丰饶，水果种植面积和总产量均居全省第一位。琯溪蜜柚更是创下全国柚类品牌、种植面积、产量、产值、市场份额、出口量6个第一，被认定为"中国驰名商标"、"中国品牌农产品"和欧盟十大地理标志保护产品之一，产品畅销欧盟等海内外市场。而白芽奇兰茶已经成为全省五大名茶之一。平和县先后被命名为"中国琯溪蜜柚之乡"、"中国坂仔香蕉之乡"和"中国白芽奇兰茶之乡"，并被农业部定为国家级生态示范区。

　　平和人杰地灵，"两脚踏东西文化，一心评宇宙文章"的世界文化大师林语堂就诞生在平和坂仔镇并在这里度过童年，台湾海峡两岸知名人士张克辉、林毅夫、江丙坤的祖籍地也在平和。境内的三平寺有着千年历史，是闽南佛教圣地，在海内外影响深远。省级地质公园灵通山以"雄、奇、险、峻"闻名遐迩。平和保存着476座明清时期的土楼，国家级文物保护单位庄上土楼为国内现存最大土楼，绳武楼则以建筑精美著称于世。平和是克拉克瓷的故乡，见证了400多年前中外经济文化交流的一段重要历史。

　　平和还是原中央苏区县。1928年3月，"平和暴动"打响反对国民党反动统治、建立红色政权的"八闽第一枪"，朱德、邓子恢、张鼎丞等老一辈无产阶级革命家都曾在这块土地上战斗过。1934年10月，中央工农红军在第五次反"围剿"失败后，被迫转入二万五千里长征。留在苏区坚持武装斗争的红军第九团从闽西永定出发历尽千辛万险于1935年7月在平和三平寺和红军独立三团胜利会师，威震闽西南，写下了红军革命史上的重要一页。

而今，平和正在全力打造特色农业强县、文化旅游名县、生态工贸大县。建设四个重要基地：漳州重要制造业基地、全省重要生态农产品生产加工基地、闽南重要生态文化旅游基地和闽粤重要商贸基地。"一区三镇"工业走廊渐显格局，"三纵两横"高速路网正在形成，县城规模不断扩大，品味持续提升。

本书为走进海西大型纪实文学丛书的第27本，共收入32篇各种题材的文章，根据题材分为4辑：《五江源头》《蜜柚之乡》《语堂故里》《三平圣境》。通过作家们的深入采访和精心写作，展现在世人面前的是一个生态平和、活力平和、文化平和、幸福平和。

500多年前，明代著名思想家、军事家王阳明奏请设立平和县，当然，他是从强化封建统治需要而向朝廷提出来的。但他也许没有想到，因为这个非凡的建议，会新生一片山水文化荟萃之地，柚花飘香，茶果葱茏，书声绕耳，百业兴盛。这位明代思想家孜孜以求的平和之境、幸福之境，正在今天平和人民的手中逐步得到实现。

编　者

2012年7月

# 目 录

## 语堂故里

## 三平圣境

# 五江源头

# 平和县：科学发展 跨越赶超

## ——中共平和县委书记沈金水访谈

### 黄荣才

平和县设立于明正德十三年（1518 年），地处漳州西南部，与闽粤两省八县相连，东连龙海、漳浦县，西邻广东大埔、饶平县，南靠云霄、诏安县，北接永定、南靖县，为省重点侨乡和台胞祖籍地之一。全县现有人口57.8 万，面积2334 平方公里，辖16 个乡镇（场）和1 个省级工业园区。红色土地、绿色柚都、文化之城、生态平和正全力打造特色农业强县、文化旅游名县、生态工贸大县。对平和县今后一段时期的发展方向和着力点，笔者采访了中共平和县委书记沈金水。

## 底蕴深厚 韵味平和

问：平和县作为由明朝最为著名的思想家、哲学家、文学家、军事家王阳明奏请设立的县份，至今已有近500 年的历史，您能否对平和县做个简单介绍？

沈金水：平和县钟灵毓秀、人杰地灵，有"红色平和、文化平和、生态平和、活力平和"之美誉。

——"红色平和"。平和是原中央苏区县，福建省4 个老区重点县之一。1928 年3 月，平和九峰人朱积垒领导的"平和暴动"打响了反对国民党反动统治的"八闽第一枪"，拉开了福建农民武装夺取政权第一幕。朱德、邓子恢、张鼎丞、谭震林、彭冲等老一辈无产阶级革命家都曾战斗在这块红色土地上，拥有红三团、红九团三平会师纪念馆，朱德纪念馆，闽南特委根据地等革命遗址，革命文物众多。平和暴动总指挥部旧址、红三团与红九团会师旧址入选漳州市十大革命遗址。

——"文化平和"。平和人杰地灵。明代著名音乐理论家李文察，天地会创始人万五道宗，清代台湾"阿里山忠王"吴凤，"平和过台湾三代公卿"林文察、林朝栋、林祖密，世界文化大师林语堂，"中国现代油画拓荒者之一"周碧初，都是平和人。台湾海峡两岸知名人士张克辉、林毅夫、江丙坤，其祖籍地也都在平和。平和文化厚重。国家4A级风景区三平寺有着千年历史，是闽南佛教圣地，每年接待游客60多万人次；国家级地质公园资格单位、省级地质公园灵通山被称为"闽南第一山"，以"雄、奇、险、峻"闻名，尤其是高321米的世界"第一天然大佛头像"——灵通大佛和"珠帘化雨"胜景更是令人叫绝，目前正争创国家级风景名胜区；拥有3个国家级、9个省级重点文物保护单位，13个省级涉台文物保护单位，476座明清时期的土楼，1个省级农业旅游示范点。林语堂文化品牌日益响亮，平和克拉克瓷闻名世界，九峰镇被评为"中国历史文化名镇"，桥上书屋荣获"阿迦汗"建筑奖，小溪镇被评为"中国民间文化艺术（龙艺）之乡"。国家级重点文物保护单位庄上土楼被称为世界最大的土楼，绳武楼是世界最精美的土楼。南胜太极峰、福塘太极村、霞寨榜眼府、霞寨石晶宫、崎岭天湖堂等都极具旅游开发前景，平和县被列为省旅游综合改革试点（示范）县和新兴旅游县。

——"生态平和"。平和山清水秀，有5条河流发源于此，素有"五江之源"之称（九龙江西溪、广东韩江、漳浦鹿溪、云霄漳江、诏安东溪），全县森林覆盖率71.4%。平和物产丰富，拥有琯溪蜜柚、坂仔香蕉、白芽奇兰茶、山格蔬菜、青枣五大绿色品牌，农业产业化走在全省前列，先后被命名为"中国琯溪蜜柚之乡"、"中国坂仔香蕉之乡"、"中国白芽奇兰茶之乡"，全县水果种植面积 100 万亩，总产量 100 多万吨，居全省第一位、全国第六位。琯溪蜜柚种植面积 65 万亩（占全国柚类面积的 1/4），产量 120 万吨，产值 28 亿元，年出口 13 万吨以上，创下全国柚类品牌、种植面积、产量、产值、市场份额、出口量六个第一，被认定为"中国驰名商标"、"中国名牌农产品"、欧盟十大地理标志保护产品之一，证明商标在 17 个国家和地区成功注册，产品畅销海内外市场，平和被誉为"世界柚乡，中国柚都"。白芽奇兰茶是全省五大名茶之一，产量 1 万吨，涉茶产值 14 亿元，平和成为全省十大产茶县之一。平和县被定为第七批国家级生态示范区，是 2011 年县域经济发展十佳县。

——"活力平和"。平和县全力打造全市重要制造业基地、全省重要生态农产品生产加工基地、闽南重要生态文化旅游基地、闽粤重要商贸基地等 4 个基地，重点培育机械制造、食品加工、光电制造、新型建材四大主导产业，"一区三镇"工业走廊渐成格局。基础设施不断完善，构筑"三纵两横"路网。全县共有公路 275 条，通车里程 1596 公里，居漳州市首位。官九线（平和段）、九大线公路改建工程建成通车，西部大通道形成，建成正兴大道，打通又一条出县通道，大县城框架基本形成；大力推进省道东东线（平和段）、沈海高速复线公路（平和段）、特殊县道西蝉至龙厦铁路南靖货运集散中心二级公路建设。全县城镇化程度 31.3%，县城城区面积 5.3 平方公里，实施 20 多条市政道路等市政建设项目，建成一批精品楼盘，县城规模不断扩大，品味持续提升，活力平和逐渐显现，幸福平和强势打造。

## 蓄势发展　提升平和

问：中共平和县第十二次代表大会在 2011 年 7 月召开，您能否就此次党代会上确定的平和今后发展方向做个介绍？

沈金水：今后 5 年，平和县发展的总体要求是：加快工业发展、提升农业水平、做强商贸流通、做大文化旅游、统筹城乡建设、促进社会和谐。发展定位是：强化工业园区集聚功能，培育全市重要制造业基地；强化农业资源优势功能，建设全省重要生态农产品生产加工基地；强化人文自然特色功能，打造闽南重要生态文化旅游基地；强化区域流通辐射功能，构建闽粤重要商贸基地。以"四个基地"建设，支撑海峡西岸生态工贸县又好又快发展。发展目标是：地区生产总值年均递增 14%；工业总产值年均递增 31%，规模工业总产值年均递增 35%；农业总产值年均递增 4.5%；财政收入、地方级财政收入年均递增 23%；全社会固定资产投资年均递增 25%；社会消费品零售总额年均递增 14%；城镇化率达到 40%；城镇居民人均可支配收入年均递增 9%；农民人均纯收入年均递增 8%；人口自然增长率控制在 7.2‰以内。

在 2011 年 9 月召开的漳州市第十次党代会上，市委给平和县的指导性意见是全力打造特色农业强县、文化旅游名县、生态工贸大县，其定位体现了平和的区位特点、资源优势、产业基础和发展特色，与平和县"十二五"规划中提出的发展目标不谋而合。这一定位，明确了平和在漳州发展大局中的作用与分工，为平和确定了个性化的发展路径，战略目标更加明确。平和将按照这个定位科学发展，跨越赶超。

# 全面推进　发展平和

## 以强县为目标，实现工业经济新突破

问：平和工业发展相对薄弱，针对现状，在这方面有什么考虑？

沈金水：我们将正视工业发展"短腿"的现状，举全县之力主攻工业，扩规模、增总量、提质量，着力在 3 个层面壮大。

——壮大特色产业集群。充分利用平和县产业基础和区位特点，主动对接融入海西城市群产业分工，以产业集聚为方向，以品牌创建为抓手，支持优势产业优化发展，加快重点产业跨越发展，鼓励新兴产业突破发展，构筑具有平和特色、富有竞争力的新型工业结构体系。特别是要着力形成以机械制造、食品加工、光电电子、新型环保建材等四大支柱产业为主导的新型工业发展格局。至 2016 年，拥有产值超亿元的工业企业 26 家以上，新引办投资超亿元的工业项目 30 个以上，新增高新技术企业 10 家，实现上市企业零的突破。

——壮大工业承载平台。推进"一区多园"战略实施，整合"一区三镇"工业资源，采用政府主导、市场化运作的方式，引入多元化投资，完善水、电、路、通讯等配套基础设施，提高项目承载能力，使园区成为产业聚集的主阵地，园区规模达到 10 平方公里以上。规划建设安厚工业发展集中区、南胜食品加工园区。进一步明确各园区的产业和功能定位，完善"飞地工业"发展机制，主动承接发达地区产业转移，筛选入园项目，增强产业的集聚度和关联度，逐步提高入园项目的投资强度和土地利用率。

——壮大龙头骨干企业。集中力量扶持现有骨干企业发展，通过引导企业盘活存量、扩大增量、延长链条等途径，扩张企业规模，增强企业实力，形成经济规模大、核心竞争力强的企业集团，带动主导行业和相关产业快速发展。加大对成长型、科技型、创新型中小企业的支持，形成合理的梯队结构。着力解决企业融资、用地、市场等问题。加强信息反馈、产业指导、营销策略、政策咨询等方面的服务。

### 以富民为核心，推动农业水平新提升

问：平和县作为农业大县，定位的第一条，就是"特色农业强县"，您能否介绍一下，平和县将如何提升农业水平？

沈金水：平和县将围绕增加农民收入，按照高产、优质、高效、生态、安全的要求，着力推进现代农业提效，加快推进农业发展方式转变，建设具有平和特色、对接国内外市场的外向型现代农业。

——推进农业产业化发展。丰富农业发展思路，坚持以工业的理念谋划农业，以商贸的眼光看待农业，着力发展设施农业、精致农业、观光农业，跳出农业找项目，跳出蜜柚抓产业。以建设绿色农产品生产、加工、出口基地为龙头，提升柚、茶、蕉、菜四大特色品牌，抓好基地建设，培育龙头企业，提高产业附加值，开发特色产品，努力把优势产业做出特色，把特色产业做出规模，辐射带动农民增收致富。发挥优势，做强、做优、做精蜜柚产业。面对琯溪蜜柚公共品牌价值28亿元的优势，加大农业品牌的宣传、塑造和保护。发挥琯溪蜜柚发展局、琯溪蜜柚协会、琯溪蜜柚出口同业公会、专业合作社的作用，进一步优化区域布局，强化蜜柚示范基地、出口基地建设，以中国琯溪蜜柚交易中心、南海、国农等营销企业为引领，实践和探索"农超对接"、"农改超"和"农加超"等多种模式，积极多方拓展境内外市场，构建农产品现代营销网络；把农业作

为工业的第一车间，大力扶持依托蜜柚资源的食品加工业，提升深加工水平，尽早形成企业集群，延伸产业链；以65万亩蜜柚园为依托，开展赏柚花、采柚果等不同活动方式，完善示范点，引领发展观光农业，拓展观光果园的内涵和功能；利用锦溪蜜柚园的道路优势，推进已经签约的漳州市首个休闲山地越野露营基地项目建设，拓展产业面。后发赶超，强势推进白芽奇兰茶产业发展。在现有10万亩的基础上，适当扩张，有序改造，形成规模；在已注册茶叶类商标200多枚和白芽奇兰茶公共品牌价值16.28亿元的基础上，有效整合，集散为整，推进白芽奇兰茶申报"中国驰名商标"工作。突出白芽奇兰茶的文化底蕴，借林语堂和中国女排指定用茶的影响力，梳理脉络，强化特色，增加分量，提升平和白芽奇兰茶的市场知名度和占有率，拓展延伸销售网络。充分利用平和县拥有10枚地理标志，成为全国地理标志第一县以及琯溪蜜柚已经成为"中国驰名商标"等契机，进一步规范农业品牌商标的管理，提升品牌影响力和竞争力。把"西部农业提升工程"放在更加突出的位置，持续壮大西部产业基础，有效拓宽农民增收渠道，加快构筑西部特色板块，推进养鸡、养牛生态养殖模式，壮大林竹、水产、食用菌、花卉潜力产业。大力实施农产品无公害生产，发展生态农业、绿色农业、低碳农业。

——推进农业社会化服务。建立农机服务体系，推广蜜柚园索道、蜜柚洗果机等高效、实用农业机械。加强乡村农业服务站（点）建设，提高农业科技服务的质量和水平。深入实施农业"五新"推广示范工程，加快农业科技创新。加强农业标准体系建设和农产品质量监测，依托蜜柚专业合作社，加强农药使用安全监管，建立农产品可追溯制度，提高产品的质量和档次。加强特色优势农产品生产过程和市场准入等环节的监测管理，增强农产品的市场竞争力。鼓励和引导农民发展各类专业合作经济组织，提高农业组织化程度。落实支农惠农政策，打击坑农害农行为，保护农民合法利益。

### 以城镇为依托，推进城乡一体新发展

问：现在乡村群众向城镇流动的数量越来越多，城乡一体化是发展的趋势，您认为平和县在推进城乡一体化过程中将如何发力？

沈金水：平和县将坚持城乡统筹这条主线，以文化旅游、商贸流通、城镇建设为抓手，促进城乡互动与融合，带动城乡一体化水平的提升。

——提高城镇建设水平。着力形成以县城为中心、各镇区为骨干、中心村为基础，产业布局分工有序、基础设施配套衔接、资源优化配置的三级城镇体系。加快推进"大县城"建设，推进小溪、山格、坂仔"大县城"规划建设，加快山格镇融入大县城开发建设，扩大城区规模。加快西环路等道路网络建设，不断延伸城镇交通主骨架，拓展发展空间，加快"九路十楼一网一园一中心"建设。推进县城牛头溪两岸开发建设和绿水工程建设，高标准配套县城基础设施，完善城区功能，提升县城品位，打造宜居县城。突出规划设计，把产业发展作为着力点，凸显个性特色，高起点高水平编制城乡空间发展战略规划、修建性详细规划，以及城乡综合交通、园林绿化、水利水系等一批专项规划，"挂图作战"，把规划引领作用发挥好。落实"五禁五限"，加强水资源、土地、森林等自然资源的生态保护，推进"绿色平和"建设，加快生态县建设。突出抓好村镇建设，统筹安排城乡基础设施建设，推动基本公共服务设施向农村延伸，提高城镇综合承载力；结合"三旧改造"、"造福工程"、地质灾害点治理，引导农民向城镇、中心村和非农产业转移，提升土地利用效率，调整优化城镇空间布局，增强城镇聚合力；

继续开展城乡环境卫生和村容整洁行动，实施绿化、亮化、净化和美化工程，改善群众的生活环境，加强节能减排工作。大力推广实施"果—沼—牧"生态种养模式，建设一批无公害食品、绿色食品和有机食品生产基地。到2015年，省级以上环境优美乡镇和生态村分别达到75%和35%。

——加快文化旅游开发。以打造文化旅游名县为目标，以生态、人文为基础，全力做好旅游综合开发这篇文章，提升平和文化软实力。按照"打品牌、上水平、出效益"的要求，展示平和文化旅游资源，规划平和文化旅游方向，发展平和文化旅游经济，突出平和文化旅游亮点，形成完整的产业链条。编制《平和县旅游产业发展总体规划》，打造五大特色游：即以三平寺为龙头，争创5A级旅游区，发展宗教朝圣游；以灵通山为重点，加快国家级风景名胜区和4A级旅游区申报进程，推进太极峰、大芹山、天堂山等旅游景区开发，打造自然风光游；以林语堂为品牌，发挥九峰中国历史文化名镇、大溪庄上土楼、芦溪绳武楼等历史人文优势，提升人文景观游；整合"平和暴动"纪念馆、三平红军会师纪念馆、积垒村等资源，开辟红色瞻仰游；配套建设龙潭山庄、小西天生态园、名峰山有机茶基地等景点，完善农业观光游。强势推进林语堂文博园、三平祖师文化园、克拉克瓷创意园等项目建设，加快德健大酒店、林语堂文博园温泉酒店等高档宾馆建设。借势林语堂文化品牌打造、周碧初文化广场建设、克拉克瓷"海上丝绸之路"申遗、灵通山创建国家地质公园等，梳理平和历史文化脉络，挖掘平和文化底蕴，多层次、多形式展示，加大宣传力度，做浓文化旅游发展氛围，提升发展后劲。完善文化旅游服务设施，培育旅游人才，深度开发旅游商品，拓展文化旅游产业。

——做大商贸流通产业。有计划、有步骤地推进商贸流通业发展，不断活跃内外贸易业务，培育经济新增长点。立足与闽粤两省八县接壤的优势，依托沈海高速复线、古武高速出口和省道、县道网络，培育各种专业市场和物流中心，基本形成基础设施完善、服务功能齐全、网络布点合理的市场，打造闽粤重要的商贸流通基地。以"体现特色、形成规模"为目标，培育壮大蜜柚、香蕉、茶叶、蔬菜、农资等主市场，规划建设大型物流集散中心。支持流通大户、龙头企业在全国各地建立绿色食品、特色产品专卖商店和专卖市场，通过农超对接等形式，争取更多的产品进入大型超市。以"万村千乡"市场建设为突破口，挖掘农村消费潜力，积极发展农村连锁经营。到2015年，引办投建上亿元的"农"字头大市场2—3个，引进5000万元以上商贸物流项目3—5个。以加快现代服务业发展为重点，提升商业、餐饮、住宿等传统服务业，壮大休闲健身、物业管理、社区服务、技能培训等新兴服务业，发展信息、保险、法律、咨询等中介服务业，促进服务业发展提速、形态提升、贡献提高。

### 以项目为抓手，带动发展后劲新增强

问：经济的崛起、社会的进步必须有产业的强力支撑，产业的振兴、民生的改善必须有项目的持续拉动。产业和项目是经济社会建设中相辅相成、密不可分的两个重要抓手。平和县如何看待项目的生成和发展？

沈金水：平和县将牢固树立项目意识，坚持大上项目，上大项目，以项目带动投资，以投资促进发展，加快推进新型工业化、农业现代化、新型城镇化和发展生态化进程。

——挖掘内外项目资源。用足用活用好中央、省、市对原中央苏区县倾斜扶持政策，积极争取和组织实施民生和社会事业、农业农村、科技创新、生态环保、资源节约等领域的扩大内需、国家预算内项目。打破区域和所有制界限，放宽市场准

入条件，落实和完善鼓励社会投资的各项政策措施，引导支持民间资本进入基础产业、基础设施、市政公用事业、社会事业、金融服务等领域。通过扩大投资来增加就业、改善民生、保障需求。以打好"五大战役"为载体，有力有序推进项目建设；以深化"两帮活动"为载体，扶优扶强龙头骨干企业；以深化"民生工程"为载体，加大加强民生改善力度。

——加大招商引资力度。坚持走内源型与外源型相结合的发展路子，既引导本土的民营企业通过自我积累滚动发展，又加快引入一些外资或外地民营企业落户我县。只有源源不断地生成项目、引进资金，才能形成持续滚动发展的态势和能力。坚持"走出去、请进来"的招商战略，继续推行节会招商、亲情招商、以商招商等招商措施，借助"9·8"投洽会和"11·18"海峡两岸花博会、蜜柚节等平台载体，进一步完善招商引资责任制，成立招商局，充实招商队伍，调整全县干部招商心态，提高招商能力，努力实现招商引资工作新突破。注重招引"大项目"，引进关联度大、辐射带动力强的产业龙头项目，支持优势产业优化发展、集聚发展。注重招引"好项目"，把项目投资强度、环境保护、吸纳就业、产品品牌和税费贡献作为重要指标。突出抓好民资"回归工程"，吸引和鼓励平和籍在外乡贤回乡创业，尽快形成一批民营企业群体，培育一批特色产业。牢固树立"企业盈利，我们发展"的理念，优化招商环境，实行外商投资"首问负责制"和项目全程代理帮办制，从项目考察、签约、落户、建设、投产全过程包揽服务。

——加快交通能源建设。快速推进沈海高速、古武高速、省道东东线、西蝉至龙厦铁路南靖货运集散中心二级公路等重大交通基础设施建设，把平和县建设成为拓通闽西南、连接闽粤赣、对接海岸线的大通道。加快农村公路"上衔下延"建设，继续完善农村路网。完成220千伏北塘变电站、110千伏九峰配套、110千伏黄井变电站Ⅱ期、Ⅲ期及山格、安厚、霞寨等110千伏变电站等一批输变电设施建设，实施新一轮农网改造，提高电网供电能力、供电质量和电能利用效率。规划建设五寨风电场，鼓励开发地热能、沼气能、太阳能、生物能等能源。

### 以改革为动力，创造体制机制新优势

问：改革创新是发展的基础和动力，平和县在这方面有什么举措？

沈金水：平和县坚持把改革作为推进发展的强大动力，加快建立有利于经济结构调整、增长方式转变的体制机制。

——深化行政管理体制改革。健全科学决策、民主决策、依法决策机制，推进政务公开，加强行政问责，完善政府绩效评估制度。认真履行政府"经济调节、市场监管、社会管理、公共服务"的职能，加强对产业发展的引导，减少政府直接干预企业生产经营管理的行为。

——深化财税管理体制改革。建立健全财权和事权相协调的财政管理体制。规范政府投资行为，调整政府资金的投向。科学合理地划分县、乡镇政府的财权、事权。改革和完善税收制度，防范地方财政风险。

——深化社会事业体制改革。稳妥推进科技、教育、文化、卫生、体育等事业单位分类改革。培育扶持和依法管理社会组织，支持、引导其参与社会管理和服务。改革基本公共服务提供方式，引入竞争机制，扩大购买服务，实现提供主体和提供方式多元化。推进非基本公共服务市场化改革，增强多层次供给能力，满足群众多样化需求。

### 以和谐为取向，促进民生事业新改善

问：民生问题是社会的焦点，也是体现执政为民理念的落

脚点之一，平和县如何推进民生事业的发展？

沈金水：平和县坚持"民生优先"的原则，着力解决制约发展和影响民生的问题，落实兑现各项惠民利民政策，推进为民办实事项目建设，紧紧围绕生态、文化、教育、医疗、保障、收入、和谐等七大领域的民生事业发展，加强社会管理，协调各方利益，激发社会活力，营造生动、活泼、安定、和谐的社会环境。深入开展群众性精神文明创建活动，广泛开展志愿服务，提升公民道德素养，提升城乡文明程度。加强科技普及推广，加快信息化建设，促进科技成果转化，提高科技贡献率。推动文化与经济互动融合。加快文博中心建设，丰富群众文化生活，提高全民健身水平。

——推进社会管理创新。深化"平安平和"建设，建立大综治、大调解平台，完善社会治安防控体系，加强社会治安综合治理，依法严厉打击各类违法犯罪活动。健全应急处置机制，完善防灾减灾体系，增强群众的安全感。稳定低生育水平，巩固计划生育"三类先进县"成果，力争达到全省二类先进水平。

——提升公共服务水平。深化教育体制改革，优化教育资源配置，继续推进校安工程建设，加快公办幼儿园建设，逐步缩小城乡教育差距，推动各类教育均衡发展，推动平和一中一级达标校创建。深化医疗卫生体制改革，健全公共卫生和城乡医疗服务体系，加快医疗设施建设，加强城镇居民医保和新农合工作。健全公共卫生事件预警监测体系和应急调查处置机制。广泛开展爱国卫生运动，继续殡葬改革，加快建设殡仪馆、公墓和乡镇福寿堂。加快推进覆盖城乡居民的社会保障体系建设，发展社会福利、社会救济、优抚安置和社会慈善事业，建立可靠、稳定的社会救助网络。切实维护妇女、儿童权益，关心老龄人生活，配套完善残疾人综合服务设施。

总之，中共平和县委将团结带领全县人民，按照县第十二次党代会确定的目标任务，开拓创新、锐意进取，扎实开展各项工作，推动平和科学发展、跨越发展。

# 建设又富又美的幸福平和

## ——访平和县人民政府县长黄劲武

林丽红

2003 年，刚过而立之年的黄劲武来到平和县任职，至今有近十年时间。在这期间，他从县委常委、宣传部长到县委常委、常务副县长，到 2011 年底正式当选为平和县人民政府县长。他的足迹几乎踏遍平和的山山水水。对于平和，他甚至比许多地道的平和人还要熟悉。

"千年古刹三平寺，广恩普济祖师公。万世巨佛灵通山，慈悲为怀观世音。文化大师林语堂，油画先驱周碧初。两岸交流江丙坤，世界银行林毅夫。阿里山神吴凤情，雾峰林氏闽台缘。大众爷庙戚继光，分杯设县王阳明。庄上土楼天地会，克拉克瓷国宝窑。九峰古镇城隍庙，闽粤聚奎太极村。桥上书屋天湖堂，石晶滴泉榜眼府。地质奇观冰臼群，侯山宫前小西天。闽南最高大芹山，养生休闲太极峰。百里蕉海藏薰南，西溪泛舟闻柚香。绳武楼里品奇兰，森林人家沐温泉。八闽革命第一枪，中国柚都苏区县。"这是黄劲武所著《平和之美》的诗句。如同中国许多地方政府官员一样，黄劲武已经在奋斗和奉献中与平和这方水土建立了深厚的乡情。他说，平和不仅人杰地灵，历史文化底蕴深厚，而且有着得天独厚的生态绿色优势。在他看来，平和的山水之美、风情之美、人文之美、特色之美，都是平和发展的后劲所在。

黄劲武在代表新一届县政府班子所作的政府工作报告里提出，今后 5 年里平和县将紧紧围绕"加快工业发展、提升农业水平、做强商贸流通、做大文化旅游、统筹城乡建设、促进社会和谐"的总体要求，坚持以特色谋发展、以项目促增长、以创新求突破、以三产提实力、以生态创优势、以惠民增和谐，努力在更高起点上建设宜业宜居、又富又美的幸福平和。黄劲武说，当前要全力打好"五大战役"，全县上下"围着项目转、盯着项目干、推着项目上"，推进平和跨越发展。

## 注重生态为本　全力打造特色农业强县

一提起平和，人们不禁会说："哦，那里的柚子很好吃、很有名。"是的，连续成功举办 7 届蜜柚节已经让平和琯溪蜜柚名扬四海。平和盛产琯溪蜜柚，种植面积达 65 万亩，产量达 120 万吨，产值 28 亿元，柚类产量占全国的 1/4。在产业化发展中平和琯溪蜜柚取得了显著成效：成功注册平和县第一枚"中国驰名商标"，荣获"中国名牌农产品"等荣誉称号，成为欧盟十大地理标志保护产品之一，证明商标在 17 个国家和地区成功注册，种植面积、品牌、产量、产值、市场份额、出口量等六项全国第一，成为全国最大的柚类商品生产基地和出口生产基地，平和琯溪蜜柚综合试验站被列为"国家级柑橘产业技术综合试验站"，琯溪蜜柚出口基地被国家质检总局授予"国家级出口食品农产品质量安全示范区"称号，2012 年 4 月 1 日起正式实施的《琯溪蜜柚》国家标准更使平和琯溪蜜柚有了一本"国字号"教科书。——这些足以让平和琯溪蜜柚"称霸"整个柚类行业，成为名副其实的"世界柚乡、中国柚都"。在稳定和扩大蜜柚鲜果出口的基础上，平和县积极引导和扶持蜜柚出口产业开发深加工产品，提高出口附加值，提升产业效益。目前全县蜜柚深加工产品达 40 多种，其中蜜柚果脯产品于 2011 年首次实现出口，当年出口 300 吨、创汇 558.34 万美元。特别是 2012

年1至4月份，蜜柚果脯产品已出口（含代理出口）380多吨、创汇500多万美元，超过2011年全年的出口总量，呈快速增长势头。

平时交谈中，还有很多人会说："平和的白芽奇兰茶也很有名气。"的确，近年来，平和白芽奇兰茶先后通过省级茶树良种等审定，先后入选成为"闽台名茶"、"福建省五大名茶"，被评为福建省著名商标，被列为福建省优异种质资源首批保护对象，平和由此进入福建省十大产茶县行列。目前，全县白芽奇兰茶种植面积10万亩、年产1万吨，全县从事茶叶种植、加工的企业、农户1万多家，包括茶叶种植、加工、包装、运输、销售、广告等涉茶人员18万人，毛茶产值达到7.5亿元，涉茶产值超过14亿元。

黄县长的介绍不仅充满激情，更是充满骄傲。他说，平和县已有地理标志商标9件，为全国所有县份第一。在近期农业部开展的百个"中国著名农产品区域公用品牌"评选活动中，平和琯溪蜜柚、白芽奇兰榜上有名。其中，平和琯溪蜜柚品牌评估价值达28亿元；平和白芽奇兰品牌评估价值达16.28亿元，位居全国茶叶区域公用品牌50强之列。推进蜜柚产业发展，我们将努力实现"三四三"的目标，即：30%出口、40%深加工、30%国内销售。这里，值得一提的是平和琯溪蜜柚成功注册"中国驰名商标"后身价倍增，使果农实实在在地尝到了增收增效的甜头。今年，我们将全力推动白芽奇兰茶成为平和县的第二枚"中国驰名商标"。

平和县不仅是"中国琯溪蜜柚之乡"、"中国白芽奇兰茶之乡"，而且也是"中国坂仔香蕉之乡"。世界文化大师林语堂的家乡坂仔镇盛产的坂仔香蕉在全国香蕉类产品中最早获得"绿色食品"标志使用权。台湾香蕉专家考察坂仔之后，认为中国坂仔香蕉种植管理水平和产品质量当属东南亚各国之冠。如今，坂仔香蕉种植面积 8 万亩，年产量 17 万吨，产值 3.9 亿元，实现了产品基地化、效益规模化，成为全国最大的香蕉生产基地和集散中心。

同时，蔬菜产业也是平和县的一大农业优势。山格镇蔬菜产业基地是省菜篮子工程直控基地之一，蔬菜年复种面积达 5.3 万亩，年产蔬菜 26 万吨，产值 2.6 亿元。基地生产的无公害农产品畅销全国各大中城市。2007 年成立了山格蔬菜专业合作社，并注册"宝丰"、"山格奇珍"牌蔬菜商标。

谈起"柚、茶、蕉、菜"这四大特色品牌农业产业，黄县长如数家珍。他说，在发展特色农业方面，平和县历任党政领导班子都很重视，为今后的发展打下了坚实基础。近年来，特色农业品牌得到持续提升，全县拥有国家级农业产业化龙头企业 1 家、省级 3 家、市级 9 家，拥有中国名牌农产品 1 个、驰名商标 1 个、著名商标 8 个、知名商标 19 个。今后，平和县将立足产业化经营，扩大产业规模，延长产业链条，做强特色品牌，搞活农产品流通，建设全省重要生态农产品生产加工基地，把平和县建设成为特色农业强县。在进一步发挥山区特色农业的优势上，黄县长用了 3 个字："特、长、绿"。一是在"特"字上做好产业文章。按照规模化、集约化、标准化的要求，巩固提升柚、茶、蕉、菜四大特色品牌产业，重点抓好 22 万亩琯溪蜜柚出口基地和 10 万亩茶叶提质基地建设，推进产业优化升级。同时，实施"西部农业提升工程"，以做大白芽奇兰茶为龙头，通过"订单农业"、"公司＋基地＋农户"等模式，做大西部乡镇"烟菜花果游、茶林药畜菌"十大特色产业，形成区域特色和规模经济，促进西部农业结构调整和产业升级。二是在"长"字上做强产业链条。坚持用工业理念谋划农业，用商贸意识发展农业，培育农产品深加工龙头企业，实现农产品增值增收。加快构建农产品现代营销体系，发展现代物流、连锁经营、电子商务等现代营销业态和流通方式。采取政府引导、企业运作的办法，采取"农超对接"、"农改超"和"农加超"等多种模式，加快"农贸市场超市化"步伐，提高平和县农产品的市场占有率。三是在"绿"字上做足产业后劲。严格实施标准化生产，规范栽培技术和产品质量标准，争创"全国绿色食品原料（琯溪蜜柚）标准化生产基地"，以及一批农产品地理标志证明商标和驰名商标。加强出口基地建设，大力实施无公害生产，发展生态农业、绿色农业、低碳农业。

绿色是农业的代名词，绿色是生态的代名词，绿色是平和的代名词。在访谈中，"生态"一词被黄劲武频繁使用。看得出，他对于平和做好生态这篇文章，打好生态这张好牌十分看重，也充满信心。放眼平和，这满山遍野的绿色就是山区平和人民的"绿色银行"，发达的农业产业更是成为平和人民重要的经济来源。金山银山固然为当代平和人民带来了极大的福音，可是，能够造福平和子孙后代的却是绿水青山。与此同时，作为漳州市"五江"之源头，保护好生态资源也是平和县党政领导肩负的重要责任。

只有树立起"既要金山银山，更要绿水青山"的发展理念，坚持生态立县，才是平和未来发展的长久之计。黄劲武县长说，为此，平和县围绕建设国家级生态县的目标，按照《县委县政府关于进一步推进生态县建设的若干意见》，积极推动生态农业、林业生态系统、生物多样性保护、生态型工业、生态城镇、生态旅游、水土保持以及污染防治等生态工程建设。深入贯彻习近平副主席对水土流失治理的重要批示，增强"进则全胜，不进则退"的紧迫感和责任感，科学制定本辖区内 2012 年至 2015 年水土保持监督管理目标和水土流失治理规划，以"八个结合"（水土保持工作与生态县建设、与新农村建设、与农村扶贫开发、与现代农业生产、与西部农业提升、与村容整洁、与森林绿化、与水利项目建设相结合），统筹各方力量，使各项工作与水土保持相辅相成，相互促进；以"五禁五限"（禁种巨尾桉，限种蜜柚树；禁沿路面山矿产开采，限河沙开采；禁饮用水源周边乱种、养殖，限水电站及水库养殖；禁工业重度污染，限农业农残污染；禁九龙江流域蓄养，限养殖），做到治理与预防相结合，协调推进，保护生态环境，实现平和可持续发展。全县总面积2334平方公里，森林覆盖率71.4%，居全市前列，仅2011年就造林绿化19.4万亩，被评为"福建省造林绿化先进集体"。同时平和县还被授予"国家级生态示范区"、"全国第一批无公害农产品（种植业）生产示范基地创建县"、"全国经济林示范县"和"全国科技先进县"等称号，文峰镇、坂仔镇两个乡镇荣获"全国环境优美乡镇"称号。

## 着力转变方式 纵深推进生态工贸大县

"十一五"规划和目标任务已全面完成，2011年又实现"十二五"规划的良好开局，被评为"福建省县域经济发展十佳县"。眼前的平和面貌一新，开放的步伐也愈来愈大，实现科学发展、跨越赶超成为平和人民的新期待。

黄县长介绍说，由于平和县是传统的山老区农业县，工业基础相对薄弱，而且在地理位置上属于山区，四面环山，交通区位相对劣势，因此在发展工业的进程中可谓是历尽艰辛。近年来，平和县委、县政府大力实施"工业兴县"战略，把发展工业作为全县工作的重中之重，举全县之力推动县域经济由农业型向工业型转变。几年来，平和县工业发展已经粗具规模，平和工业园区从无到有，从小到大，不断完善"一区三镇"区域产业布局规划，推进"一区三镇"扩区升级，提升整体带动力和竞争力。如今已发展成为一个由省级工业园区——平和工业园区和文峰镇、山格镇、小溪镇 3 个工业集中区为平台的"一区三镇"工业走廊，工业总产值和工业税收保持年均两位数以上的递增，形成了机械制造、食品加工、光电电子、新型环保建材等四大支柱产业。当前，平和县又着手规划建设山格回乡创业园、安厚工业园区和南胜、坂仔食品加工产业集群，不断提升工业发展水平。

"十一五"期间，平和县工业总产值由 16.9 亿元升至 56.8 亿元，5 年累计可比价增长 302.89％，高出全市 126.77 个百分点，增幅由第 10 位上升为第 3 位；规模工业产值由 8.2 亿元升至 46.86 亿元，5 年累计可比价增长 544.69％，高出全市332.76 个百分点，增幅由第 9 位上升为第 3 位。全县规模工业企业数达 101 家，净增 58 家，规模工业产值相当于 5 年前的5.6 倍，超亿元产值企业从无到有，达到 12 家。这一组数据表明，经过负重拼搏、奋力追赶，平和县已经挺起了进位超越的脊梁，县域经济进入全新的发展时期。

黄劲武县长说，今后，平和县将继续大力实施"工业兴县"战略，立足产业基础和区位特点，加快转变经济发展方式，强化工业园区集聚功能，培育全市重要制造业基地，强化区域流通辐射功能，构建闽粤重要商贸基地，着力把平和建设成为生态工贸大县，实现经济发展增量提质。一是壮大工业优势产业。构建四大支柱产业为主导，培育产业集群。实施科技创新、质量品牌、资本运营战略，扶持企业转型升级，做强做大龙头企业。至 2016 年，拥有产值超亿元的工业企业 26 家以上，新引办投资超亿元的工业项目 30 个以上，新增高新技术企业 10 家，争取实现企业上市。二是构建商贸流通网络。对接沈海高速复线、省道东东线、官九线等大交通网络，培育壮大蜜柚、香蕉、茶叶、蔬菜和农资等专业市场，规划建设大型物流集散中心和各类市场，支持龙头企业和流通大户在全国各地建立平和绿色食品、特色产品专卖商店和专卖市场，形成基础设施完善、服务功能齐全、网络布点合理的市场新体系。今年要加快中国琯溪蜜柚交易中心（二期）、闽粤（平和）农资物流交易大市场、安厚综合市场、大溪旅游商贸街、九峰商贸市场、霞寨欧城商贸广场、南胜商贸综合楼、崎岭茶叶市场、国强富民新区、五寨东湖商厦等一批商贸市场建设，促进商品流通和农村经济活跃繁荣。三是加快建设生态县。严守产业政策和环保政策两条底线，严把工业项目引进质量关。以节能减排为重点，对工业园区进行生态化改造，大力发展生态农业。加强水资源、土地、森林等自然资源的生态保护，推进"绿色平和"建设，保持森林覆盖率居全市前列，力争2013年完成国家生态县建设。

黄劲武县长说，项目工作事关工业突破性发展全局，没有项目大突破，就不可能有工业大发展。为进一步提升项目工作的质量和水平，推动全县经济社会持续快速发展，平和县在深入开展"作风建设年"活动中，进一步拓展延伸了全省"五大战役"、全市"十大竞赛"领域，在全县范围内开展了项目建设"十项攻坚"活动。在工业发展进程中，大力实施项目带动战略，不断完善工业项目招商引资落地机制，相继出台了一系列文件，从土地、税收、收费、准入制度、资金奖励、服务环境等方面进行规范，并制定出相关优惠政策，以吸引更多的客商来平和这块热土投资创业。

黄劲武县长认为，在当今市场经济环境下，要创优环境抓项目。项目就像天上飞舞的凤凰，环境就是吸引凤凰的梧桐树，抓项目就必须抓环境，必须树立"安商、重商、亲商、富商"的理念，做好"4·9"、"6·18"、"9·8"、蜜柚节等节会招商工作，拓展招商平台。同时，注重招商选资，努力引进一批土地利用率高、税收贡献率大、技术含量高新、生态环保节能的大项目、好项目，提升引资实效。

## 挖掘人文自然　做大做强文化旅游名县

　　平和县作为福建省旅游重点县之一，全县范围内集中了山岳风光、生物景观、气候与天象、历史古迹与古建筑、民间风俗文化、革命纪念地、特色物产等多种类型的旅游资源。现有国家4A级三平风景区、省级风景区和地质公园灵通山，拥有庄上土楼、芦溪绳武楼、克拉克瓷古窑址3个国家级重点文物保护单位和国家级历史文化名镇九峰镇，以及荣获世界级"阿迦汉"建筑奖的桥上书屋、漳州唯一的武榜眼府等人文景观。曾经孕育出世界文化大师林语堂、近代油画拓荒者周碧初、清代音乐学家李文察等文化名人。平和县是400多年前就备受世人瞩目的"克拉克瓷"故乡。平和县保存有明清时期土楼近500座，有省级重点文物保护单位9个、省级涉台文物保护单位13个，以及省级农业旅游示范点1个。此外，平和龙艺蜚声海内外，平和因此被授予"中国民间文化艺术（龙艺）之乡"称号，还有"平和过台湾三代公卿"的雾峰林氏祖籍地、台湾"阿里山神"吴凤故里大溪镇壶嗣村、台湾海基会董事长江丙坤祖籍地大溪江寨村、台湾元保宫母宫心田宫等人文景观。

　　这位大学文科出身的县长有着颇为深厚的人文自然情怀。在他的政府工作报告中提出未来5年平和要发挥资源禀赋优势，发展文化旅游产业，增强发展活力，培育新经济增长点，建设文化旅游名县。他说，未来5年间，平和县将强化人文自然特色功能，打造闽南重要生态文化旅游基地，着力打造"五大特色旅游"，即以三平寺为龙头，争创5A级旅游区，发展宗教朝圣游；以灵通山为重点，加快国家级风景名胜区和4A级旅游区申报进程，推进太极峰、大芹山、天堂山等旅游景区开发，打造自然风光游；以林语堂为品牌，发挥九峰中国历史文化名镇、大溪庄上土楼、芦溪绳武楼等历史人文优势，提升人文景观游；整合"平和暴动"纪念馆、三平红军会师纪念馆、积垒村等资源，开辟红色瞻仰游；配套建设龙潭山庄、小西天生态园、茗峰山有机茶基地等景点，完善农业观光游。同时，保护、传承、利用好现有的文物资源，积极申报更高层次的文化产业示范基地，提升文化竞争力；进一步挖掘平和县丰富的文化遗产资源，发挥品牌效应，用文化引领旅游产业升级，把文化旅游与农业、城建、商贸发展相融合、同开发，建设大旅游、大文化、大产业、大市场。此外，还将着力完善文化服务设施，积极实施文化惠民工程，实现县城拥有一个文体中心、一个数字电影城，乡镇建有综合文化站和青少年校外体育活动场所，村村配有农家书屋、农民体育健身、广播村村响的文体设施体系。广泛开展群众喜闻乐见的文体活动，举办内容健康、格调高昂的民间民俗文化节，丰富群众精神文化生活。

黄县长介绍说，今年平和县在旅游工作上将着力做好以下几项工作：一是完善《平和县旅游产业发展总体规划》修编，加强旅游产品开发、宣传推介和线路整合，做大客源市场。二是推进绳武楼、庄上土楼的保护开发，打造土楼文化品牌，争取纳入世界文化遗产的拓展项目。做好平和南胜"克拉克瓷"古窑址的保护和"海丝申遗"工作。继续挖掘整理白芽奇兰茶制作工艺、龙艺传统制作等文化遗产资源，积极申报列入国家级和省、市级"非遗"名录和文保单位。三是重点推进"十大项目"，即：平和县文体中心、林语堂文化博览园、克拉克瓷文化旅游创意园、灵通山—大芹山综合开发、榜眼府大观园、小西天农业观光游、崎岭桥上书屋—溪头村景区、九峰中国历史文化名镇、"平和暴动"革命纪念馆、秀峰福塘太极村旅游综合开发，促进文化旅游事业全面发展。

## 坚持民生优先　致力构建社会事业和谐县

改善民生是党委、政府一切工作的出发点和落脚点。近年来，平和县委、县政府在狠抓经济发展的同时，始终把改善民生放在心上、抓在手里、体现在各项工作中，在教育、医疗、劳动就业、社会保障、环境保护等社会事业上不断加大投入。过去的5年，平和县县城面积由4.86平方公里扩大到6.5平方公里。完成13个乡镇、192个村庄的整治任务，并通过省级验收。完成交通道路建设投资22亿元，建成水泥路623公里，改造修建桥梁38座，居全市第一。官九线（平和段）全线贯通，九大线公路建成通车，西部大通道形成；省道东东线（平和段）、沈海高速复线公路（平和段）开工建设，进一步完善了全县交通网络，结束了平和县没有高速公路的历史。建成黄井、九峰110千伏，南胜、大溪35千伏变电站。农业综合开发、"六千"水利工程、农村安全饮水工程、户用沼气池建设等项目扎实推进；植树造林、气象信息预警等工作取得新进展。省、市驻村扶贫累计投入资金1.6亿元，完成项目500多个。"整村推进"有效实施，老区扶建项目全面完成。县劳动保障局被国家劳动保障部荣记"集体一等功"，建成全省首家县级社会福利中心，县民政局被国家民政部评为"全国五保供养先进单位"。化解教育遗留的历史债务1450笔计1.16亿元。新农合参合率从2007年的75.7％提高到2011年的99.86％，共补偿2.87万人，投入资金6469万元，人均补偿2253元。改造建设3个国家级乡镇农民体育活动中心和15个乡镇综合文化站。科技工作通过"国家科技进步县"考核，培育高新企业3家，申请专利214项，已授权131项。实施县城电视网络改造、乡镇村电视网络联网，以及电视村村通建设，实现数字电视进村入户4万户。

完成"造福工程"813户，免费实施"复明工程"1210人。"二五"依法治县和"五五"普法均顺利通过省、市验收；被省委、省政府授予"平安县"荣誉称号。

黄劲武县长说，未来5年平和县政府将继续坚持民生优先、惠民为基、民安为本，把新增财力更多向民生事业倾斜，进一步提高人民群众幸福指数。围绕实现"学有优教、劳有多得、病有良医、老有善养、住有宜居"的目标，一是要突出"教育民生"，加快幼儿园和义务教育学校标准化建设，发展职业教育和特殊教育，全面提高教学质量水平；二是要突出"医疗民生"，巩固和推进医改工作，加强县、乡、村三级医疗机构达标建设，提高医疗服务水平，切实解决医疗保障问题；三是要突出"保障民生"，完善社会保障体系，积极发展"养老服务"，解决中低收入群体的住房问题，提高社会保障水平；四是要突出"收入民生"，努力提高就业服务水平，做好新阶段扶贫开发工作，增加城乡居民收入，使人民群众生活更加富足；五是要突出"和谐民生"，深入开展"六五"普法活动，加强和创新社会管理，提升"平安平和"创建水平，全面建设和谐社会。

今日的平和，发展在即；未来的平和，展翅腾飞。黄劲武县长认为，今日的"平和"当赋予更丰富更美好的内涵，当包含着平安、平稳、平心静气与和谐、和美、和衷共济等人生最美好之词，未来的平和人民当在富足的物质中尽享平和的生活状态，尽享平和的精神状态——这，才是他心目中的"平和之美"，而他将继续为建设这样一个又富又美的幸福平和而与全体平和人民一起去追求、去奋斗！

# 心中最绿是平和

青 禾

儿时，我和母亲一起到三平寺烧香，步行，从夜晚到黎明，我们在山间跋涉。清晨，当我们坐在岩石上休息的时候，我发现，我们被密密麻麻的树木和竹子包围着，泉水在我们的脚下欢快地流淌。

我第一次读到"山清水秀"，已经是三年级的小学生了。我立即想起三平寺路上的风景，想起被树木和竹子包围的岩石和脚下的悦耳的流水声。在我儿时记忆中，山清和水秀是并列的风景。山清是因，水秀是果。只有山清，才能水秀。绿色的大地，孕育不尽的流水。

我向往三平的绿色，三平在平和，平和给我最初印象是绿色的。

上世纪80年代初的一天，因工作关系我重返平和。汽车在马齿沙的公路上奔驰，透过滚滚尘埃，我看到光颓颓的山丘连绵起伏。我问身边的同事，这就是平和吗？同事说，是啊，已经过了小溪，我们的目的地是九峰。山上怎么没树？他笑了笑，什么也没说。他是平和人，在九峰车站当调度员。我想，平和不是革命老区吗？这光颓颓的山上怎么藏得住游击队啊？没了树，这红色的传奇如何书写？

工作之余，我找写作的朋友聊天，话题很快扯到平和的山水，一位毕业于福建林学院的诗人告诉我，1958年"大炼钢铁"，砍树；1966年"文化大革命"，砍树；1981年"山地承包"，砍树。再多的树也经不起砍啊。他还说，全县森林覆盖率最低点不到9%，以后便在40%左右徘徊。

他说得有些伤感，我听得十分震惊。这个数字颠覆了我对平和的绿色记忆，让我久久不忘。

绿色的萎缩，意味着灾难的降临。没了树，大地失去了对水的调控能力。平和人不会忘记"7·29"水灾。1972年7月29日，连续的暴雨，引发山洪，河水泛滥，全县"受淹村庄303个，5991户，冲毁民房2073间，国家、集体房屋、仓库1166间，交通、电讯中断，许多桥梁、水电站、拦河坝、山塘水圳被冲毁，农作物受淹受冲，死亡31人"。对于这场水灾，许多人记忆犹新。一位家在秀峰的文友说他的父亲当时就站在山田中央，眼看着山洪刹那间把小山头围困，吓得不敢动弹。一位曾经的下放干部十分伤感地说，有个省里来的下放干部，就牺牲在那次洪灾之中。

水来了拦不住，水走了留不住。平和县原有5条天然航道，总通航里程100多公里。可是到了上世纪70年代，由于河道淤积，水量减少，先后停航。平和人的水上旅行只存在于文字记载当中。最让我心动的是林语堂的记忆："……我在西溪船上，方由坂仔（宝鼎）至漳州。两岸看不绝山景，禾田，与村落农家。我们的船是泊在岸边竹林之下。船逼近竹树，竹叶飘飘打在船篷上。我躺在船上，盖着一条毯子，竹叶摇曳，只离我头上五六尺……"

是的，平和的绿，有树，还有漫山遍野的竹子。

时光随林语堂的小船远去。几经周折，绿色回到平和大地。

30年来，平和大兴植树造林之风，从政府到百姓，从平原到山区，从城镇到乡村，种树种树种树，种竹种竹种竹，种果种果种果，种茶种茶种茶。山川变绿，溪水长流。

于是，"山清水秀"重新书写在平和2334平方公里的大地上，时行时草，行草有致，潇洒自如，美不胜收，让人心醉。

如今的平和，名列"国家级生态示范区"，森林覆盖率71.4%，全县水果种植面积100万亩，总产量100多万吨，在全省各县中居第一，全国第六位。茶叶种植面积10万亩，涉茶产值超过14亿元。"中国琯溪蜜柚之乡"、"中国坂仔香蕉之乡"、"中国白芽奇兰茶之乡"……一个个荣誉接踵而来。

1982年2月22日，平和县第九届人大第二次会议审议通过《关于保护森林发展林业生产的决定》；

1987年3月14日，平和县第十届人大第四次会议通过《关于封山育林的决定》；

……

2010年5月12日，平和县第十六届人大常委会第二十一次会议审议批准《平和生态县建设规划》。从此，国家级生态县建设纳入规范化、法制化轨道；从此，县委、县政府保护生态环境的决策变为全县人民的共同意志。

从单一的植树造林到综合性的生态规划，时代在前进，观念在更新。时代为平和提供一个绿色的大通道，时代为平和人民书写绿色平和建造一个大舞台。

良好的生态就是优势，就是形象，就是生产力，生态建设功在当代，利在千秋，惠及子孙。这是共识，这是规划，这是行动。

过去我们常说，一张白纸没有负担，好写最新最美的文字，好画最新最美的图画。而我们现在要说，所有的文字与图画都必须放在时代的大格局之下，以民为本，因地制宜，与时俱进，才能焕发出最新最美的光彩。全力打造"特色农业强县、生态工贸大县、文化旅游名县"，这是当代平和人的总目标。在这里，生态是中心是根本。

建设良好生态，"政府主导、政策扶持、多元投入"，"分层管理、相互配合、上下联动、良性互动", 我们在这些官方的语言中, 仿佛看到了一幅慢慢展开的有序而生动的劳动画面, 这是几十万人改天换地的壮举: 把绿色植入大地, 把垃圾处理干净, 把污水化为清流……

建设良好生态, 突出一个"绿"字。

以建设"森林平和"为目标, 以"四绿"工程为载体, 多措并举, 广泛开展造林绿化工作。

建立"五江源头"自然保护区, 打击森林盗砍滥伐违法行为, 九龙江流域整治……已经做的、正在做的、还要做的事情太多太多了。我们在有关部门的总结中, 看到这样的文字:

仅 2011 年就完成 19.04 万亩的造林任务, 成为全省第三、全市第一的县。在抓好山上造林的同时, 重点抓好"三个重点", 打造"一个精品"。"三个重点": 重点突出抓好以"一城二园三线四镇十村"为主的"四绿"工程建设, 一城是指驯水公园的城市片林建设; 二园是指小西山森林公园和绿色校园建设; 三线是指九大线、官九线、山旧线公路两侧绿化; 四镇是指建设山格、南胜、坂仔、大溪等 4 个绿色乡镇; 十村是指建设工业园区黄井村, 文峰镇三平村, 山格镇双坑村、平寨村, 小溪镇岩坂村、豆坪村, 南胜镇云后村、龙溪村, 五寨乡寨河村, 坂仔镇东坑村、民主村, 国强乡三五村, 安厚镇东川村等 13 个绿色村庄。重点抓好省道官九线、九大线以及正兴大道沿线绿化, 重点抓好任务上万亩的 5 个乡镇和任务上千亩的 44 个行政村的造林绿化。一个精品: 就是打造县领导、70 个县直机关单位挂钩建立的 86 个造林示范片。至目前, 全县自然保护区 1.2 万亩、森林公园 0.15 万亩、生态公益林 85.7 万亩、水源保护区 7.1 万亩, 受保护地区面积达到 94.15 万亩, 受保护地区面积占国土面积的 26.95%……

过去, 我对官方总结文字总是抱着些许怀疑态度。如今,当我乘车在平和大地来回穿梭的时候，我感受到数字的实在与亲切。不容置疑的是，绿色在平和的大地上扎实地延伸，稳健地前进。

回望两个月前，当平和县领导从福州捧回"全省造林绿化工作先进集体"奖牌时，他的笑容是那样的灿烂而憨实。

无边树木悄悄长，不尽绿浪滚滚来。

平和的绿不是单一的绿，这绿，精彩纷呈。

我站在花溪边上看竹子，人们说，这里有毛竹、石竹、麻竹、绿竹……竹就是竹，管不了那么多，连绵的翠绿，随风而动，郁郁葱葱，由溪岸向山脚，爬上山腰；我站在双尖峰上看树林，人们说，这里有杉木、马尾松、红锥、枫树、樟树，还有许多说不出名字的阔叶树……我不懂，我只知道眼下的深绿浅绿墨绿，交错浑成，潇洒无边，仿佛一群群顽童，葱茏着，茂盛着，拥挤着，推搡着，呼啦啦地向山巅跑去，争先恐后地拥抱青天，亲吻苍穹。我站在锦溪山头看柚子，人们说，这是万亩柚园，他们还告诉我一个精确的 5 位数，然而柚林起伏，接地连天，岂是一个"万"字了得。我站在大芹山上看茶园，人们说，这就是生态观光茶园。我没有望远镜，我实在分不清茶园与森林的界限，在我的视野里，群峰叠翠，绿与天齐，茶与树没有分别。在坂子，我曾钻进香蕉林，进去了迷糊了，分不清东西南北，如何出得来……

车过三平，有人指着窗外闪过的树木对我说，那就是樟树，三平祖师公的樟树。我的脑海随之浮现一行文字："大师飞锡入三平山中……卓锡而往，化为樟木，号锡杖树。"这是 1000 多年前，一位叫王讽的漳州市长（刺史）说的话，这话有点神秘。而神秘不是中国的特产，《圣经》云："神说，'地要发生青草和结种子的菜蔬，并结果子的树木，各从其类，果子都包着桃。'事就这样成了"。平和的绿，不出于神仙，不出于上帝，平和的绿，出自于平和人的智慧和勤劳的双手。

平和的绿，是森林之绿，草地之绿，茶果之绿。平和的果——柚子、橘子、香蕉……都是那样的黄澄澄、金灿灿，平和之绿，结出无数富贵之果，仿佛是和谐繁荣的象征。

一边是绿色疯长，一边是污水变清、垃圾消失，搜索平和大地之屏，绿色风生水起："在文峰镇、坂仔镇被国家环保部命名为全国环境优美乡镇之后，山格镇、芦溪镇、大溪镇、国强乡、秀峰乡、崎岭乡、五寨乡、南胜镇、九峰镇、安厚镇、霞寨镇、长乐乡等12个乡镇也在2011年通过国家级生态乡镇预验收……仅去年一年间，全县共清理沿江垃圾、生活垃圾1.2万多吨，拆除违章搭盖和不协调建筑9.2万平方米，完成农村水沟硬化230多公里，建成垃圾焚烧炉13座，建设农村水冲式公厕160多座，改建卫生间6200间，卫生厕所普及率97％；平整空地9.2万平方米，种植树木8.6万株，种植花草4.2万平方米。三坪村等4个村获得'省级生态村'称号。"而作为县城，正在着力打造"城在林中、林在水中、水在城中"的"生态名城"。

平和4天采风，是畅游绿色风光的4天，是感受绿色梦想的4天，是收获绿色成果的4天。晚上，躺在宾馆雪白的床单上，我的心还在绿色大地上摇晃，摇来摇去，摇出"山清水秀"4个字。我发现，平和森林覆盖率比全省平均水平多了6个百分点，比漳州平均水平多了10个百分点，自己和自己比，30年提高31个百分点。

然而，平和人是清醒的。

他们的目光从一片片绿色潇洒地挪开，盯在"水土流失"上。下雨了，刮风了，他们站在泛黄的溪水边深思，他们制定一个又一个切实可行的措施，他们的目标是，让溪水在任何时候都是清的。他们要将绿色永远地锁定在平和的大地上。

而我的愿望是，有朝一日和林语堂一样，从坂仔的小溪上船，顺流而下，到漳州到厦门，到漳州的时候，拐到他的祖居地五里沙，在一望无际的蕉园里绕一圈。

到那时，平和的绿一直延伸到漳州，延伸到厦门，和大海的蓝相通。到那时，美国人不但知道中国有个林语堂，还知道，那片孕育林语堂的大地也是值得关注与向往的。

·心中最绿是平和·

# 缘源同根两岸花

### 景 艳

如果波浪拥有记忆，能否指认最初的航线？如果草木拥有记忆，是否会在土壤下追寻根的出发点？在没有到平和之前，我不知道这个地方竟和台湾有着那样密切的联系。我所知道的"阿里山神"吴凤，台湾雾峰林家，献策收复台湾的大将黄梧，抗清民族英雄林爽文、庄大田，竟然都出自这里，而台湾海基会董事长江丙坤，前台湾"内政部部长"、"法务部部长"叶金凤，陆委会主委赖幸媛，以及林丰正、赖士葆等等耳熟能详的许多台湾政要的祖籍地也都在这里。林语堂故居、三平寺、心田宫、侯山宫、慈惠宫、五寨林氏大宗、安厚林氏家庙、霄岭黄氏大宗、九峰杨氏追来堂、大溪壶嗣吴氏宗祠和大溪江姓济阳堂，这些地方更是平和与台湾枝蔓相连的实物记载。那历经百年依然清晰的痕迹，时时以一种镌刻般的坚强与执著，叙述着两岸血缘、神缘和史缘的承袭相扣的往事，提醒着远行的人们不要忘记回家的路。

### "我们终于找到了自己的根"

"江丙坤先生祖籍在我们平和县大溪镇的江寨村，赖幸媛女士、赖士葆先生的祖籍在坂仔镇心田村，就在林语堂祖屋的附近。如果从漳州开车南下先到坂仔镇，心田村就在和诏线路边，再往西南方向20多公里就到大溪镇江寨村……"驱车而行，平和县台湾事务办公室副主任黄周武如数家珍，向我描绘着一幅密集的台湾名人祖籍地路线图，听在心里，想象着台湾游子归来时的感受，竟涌起一番莫名的亲切。

记得还是 2006 年 7 月，我随福建省新闻媒体参访团到台湾。日月潭阿里山自然是必去的地方。就在"神木"林立之间，发现有供奉"阿里山神吴凤"的牌位，当时只觉得奇怪，按说"山神"总该是香火鼎盛，这里缘何如此清净？这吴凤又与这阿里山有什么样深厚的渊源？自诩比较熟悉台湾的我把这当成了对台湾历史缺少了解的表现。没有想到的是，此行才知道吴凤原是来自祖国大陆平和乌石社（今大溪镇壶嗣村），他与台湾竟有那么深厚的情谊渊源，原来不甚了解的不仅是台湾，更是平和。台湾桃园大溪镇的名称源自平和，台湾的平和里的命名出自平和人……平和与台湾，还有多少我不曾知道的？我的平和之行更成了探访之旅。

平和的宗庙、宗祠、故居、祖厝、族谱、祖墓等是构成与台湾渊源关系的主要历史证物。据厦门大学历史系颜亚玉女士1993 年撰成的《三平史考》记载，清康雍时期由于政治上的统一，海峡两岸的各种联系加强。闽台仅一水之隔，从已开发的福建向开发中的台湾移民，自然而然，但由于清朝实行"海禁"政策，移民的迁徙无法大规模展开。到乾隆中期以后，随着"海禁"政策的逐步破产，移民迁徙日渐高涨，位于山区的平和也不例外。台湾的山山水水，到处留下平和人的足迹，他们垦荒拓土、辛苦劳作、繁衍生息，同时也不忘追根溯源、寻根谒祖，编修族谱，兴建祖祠、祖坟，其昭穆、堂号、庙号、郡望、碑文无不有相关记载。

朱灿辉是平和县台办的前任主任，对平和与台湾的渊源了解甚深，他告诉我说，清朝时期，平和有 60 多个姓氏，而明清时期旅居台湾的就有 54 个姓氏，现在台后裔已逾百万。自开放台湾同胞赴大陆探亲之后，很多台湾同胞都通过各种渠道，回到平和寻根谒祖，近百个台胞祖地点，每个地方都有来自海峡彼岸的台胞返梓认宗，"在任台办主任期间，接待最多的就是那些来平和找祖地续祖谱的台胞。算来大大小小也有几百件。"

朱灿辉还清楚地记得时任中国国民党中常委、国民党中央评议委员会主席团主席的前台湾"内政部长"、"法务部长"叶金凤寻找祖籍地的过程。"那是 2007 年的一天，福建省台办副主任韦忠慈给我打了个电话，说有一位台湾政要想在平和寻根，但没有地址，问我能不能在一周之内帮她找到。我问可有什么线索，她给了我两个名字：一个是开基祖，一个是去台祖。"就凭着那两个名字，朱灿辉查询调阅核对了叶氏祖谱，终于在 3 天之后确认回复"找到了"。平和县叶氏向台湾移民始于第 14 世纪，叶金凤的祖先是在清朝年间迁移台湾的，至今已有 180 多年。"叶金凤当时可能就在大陆，所以没过两天，她就到了平和。那天正下着大雨，我们一行坐了辆三轮吉普，一到了芦溪祖地，不顾地上泥泞，叶金凤跪在了祖位之前。"

"参天之树，必有其根；怀山之水，必有其源"。在帮助台胞寻宗问祖的过程中，朱灿辉也有不少爱莫能助的遗憾。他还记得有一位台胞想到平和认祖归宗，所能提供的线索只有 4 个字——"和邑清河"。

"你姓张吗？"朱灿辉脱口而出。

"不是，姓黄。"

朱灿辉一时语塞："'和邑'即为平和，'清河'便是张姓郡望。怎么会不姓张？"怀着满腹的疑问，朱灿辉向对方索要了名片回到家里，两三天也没能想出个头绪。这天早晨起床，如醍醐灌顶，朱灿辉的思路突然豁然开朗，他立刻给对方打了个电话："你家里祭祖是不是拜两位祖先，一姓黄一姓张？"对方惊讶："你怎么知道？"朱灿辉肯定地说："你老祖家姓张，后姓氏变更有两个原因，或是小时给了黄家抱养，或是成人之后入赘黄氏。"

尽管最后终因线索太少，朱灿辉没能为这位黄姓台胞找到祖地，但这件事给他留下了很深的印象。"许多台湾同胞迁台已经数十代数百年，但还一代代保持着对先祖的祭拜，念念不忘先辈的嘱托，千方百计地要找到他们在大陆的根脉，正是中国人讲究慎终追远，不忘所自的精神体现。那一本本祖谱其实就是两岸同胞同宗一脉、血肉相连的血缘、亲缘的明证。"

### "开枝散叶拜的是同一尊佛"

探寻平和与台湾渊源，时时被引领到寺庙、道观。初始颇不理解："这与我的采访有什么关系吗?""当然有。"陪同前往的当地干部黄周武与林宗勤几乎是异口同声地说。"我们常说法缘，除了政治法律关系之外，我觉得还应该包括以神灵崇拜为主要载体的具有鲜明地域和民族特色的神灵信仰文化。这种信仰不仅和民众日常生活习俗息息相关，而且直接影响社会伦理道德观念和价值取向，其中遗存、折射着昔日辉煌的历史记忆，其实就是一种精神依归、一种文化。"朱灿辉如是说。

台湾地区现存寺庙8000多座，崇拜的神明达数百位。其中的三平祖师公就出自平和，它的祖庙就是千年古刹三平寺，是唐代高僧、唐宣宗皇帝敕封的广济大师杨义中开基之处。

当年迁徙台湾的移民，远不像今天这样容易。因为航海设备简陋，移民渡海，都是驾着古老的木壳帆船，仅仅凭着往日沿海捕鱼的一点航海经验，就鼓起无比勇气，横海东渡，当然是十分危险的。台湾海峡更有被称作是"黑水沟"的海域，狂风恶浪致人于死地。所以一般移民在背井离乡之初，都把家乡奉祀的神明，随身携带，作为精神支撑，冀保水陆平安。移居台湾南投县的林祖生，当年就随身携带有三平祖师的神像，至南投后，先是供于自宅，后因开垦工作顺利，乃于清乾隆十四年（1749年）创建了三平祖师公庙。此后，祖师公庙香火盛极，仅在台湾地区就有50多座分庙，据不完全统计，每年国内外前来平和朝圣的达60多万人次，其中台胞上万人次。不管是各分庙每隔一定的时期上祖庙乞火，还是祖庙主神巡游台湾各分庙，几百年过去，虽然开枝散叶，终究"拜的还是同一尊佛"。

台中市元保宫凌霄宝殿现有碑记云："雍正年间，平和县心田村赖氏来此拓荒，遂将心田宫保生大帝香火分灵来此庙祀，以为乡土之守护神也……"在台的心田赖氏祖坟墓碑上至今都刻有"心田"二字。

在台湾地区的众多神祇中，除了大陆移民分香到台的唐山神外，还有很多在台湾诞生的广受民间信仰的本土神明，如台湾嘉义县新港乡的思齐阁，供人们凭吊纪念颜思齐；在嘉义县中埔乡社口村兴建的吴凤庙，这些本土化神明其实正是平和开台先民以勇气、智慧和生命创造台湾历史的重要见证。

位于平和县小溪镇琯溪蜜柚发源地西林村的侯山宫，是福建省涉台重点文物保护单位。走进管委会的办公楼，就看到捐自台湾的各种各样的匾额和实物，有台湾省道教会赠贺的"祝侯山宫玄唐元帅元宵巡境圆满成功，神同源，人同祖，财神恩，两岸和谐"，有台湾道教总庙三清总道院赠送的"平和乡亲合家平安幸福"……每一个牌匾背后都有一段让人记忆深刻的故事。碧云室、戏台、八角形攒尖寿金炉和天公炉……每一个实物背后都见证着两岸宗教界交流交往的一桩盛事。西山侯山宫管理委员会主任李亚信告诉我，这些年来，侯山宫和台湾宫庙的交往越来越密切，"他们经常来，这几年我们也经常去。"

侯山宫供着财神赵公明。5年前，桃园南崁五福宫到大陆认祖庙，寻到了山西赵公明故里，但是这几年每次到大陆进香会香，五福宫首推的却是平和县的侯山宫。"路近，语言通，台湾南投县草屯镇李氏与小溪西山李氏还同出一源，来这里就像回到家一样亲切。"侯山宫自产一种特色卤面，号称当地一绝，用直径约半米的铝盆装着，配着当地上好的果子，就着台湾朋友赠送的金门高粱，主客围着一张大桌"各自为战"，真是别有温暖滋味在心头。以这样的亲近之心待客，也就难怪台湾同胞愿意到这儿来了。

2008年12月5日，侯山宫举行建宫500周年活动，台湾地区南投、台中、宜兰、彰化、桃园、澎湖等地的侯山宫分宫信众纷纷前来参加庆典。从侯山宫"凛冽金鞭堪伏虎，威灵铁面镇侯山"的对联到台湾彰化通天宫的"通悟玄机凛冽金鞭堪伏虎，天留神德雄威铁面尽除邪"门联，从平和国强走水尪活动到台湾嘉义王灵宫、炳灵宫每年在海边举行的"割水香"活动，海峡两岸同胞共同的传统民俗特色文化是如此的一脉相承，如同代代相传的香火。李亚信主委说："我们民间往来，无论蓝绿，从来不说不利于团结的话，我有一个心愿就是两岸永久和平，和谐发展，共同振兴中华。"

## "大家同心协力必能花红果香"

坂仔镇仁山村寨仔脚旁，连绵起伏苍翠墨绿的果林之中有一所小学校——仁山小学，在当地颇有名气。原因并不是它悠久的建校历史，也不是逐渐改善的教学条件，而是因为它与台湾宗亲赖英乾先生密不可分的关系。从1991年到2008年的18年间，赖英乾先生先后捐资200余万元用于学校的整修建设。1992年5月，英乾教学楼奠基动工，赖先生亲自参与学校基建、校园设计等事务的谋划和决策。为铭感赖英乾先生心系家乡、热心教育、无私奉献、不求回报、造福桑梓的高仪恩德，仁山小学礼聘赖先生为名誉校长，并在教学楼前用石板砌成一座赖英乾先生捐资建校碑。走进今天的仁山小学，早已不是当年的模样，在政府的支持之下，规模更加扩大，设施更加现代，但是赖英乾先生捐资兴建的英乾教学楼仍然矗立，5个金色的大字在阳光下熠熠生辉，育贤亭、建校碑前总少不了欢笑奔跑的学童。碑上题写的"勤俭自持，慈爱好善，虚心谦让，忠厚待人；给人信心，给人希望，给人欢乐，给人方便"，是赖先生自我期许的写照，也是他给予莘莘学子的另一种精神财富。

其实，在平和，类似的故事并不少。许多返乡寻根的宗亲回到故乡之后，常想着为自己的祖地做些什么，至于采取什么样的方式，修葺宗祠祖庙、公益助学往往成为第一选项。比如台中市元保宫在心田元保小学捐建的元保教学楼，台中县玉阙朝仁宫捐资修建的西林小学教学楼等等。

平和，山清水秀，花果飘香，这里走出过世界级文化大师，也有闻名中外的建筑奇葩，是许多台湾宗亲念念在兹的梦里家园，它灵感通心，却是璞玉待琢。朱灿辉先生介绍说：平和之所以成为历史上的迁台大县，原因不外乎三个，一是谋生，二是失地，三是躲避变故，一旦先祖开例，便会有一代又一代的宗亲后裔跟随其后。当时的台湾还是"瘴疠之地"，一代又一代的平和人和所有的移民先祖一样，在台湾披荆斩棘，拓荒垦殖，建立村庄，可谓"筚路蓝缕，以启山林"，为台湾的发展立下不朽功绩，而他们自己也在这样一个过程中发展繁衍。像雾峰林朝栋，从清光绪十六年至二十一年（1890—1895年）靠经营樟脑、蔗糖出名而成巨富。甲午战前，林朝栋在台湾的林地达2万余亩，制樟脑和蔗糖作坊、糖铺达500多处。

尽管，平和与台湾地区有着如此深厚的渊源，每年有那么多来自海峡彼岸的乡亲族裔回来寻根谒祖，但是真正在平和投资工业建设的并不多，一些早期前来平和经营服装来料加工的台商，也多是借着当地廉价的劳动力赚了钱。当一个新的世纪到来的时候，两岸的平和乡亲开始思考另一个新的合作方向。

众所周知，平和县是全国的水果生产强县，是有名的蜜柚之乡、香蕉之乡。这里四季如春，稻子一年三熟，花果常年飘香。据《漳州府志》记载，台湾的麻豆文旦柚的先祖其实就是平和的琯溪蜜柚。近年来，自然资源丰富的平和县充分利用与台湾习俗相近、人缘相亲、两地农业生态环境相近的优势，发展对台农业合作，引种台湾农业良种并吸引众多台商前来投资。

平和县五寨乡是台湾"雾峰林氏"的祖籍地，地处偏僻山区，全乡人均耕地不到一亩。长期以来，靠着水稻等传统粮食作物种植，当地民众根本感受不到多大的经济效益。近年来，在与台湾林氏宗亲日益频繁的交流中，五寨乡开始感受到"台字号"高优农业的巨大潜力和美好前景，从接触引进高优农业品种到把发展"台字号"的高优农作物种植作为农业增效、农民增收的突破口，再到建立"台湾高优农业种植示范基地"，凭着小规模试种、大户示范带动的方式，五乡"台字号"农业种植目前已呈遍地开花之势，台湾木瓜、水果型台湾玉米、台湾青枣、台湾莲雾、台湾释迦，再到瓜类春燕、神秘果，许多以前鲜少尝过的新口味现在已经飞入了寻常百姓家。"台字号"农业引进投产后产生的效益，让当地农民备受鼓舞。据了解，今天的平和县已经引进了台湾地区农业优质品种和长白、杜勒克等良种猪品种100多个，全县涉农台资项目近百个。

此次走进平和，我仿佛看到了这个农业县勃然而动的盎然生机。2007年，时任国民党副主席的江丙坤先生曾对自己的大陆行作出这样的评价："我很荣幸在重要的时刻，做了一个重要的事情……假如两岸的和平达不到，台湾的经济就无从发展。"同样的，只要两岸同胞同心携手，平和这块沃土必能开出更加绚丽的花朵，结出更加丰硕的果实。

春雷春风春雨，迎接着一个新的收获季节。

# 威震闽西南的"红军会师"

## ——参观红军三平会师纪念馆记

何少川

在人们的印象中,福建省被确认的"中央苏区县",大概都集中在闽西北地区,应该不会有闽南地区的份额。

其实,属闽南地区的,有三个县被确认为"中央苏区县"。一个是诏安,一个是南靖,一个是平和。而在这三个县中,平和被确认的时间最早。

位于闽南山区的平和县,中国共产党领导的革命斗争历史久远。早在1926年12月,星星之火已点燃平和大地,建立起中共支部。从此,革命力量不断壮大,并有了自己的武装队伍。1928年3月8日,以朱积垒为书记的中共平和县委,率领福建工农革命军独立一团,举行"平和暴动",揭开了"福建农民自动夺取政权第一幕",震撼八闽大地!平和的星火酿成燎原之势,创建苏维埃政权,实行武装割据,开展土地革命,成为中央革命根据地的重要组成部分。中央红军长征以后,平和又成为福建三年游击战争的主要活动区域之一。朱德、陈毅、罗明、邓子恢、张鼎丞、谭震林、彭冲等老一辈无产阶级革命家,曾在平和战斗和生活过。特别是黄会聪、魏金水、伍洪祥、卢胜、刘永生、彭德清、王直、熊兆仁、李德安等革命老前辈,在平和有较长的革命生涯,他们把平和称为自己的"革命老家"。直至新中国成立,23年漫长的峥嵘岁月,平和的中共组织从未间断过,赢得了"革命红旗23年不倒"的美誉。2007年6月27日,平和被中央党史研究室确定为"中央苏区县"。中共平和县委、县人民政府在城关中山公园内，专门建造起一座地标式的"中央苏区县"纪念碑。

革命红旗不倒的 23 年，平和人民为中国人民的解放事业付出了巨大的牺牲，立下了不朽的功勋。其间，发生的两大事件，影响深远。一是前面提及的"平和暴动"，一是红三团与红九团的"三平会师"。如果说"平和暴动"，是夺取政权建立红色根据地"福建空前的壮举"；那么"三平会师"，则对巩固发展闽西南和闽粤边游击根据地具有重大的战略意义。

为纪念红军三平会师，中共平和县委、县人民政府在文峰镇三平风景区内投建红军三平会师纪念馆，于 1988 年 11 月间落成开馆。近日，我慕名专程前往参观这座纪念馆，只见馆舍由一厅两室组成，建造较早比较简陋，县里的同志告诉我准备重建。大厅由油画和图表介绍会师的概况，第一展室介绍红三团的发展历史，第二展室主要介绍红九团是一支善打硬仗的部队。该馆共陈列革命实物 20 多件、图片 100 多幅。

走进纪念馆大厅，迎面可见的是一幅油画作品，描绘的是 1935 年 7 月中国工农红军独立三团和第九团在三平寺胜利会师的盛况；右墙展示一幅《闽粤边区革命根据地略图》；左墙悬挂一幅《红九团与红三团三平会师示意图》。浏览 3 幅画图，并经过讲解员的叙述，使我对红军三平会师的来龙去脉有较全面的了解。中央主力红军第五次反"围剿"失败以后，于 1934 年 10 月被迫转入二万五千里长征。国民党当局趁此机会，调集 10 余万军队，主要对闽西、闽南、闽粤边区的红军游击队进行"清剿"，扬言要用两个月的时间消灭共产党的地方武装队伍。在这种敌众我寡、大军压境的情况下，1935 年 4 月 10 日，闽西军政委员会扩大为闽西南军政委员会，确定了"广泛的、灵活的、群众性的游击战争"的新策略，并决定将闽西南地区划分为 3 个作战分区。其中，以红九团第一营、第二营和永东游击队作为闽西南第二作战区的主力，任务是南下开辟永定、平和、饶平、云霄、漳浦各县边区，打通与闽南红三团的联系。当月，红九团1000多人从永定县三梅洲五指山出发，长途跋涉。一路选择深山老林、高山峻岭这些敌人防备力量较薄弱的地方，披荆斩棘，风餐露宿，奋勇行进。当年艰难困苦的境况难以想象，是理想、信念和意志支撑着他们坚持到底！经过迂回转战，红九团历时3个多月，途经7个县，即广东的大埔、饶平和闽南的平和、南靖、云霄、诏安、漳浦，路程达数千公里，终于与当时的地下联络点取得联系，获知红三团有一部分队伍在三平一带活动，决定在三平寺会师。

进入纪念馆的第一展室，展板上陈旧的照片虽然略显模糊，但是红三团发展以及战斗史迹却十分清晰。红三团的前身，是闽南特委书记陶铸亲自组建的闽南红军游击队第一支队。1932年初，毛泽东主席带领中央红军东路军攻打漳州，击溃当时守敌张贞部队，缴获大量武器弹药，并会见当时闽南特委书记陶铸和游击队长王占春。在毛主席的指示和帮助下，于同年5月在漳浦县新厝顶成立红三团。红三团成立后，随着形势的不断变化，1936年6月改称为中国人民红军闽南抗日第三支队；1937年6月23日与第一支队和漳州人民抗日义勇军组成闽南抗日独立大队；同年6月26日国共合作改称为福建省保安独立大队，7月2日改称为闽粤边保安独立大队。1937年7月17日，国民党当局背信弃义发动"漳浦事变"后，重建中国工农红军闽南独立第三团，同年10月改称为闽南人民抗日义勇军第三支队，1938年2月改编为新四军第二支队四团一营。在保卫苏区期间，红三团进行了艰苦卓绝的斗争。1934年10月，国民党反动派对"追剿"主力红军的兵力调动完毕，即开始部署对南方各革命根据地的"清剿"。在中共闽粤边区特委领导下，红三团和其他苏区红军主力、群众武装及革命群众，不屈不挠浴血奋战，挫败敌人的嚣张气焰，取得 3 次反"清剿"的胜利，极大地牵制了敌人的兵力，有效地配合中央红军主力北上。在 3 次反"清剿"斗争中，红三团战绩辉煌，先是在平和文峰浦尖山伏击，歼敌一个大队，沉重地打击了进犯苏区的沈东海部队；后又攻下平和的南胜、五寨，云霄的何地、枧脚、芳村、罗婆洞等地，拔掉盘踞在中心区周围的地主联防武装据点，进一步扩大和巩固了游击中心区域；同时灵活地四处袭扰敌人，实现多点开花，在军事上取得了主动权，斗争由点到面迅速展开。

在第二展室，这里介绍的文字虽然朴素无华，但是红九团骁勇善战的英姿却令人感受到它的熠熠光辉。红九团在南下的历程中，曾于饶平之下善与广东军李汉魂部打过一仗遭遇战，击溃敌人一个营；在永定之犀牛岗击退敌八十师一个主力团；在大小芦溪击溃敌人数路进攻，震惊了漳潮闽粤边的国民党反动派。三平会师后，红九团奉命回师，撤离闽南。红九团在回师途中，经过了一系列的激战，出发时人数 1000 多，回到出发地时只剩下 80 多人。红九团战士的英勇令人钦佩，但从中也有血的教训。据张鼎丞、邓子恢、谭震林的《闽西三年游击战争》回忆录，评价云："但也由于红九团硬打猛攻，缺乏灵活性，缺乏群众工作，缺乏建立根据地思想，所以军事上虽然获得不少胜利，但始终不能建立游击基点，长期在无工作基础地区孤军作战。在 1935 年 11 月间，红九团被敌人跟追 11 天之久，却仍然集中行动，不知分头摆脱敌人，最后由于得不到群众的支援，一连 3 天部队没有吃饭，没有睡觉，终于粮尽弹缺，人困马乏，而在永定之湖雷一带被敌人击溃，损伤过半……"

这里值得一提的，是三平寺成为革命的圣迹，三平寺的僧众为红军会师做出了贡献和牺牲。据卢胜、王直两位当时亲历会师的老将军回忆，红三团与红九团会师时，经费和食物都非常缺乏。三平寺的和尚拿出大量的香油钱给予接济，并帮伤员疗伤，掩护红军。后来，这些支持革命的举动，被国民党保安团团长沈东海发觉，放火烧毁三平寺庙，杀害庙内来不及逃离的和尚。三平寺僧众支持红军会师，一方面说明革命行动得民心，另一方面也说明中国佛教具有爱国爱教的优良传统。人们不会忘记这些爱国者的功绩，在纪念馆大厅的油画上，留有一位和尚在会师队伍里的身影！

红九团 1000 多人的武装力量下闽南，是福建三年游击战争时期，红军游击队最大的一次军事行动。红军三平会师，战略意义重大，不仅沟通了两块游击区间的联系，且开辟了新区，更有力地打击了敌人。它对粉碎国民党军队的"清剿"，起着重要的作用。为此，同年的 8 月下旬，中共闽粤边特委为红军两个团的胜利会师，在平和文峰山前村举行了庆祝大会，极大地鼓舞了游击区武装队伍和广大民众的士气！

红军三平会师纪念馆，为这次威震闽西南的革命事件，展示这一红色历史的篇章，让后人永远铭记，从中受到教育，得到激励！2007 年 11 月，福建省政府公布该馆为国防教育基地；2009 年 10 月，被漳州市委、市政府公布为爱国主义教育基地；2010 年 9 月，福建省委党史研究室公布其为省级党史教育基地。

# 山花为什么开得这样红

黄水成　罗燕军

## 引　子

每年 3 月，平和长乐这地方都会盛开一种鲜红的山花，这花开得漫山遍野，一丛丛、一簇簇，红得泣血，红得让你沉醉。这些红得让人着迷心醉的山花叫映山花，也叫杜鹃花。你看它多像一把微型的号子，一把微型的冲锋号子。

顺着这把红色的微型冲锋号子，很容易让人联想到那个红色的年代。在那个"山雨欲来风满楼"的革命前夜，经常有一群年轻人聚在长乐下坪一个叫下书斋的罗氏宗祠内，为首的几个年轻人叫朱积垒、陈彩芹、罗育才……他们畅谈天下大事，在这里传播革命的火种。全国各地都笼罩在反革命大屠杀的白色恐怖之下，在长乐这里点燃的这把火种却越烧越旺，在八闽大地上创下了一个又一个第一，后来成为整个中国革命潮流不可分割的一支重要力量。

### 中国工农革命军福建独立第一团在长乐诞生

1927 年是中国迎来革命胜利新曙光的一年，三大起义先后爆发，一股新的革命潮流势不可挡。

1927 年 4 月蒋介石在上海发动反革命政变，全国笼罩在白色恐怖之中。同年6月，中共闽南特委书记罗明到平和视察，部署应敌之策，把平和党组织和农运领导机构从九峰上坪转移到农民运动群众热情高涨基础好的长乐。同年12月罗明再度到长乐视察工作，广州起义领导人赵自选也来到长乐，向平和党组织介绍了广州起义的经过，使平和党组织备受鼓舞，更加明确了革命的方向。

1927年的10月1日至3日，朱德、陈毅、周士第率领南昌起义军一部2000多人南下潮汕，在大埔县三河坝与驻梅县国民党32军钱大钧部2万多人激战三昼夜后，6日取道饶平茂芝入闽，轻取空虚的平和县城九峰镇。中共平和县委朱积垒、朱思、陈彩芹、罗育才等到九峰迎接这支英雄的部队。这支英雄的队伍沿途播撒革命的种子，9日，中共平和县委在长乐下书斋召开党小组长以上干部会议，朱德、陈毅亲临指导，对中共平和县委和平和县农民协会的工作予以充分肯定，讲述了南昌起义的经过，宣传贯彻党的"八七会议"提出的武装反抗国民党反动派的总方针。10日，朱德、陈毅率部北上闽西，赠送部分武器弹药给平和县委，指派军事干部王炳春留下来协助平和县委组建工农革命武装。

党的"八七会议"和朱德、陈毅的指示精神，犹如一道闪电划过平和革命前夜黑暗的夜空，平和长乐这里革命的火把点得更旺了。

1928年1月25日，根据中共福建省临时省委部署，把中共平和县委改为平和县临委，29日在长乐下书斋召开县临委和县农会联席会议，决定于2月4日（农历正月十三日）长乐福庆堂庙会开展政治宣传和组织工农自卫军武装示威游行，扩大革命武装；并于2月11日，在县城中学召开第一区农民代表大会，成立第一区农民协会，部署抗捐抗税斗争。

农历正月十三日正是长乐传统的圩日，那天长乐福庆堂庙会人山人海，平和县工农自卫军常备队英勇威武地在庙会示威游行，宣传贯彻中共平和县临委"扩大革命武装，发动广大青壮年农民参军参战，加入革命武装队伍"的号召。次日，工农自卫军常备队又到长乐案上、上产坑、下汗等村拘捕土豪劣绅，没收他们的财产，扩大了影响，壮了声威，往日作威作福的土豪劣绅地主捐棍一下销声匿迹。

2月11日，是长乐、秀峰、洋半天、崎岭等地农民代表到县城参加第一区农民代表大会约定的日子，谁知意外发生了：长乐圩日的示威游行极大地震慑了国民党当局，为阻止这次大会的召开，他们派出了伏兵，与会的各路代表均在县城城郊遭到国民党保安团的袭击。长乐罗坤生、罗谷流等5名代表被捕，陈茂棍等3位进城购物的农民亦被捕，各乡代表异常愤慨。12日，第一区农民代表大会改在秀峰召开，会议作出4条决议：一、全体武装与豪绅对抗；二、组织工农革命军第一团，公推朱积垒为团长；三、废除青天白日旗，改为斧头镰刀标志的红色旗帜；四、与广东饶平、大埔农军联络，以其实力相助。同时公开提出："打倒国民党"、"暴动夺取政权"、"没收地主土地分给工农兵"、"建立苏维埃政府"等口号。14日，中共平和县临委、平和县农民协会在长乐下坪洋上墩召开农民群众大会，发动群众参军参战，仅长乐就有500多人参军入伍。秀峰、洋半天、崎岭、上坪等地农民亦积极响应。19日，中共平和县临委在长乐福庆堂前大草坪举行福建工农革命军独立第一团成立大会，正式成立福建工农革命军独立第一团，朱积垒任团长，王炳春任参谋长；全团共有1200多人，下辖10个大队，长乐编制5个大队，团部下设特务连、侦察科、宣传科、军需科、交通科；每百人设党代表一人；团部设在长乐福庆堂，以大队为单位开始军事训练，训练场和射击场设在长乐鲤鱼坝。到此，平和长乐这块热土已完成了思想上和军事上的准备，一场革命的风暴即将到来。

## 八闽大地第一枪

对长乐轰轰烈烈开展革命运动,国民党当局决定要杀一儆百,还革命以颜色,定于1928年3月9日对之前参加第一区农民代表大会被捕的共产党员罗坤生、罗谷流等5名代表,以及陈茂棍等3位进城购物的农民实行枪决。获悉消息后,中共平和县临委鉴于斗争形势的急剧变化,在长乐下书斋召开紧急会议,研究武装暴动营救革命同志。会议对当时形势作出客观判断,认为自第一区农民代表大会在县城受挫后,农民的反抗情绪很高,对土地革命有迫切的需要,多数人要求武装暴动;并且我们已有工农革命军第一团,又有永定、大埔、饶平等兄弟县的力量可以倚重。而县城国民党只有保安队、警备队百多人,战斗力不强。会议决定党内设立由朱积垒、朱思、陈彩芹、罗育才、朱赞襄、杨文元、曾浴沂7位县委委员组成的暴动委员会,朱积垒任总指挥,罗育才任副总指挥,"率领群众,实行暴动"。同时,向中共福建临时省委报告,请省委代买枪弹,派得力同志前来相助,并告知漳州各县设法牵制驻漳州国民党49师张贞的部队,使其不能向平和增援。中共平和县临委的报告得到中共福建临时省委的支持,派秦文来长乐帮助中共平和县临委组织领导武装暴动。秦文到长乐即带罗景悠、陈茂庭等到饶平采购、借办枪弹,得到饶平县临委的大力支持。

3月6日,徐光英、刘瑞光、邓锦文、赖玉珊等分别率饶平、大埔和永定等县部分农军到长乐,与福建工农革命军独立第一团会合,力助平和暴动。3月7日,在长乐乡下坪洋上墩举行暴动誓师大会,总指挥朱积垒作战前动员报告,并宣读攻打平和县城命令。把福建工农革命军独立第一团和饶平、大埔、永定等县助战农军分东、西、北三路攻城。王炳春、朱思、朱赞襄指挥东路军负责攻打县城东门，要求攻城前夜袭崎岭土豪，声东击西，调虎离山引诱保安队出城，紧接着挥师直插县城东南门截击溃逃的劣绅、县吏及反动武装；陈彩芹、徐光英、刘瑞光指挥西路军负责攻打县城西门；罗育才、叶锦章、赖玉珊指挥北路军，负责攻打北门；杨文元、曾庆杰指挥福建工农革命军独立第一团特务连小分队，扮装商人潜入县城，侦察敌情，做好内应；朱积垒率领先遣队抵北门城垣设立暴动指挥部。当夜，西、北两路军分途向平和县城挺进，按时抵达城郊外预定地点，严阵以待，东路军奔袭崎岭土豪，没收其财产。

8日凌晨6时，朱积垒发出攻城信号，杨文元率领潜伏城内的小分队及时接应，一时间，军号声、枪炮声、冲杀声震撼整个九峰县城，城郊土豪劣绅紧闭楼门，不敢探头；城内守敌仓皇应战，像热锅上的蚂蚁乱成一团。攻城先遣队架起云梯，攀墙进城，打开西、北城门，西、北两路军冲杀进城。东路军因天降大雨交通受阻，没能及时赶到县城东南门截住城内守敌退路，县吏和保安队、警备队于慌乱中从南门逃窜；县长方日中带10多个警卫从南门弃城一口气逃到琯溪，福建工农革命军独立第一团一举攻占平和县城九峰镇。

攻陷县城后，砸开监狱救出罗坤生、罗谷流等革命同志和50多位受难农民同胞，放火焚烧监狱和县署及豪绅地主房屋4处，没收豪绅地主财产分给贫苦大众。"平和暴动"旗手罗景悠把标有斧头镰刀的红色大旗插在县署门外的高墙上，平和县城上空第一次飘起斧头镰刀这面鲜红的旗帜，暴动取得胜利。

"平和暴动"打响了福建工农革命武装反抗国民党反动派的第一枪！中共福建省临委予以高度肯定，称"平和暴动"是拉开了福建全省农民武装斗争的序幕，激发各地土地革命斗争的热情，成为全省农民武装斗争的先锋。1928年3月15日，中共福建省临委《关于"平和暴动"宣传大纲》中指出："'平和暴动'是福建农民自动夺取政权的第一幕，是整个中国革命潮流的一支，是土地革命在福建开始的信号，是国民党在福建宣布死刑的先声。""平和暴动"标志着福建从此走上武装斗争、土地革命、建立根据地的土地革命战争的新阶段。

## 福建省第一个县级红色政权

"平和暴动"后，工农队伍主动退回长乐，坚持艰苦卓绝的长期游击战争，开创土地革命的新局面。1928年7月，中共平和县委根据省委指示按照红军（三三制）编制法，在长乐秀礤上洋把福建工农革命军独立第一团整编为中国工农红军平和独立营和特务营，朱赞襄任独立营营长，罗育才任特务营营长；1929年4月，独立营和特务营合编为中国工农赤卫军平和县独立支队，罗育才任支队长，黄镇群任政治委员；1930年4月，在象湖山把中国工农赤卫军平和县独立支队整编为中国工农红军平和独立营，1931年2月下旬编入红12军34师。

1929年2月19日，清晨第一缕阳光照在长乐张坑大丘田上，这里红旗飘扬，锣鼓喧天，长乐人民的又一件大喜事——福建省第一个县级红色政权即将在这里诞生。100多名工农兵代表在这里欢聚一堂，这次工农兵代表大会审议并通过了各项决议，会议还通过了《土地》《林矿产》《军事》《裁判》《婚姻》《保护妇女儿童》等法令法规，选举产生了工农民主政府——平和县革命委员会，陈彩芹为主席，朱思、罗育才、李长发、朱赞襄、林奕乐、沈伟民、罗金兆、朱积金、罗瑜等9人为执行委员，下设军事部、土地部、财政部、粮食部、文化部、交通部、妇女会、互济会、少先队部等9个机关部门。平和县革命委员会是福建省第一个诞生的县级红色政权，她标志着平和县全面实行赤色割据，率先形成福建省革命根据地，开辟了福建省土地革命的新局面！

然而斗争是残酷的，革命的成功注定是鲜血与生命铸就的丰碑！至1931年4月，平和县委第一届县委委员朱积垒、朱思、陈彩芹、罗育才、朱赞襄、杨文元、曾浴沂先后牺牲。

## 中共中央交通局汕头支线——秀篏交通站

在长乐这块革命热土多次采访中，另一个响亮的名字深深地印入我的脑海中，中共中央交通局汕头支线——秀篏交通站。该交通站位于长乐秀山村上洋基点村，该交通站的交通线上接永定湖雷至江西瑞金，下连广东饶平黄冈到汕头。

1929年11月，中国工农赤卫军平和县独立支队和中国工农红军第11军48团三打象湖山胜利告捷，扫除障碍，接通了闽西特委及永定、上杭、龙岩等县党组织的联系，中共平和县委根据形势发展的需要，在长乐乡秀篏上洋塘背建立平和县交通站，负责传递党的机密信件，接送党和红军的领导干部进出苏区，采办并输送军需物资服务各地根据地。

1930年10月，中共闽西特委把闽西交通站改建为"闽西工农通讯社"，中共平和县委根据闽西特委的指示，把平和县交通站改建为"闽西工农通讯社平和分社"。同年11月，平和、大埔、饶平3个县委联合成立中共饶和埔县委，原闽西工农通讯社平和分社更名为"闽西工农通讯社饶和埔分社"。1931年3月，中共中央交通局建立一条由汕头经饶平黄冈、平和秀篏、永定湖雷进入江西瑞金城的交通支线，闽西工农通讯社饶和埔分社被中共中央交通局命名为"秀篏交通站"，直属中共中央交通局领导，肩负着更加光荣更加艰巨的任务。

交通站成立以来，为革命做出卓越的贡献，长期为红21

军、红 12 军做出艰苦的工作，为建立工农民主政府，开展土地革命做出极大的努力，特别为粉碎蒋介石三省军事"围剿"，接送中央领导起到安全堡垒作用。

1931 年 2 月，叶剑英一行 4 人由香港到秀礤交通站经闽西安全抵达瑞金；1931 年 4 月至 1933 年春，邓小平、周恩来、刘少奇、董必武、刘伯承、聂荣臻、李富春、吴德锋、邓颖超、欧阳钦、蔡畅、林伯渠、陈云、张闻天、博古等中央及省党政领导 200 多人经秀礤交通站安全进出中央苏区，其中包括德籍军事顾问李德，亦经这条交通线安全进入中央苏区。此外，通过这条交通线转运到中央苏区的物资达 16 万担之多。在这条交通线上的干部群众，他们不怕牺牲、艰苦斗争、默默奉献，使这条交通线直至 1935 年 6 月仍畅通无阻。正如曾任中华苏维埃共和国中央执行委员兼中央政府内务部部长曾山同志在《红色交通线》序中所说，这是一条"摧不垮、打不掉的地下航线"。

### 中共南方工作委员会无线电台——南委电台

1939 年冬，国民党顽固派掀起反共的高潮，整个华南各省和闽赣地区革命根据地都受到国民党当局的破坏，中共中央决定组建中共南方工作委员会无线电台，简称"南委电台"，以保持南方各省的联络，指挥战斗。

无线电台是高度机密的地下工作单位，为适应新形势新任务的要求，也为安全起见，组织决定把电台从永定县沿田村转移到闽粤边界的长乐乐北的下村乌寨山一处山寨里。1940 年春，周恩来、李克农、童小鹏 3 位领导同志分别从延安、重庆、桂林 3 个地方新点抽调 30 名优秀无线电骨干，组建中共南方工作委员会无线电台，代表中共中央南方局，指挥华南各省革命斗争。1941 年春节前夕，南委电台正式宣告成立。当时国内正处在国民党顽固派掀起第二次反共高潮，制造了震惊中外的"皖南事变"之际，在这特殊时期，南委电台发挥重要作用，时刻与延安党中央、重庆南方局、桂林八路军办事处和南委所属各省各地方的党的电台联络，任务艰巨而光荣。1941年4月，李克农还从桂林八路军办事处增拨一部更大功率的发报机，用于改善南委电台的通讯条件，大大提高了通报联络的工作效率，红色的电波每天24小时在蔚蓝的天空不停地来回频传。长乐这块革命的土地，成了南方局的地下指挥部，她的一声一息都关系到革命的前途。令人难以猜想的是，前方这些一份又一份绝密情报，竟是从平和长乐这样一个不起眼的深山密林中源源不断地传到延安党中央那里。

1942年5月20日，长乐秀磜上洋突然来了两位客人，时任中共江西省委书记谢育才和他的爱人王勖，他们声称有重要情况要向南委领导汇报，谢育才说："江西省委出了叛徒，他到江西不久就被捕了，历经九死一生才逃了出来。"情况汇报到南委，南委一时难以判断这一情况的真伪，但为安全起见，指示采取必要的措施，以应对不测之变。依此，时任中共长乐区委书记的张全福与南委电台领导共同研究5条安全措施，并决定把电台转移到闽粤两省边界线上的大东镇长丘田村附近的山上。1942年6月3日，派出警卫陈鹤平前往勘察地形，选择搭架山寮和安装电台的具体地点，谁知陈鹤平竟跑到平和县城投敌，当天晚上，他带领平和保安队从乌窠后山偷袭南委电台。所幸事先有所准备，电台武装保卫雷德兴、温仁保两人在出山执行任务时，途中巧遇敌群，一时间枪声大作，南委电台人员闻声转移撤退，设备和人员安然无恙。事隔3天的6月7日，原南委组织部长郭潜引江西省国民党庄祖芳特务队突然袭击设在大埔县大埔角的南委领导机关和南委书记方方的住址，发生了"南委事件"。电台遭袭和"南委事件"后，南委电台奉命停止了它的使命。

如今当年那个南委电台遗址还在山后的那个山寨里，当地的一位村民还带我们找到当年为保护南委机关的武装队长——老红军刘永生夫妇的藏身之地，一个只有5平方米的山洞，它就掩藏在一片丛林茂密的山涧边。

## 山花为什么开得这么红

在长乐这块热土上，还有很多说不完的革命大事件。谁能想到，长乐这地处闽粤二省三县的偏远山区，竟会成为整个八闽大地的革命策源地。在那艰苦卓绝的年代里，这块红色土地作出哪些牺牲，当年的那些革命志士又怎样进行艰苦卓绝的斗争呢？带着这个疑问，我多次走访了长乐乡秀山村上洋革命根据地，这里遍地都是当年革命的遗迹，如今这些残留下来的简陋民房里已看不到当年红军战士抬着伤员进进出出的身影，在这闽粤两省交界、四面环山的小山村也听不到当年战斗的激烈枪声。据对"平和暴动"研究了大半辈子的长乐乡原党委秘书罗燕军介绍，1928年至1935年，红12军、红21军、平和红军独立营、红11军48团、福建省军区独立第8团和独立第9团先后驻扎在这里，他们的军部也设在村庄普通民居内，使这里成为革命的大本营，整个秀山村上洋都是收容、补给、转运的基地，这里当年曾发生过大小上百次的激烈战斗，许多革命同志在这里抛头颅、洒热血。粟裕、萧劲光、谭震林、刘亚楼、张鼎丞、邓子恢、刘永生、王直、熊兆仁等一大批共和国将帅们在这里战斗和工作。新中国成立后，王直将军把秀礤上洋命名为"红军村"。

我曾采访当年地下老交通员罗阳庚、林等繁等人。据罗阳庚老人回忆，当年他父亲是长乐农会主席，母亲是老红军，他很小的时候就当上了地下小交通员，他说："长乐是革命老根据地，当时长乐区委书记张全福在这里发动群众闹革命，那时我送信就送到佳蕉尾、良坝，还有河贡头等地。"老人回忆说，当时给红军送信非常危险，抓到是要杀头的，好在当时这一带的群众基础非常好，每次遇到危险时都能及时地避开。专门负责给刘永生送信的林等繁说："只有非常靠得住、内部的人才能当交通员，像刘永生夫妇的藏身地只有我一个人知道，那时绝对保密的。"老人回忆说，他经常是深夜往秀山、乐北、坪洄等地送信，还参加过黄沙等地的战斗，父亲去世的时候他都不在家。

在长乐这块革命热土上，不知还留有多少像刘永生他们藏身过的山洞，也不知有多少像罗阳庚、林等繁这样的老地下交通员。站在秀山村这个地处闽粤两省交界处，我们深情地仰望着。据史书记载，革命老区在遭受国民党反动派多次"围剿"中，被滥杀的革命烈士有123人，"五老"人员2200多人。参加红军、新四军，长征和北上抗日的共600多人，长乐参加赤卫队达上千人之多。1934年的第五次反"围剿"受挫后，仅长乐乡就有500多名好儿女参加二万五千里长征，1934年底湘江战役后，仅罗则党、林奕厚、罗壮丹3位同志存活下来。英雄的长乐儿女，前仆后继续写光辉的历史篇章。战争时期，许多村庄被移民并村，许多人英勇牺牲，他们为革命的胜利做出了突出贡献。

后来，从"平和暴动"诞生的这支部队，转战南北，1934年10月参加长征血染湘江，成为无名英雄。1945年，在长乐乡乐北大寨成立抗日游击队——韩江纵队，长乐乡参加游击队的被编为第九支队。1945年农历七月初四，韩江纵队第九支队在长乐乡寨子遭到国民党保安团的包围，支队长王长胜在突围中被捕牺牲。随后，第九支队改称为"常胜支队"。1948年，这支部队被编入中国人民解放军闽粤赣纵队第4支队第13团。

山风渐渐吹远了历史的枪声，在这里再也听不到当年英雄的呐喊，但萧萧林木的根系吸满当年英雄的鲜血，那一丛一丛的山花才那么的火红。

历史的枪声虽不再响起，站在秀山山顶远望，逶迤群山已不见当年的烽火连天，漫山滴翠的山色，似乎湮没了所有的历史与传说。坐在这里，不禁思绪万千。闽南多山，为何历史选择这名不见经传的秀山一带作为革命的根据地，这是历史的偶然更是必然。长乐乡地处闽粤边境，与广东饶平、大埔和龙岩永定山区毗邻，是这里特殊的地理因素，成为历史关头的必然抉择。一方山水养育一方人，一方人有一方人的性格。在和平的岁月里，长乐人总是一副安详、富足、无争的神态，内心却蕴涵着水一般的柔软、山一般刚毅的性格，岁月的淘洗和一方山水的浸润，让长乐人养成不张扬、不骄横、外柔内刚、坚忍不拔的性格。这是大山的性格，也是山里人的性格，更是平和人的性格。这种性格在平凡岁月中，如水一般安静，像山一样沉默，你看不出他有性格，但这种安静与沉默蓄积起来的力量，遇到历史的选择时，就能像火山一样爆发。有了这种性格，这里的人们才会挺着山一般的脊梁把革命进行到底。

青山埋忠骨，丰碑照伟业，站在长乐纪念碑前无不令人敬仰！难以统计有多少英雄儿女牺牲在这片土地上，正是这些无数的革命先烈以"为有牺牲多壮志，敢教日月换新天"大无畏的革命精神，用他们的鲜血和生命换来了我们今天富足、安宁的生活。

如今，长乐人管杜鹃花叫革命花，每年三月都开得金光灿烂！

# 火凤凰——平和克拉克瓷涅槃记

李建成

一

几年前，我在厦门大学叶文程教授的指导下，向旅菲华侨收藏家蔡乌石先生的亲属购买了一批明清时代的古瓷器，其中有一件青花高足果盘。叶文程教授说是明代嘉靖年间景德镇产的青花瓷器。叶教授是我国知名的古陶瓷专家。他说：从这高足果盘的造型和图案看，是属于克拉克外销瓷。

我不解地问："中国瓷为何叫一个洋名字？"叶教授耐心地讲述了克拉克瓷的由来：1603年，荷兰东印度公司成立不久，就在马六甲海峡截获了一条葡萄牙商船，船里载有大量中国产的丝绸、陶瓷等货物。船上的瓷器约10万件，被分别在荷兰各港口拍卖，成为东欧各国豪贵竞相抢购的奢侈品而轰动整个东欧。因不知这些瓷器在中国的产地，人们就以这艘葡萄牙商船的船号"克拉克"（Krak）称呼这批瓷器，叫"克拉克瓷"。约定俗成，从此，人们便把中国销往东欧的瓷器都称为"克拉克瓷"。

克拉克瓷有个特点：产品多为盘、碗、瓶、军持等，盘外壁一般有8至12个扇形开光，开光内画有花卉、吉祥图案，既有欧洲人趣味又保留中国人的传统文化……

我的老朋友、《收藏快报》总编辑余光仁先生送我一套

2010 年的《收藏快报》，告知我该报从 2010 年 4 月份开始，连载了中国古陶瓷学会陈立立教授撰写的 15 篇关于克拉克瓷的研究论文，图文并茂，使我对克拉克瓷有了粗浅的了解。

## 二

2012 年 4 月中旬，我们参加由福建省委原副书记、省炎黄文化研究会会长何少川先生率领的"走进平和"采风团来到平和县。得悉平和县是明清时期克拉克瓷的主产地，是克拉克瓷的故乡，便有了采写平和克拉克瓷的冲动。

4 月 20 日上午，在平和县新闻中心副主任黄荣才先生的指点下，县文化局派车载着我们一行人从洲际大酒店出发，沿着正兴大道向南胜、五寨方向行驶，一路上柚花飘香，翠竹萧萧，空气清新。谁也难以想象，400 多年前，这儿曾经有过"十里窑烟百座窑，车载舟运出月港"的繁忙景象；那芳草萋萋的黄土下，不知沉睡着多少古窑址的制瓷工具和克拉克瓷残片……

车子在文峰镇宝桥村一处山坡上停了下来，门口挂着一块牌子，赫然几个大字："克拉克瓷文化旅行创意区"。

迎接我们的是中华传统工艺大师林俊先生。林俊大师的另一个职务是福建漳窑瓷业发展有限公司执行董事。在一间略显拥挤的陈列厅里，摆满了各种图片和实物，每一幅图片、每一件实物背后，都有着动人的故事。林俊大师指着一幅挂在醒目位置的图片说："这是 1997 年我受到朱镕基总理接见时的合影；而这一幅是 2010 年 5 月份，广东省'南澳 1 号'古沉船发掘现场的照片。据中国国家博物馆副馆长张威先生鉴定：'南澳 1 号'发掘出水的古瓷器是产自漳州平和的克拉克瓷。消息传来，我和平和县博物馆馆长杨征先生及杨丽华女士等 3 人，立即赶到广东'南澳 1 号'发掘现场，亲自见证这激动人心的时刻。"

为了使400年前曾辉煌于世的平和克拉克瓷器工艺不失传，林俊先生带领一批志同道合的技术员和来自各地的能工巧匠，在市、县政府支持下，筹资兴建起漳州窑·平和克拉克瓷研究基地，采取明清年代漳州平和克拉克瓷的传统工艺，从选料、磨浆、练泥、拉坯、绘图、上釉到装窑、烧制……都仿照古法，使沉睡了400多年的平和克拉克瓷浴火重生了。我们对林俊工艺大师废寝忘食、弘扬国粹的精神表示由衷的敬意，祝林俊大师健康长寿、心想事成。

下午，我们马不停蹄地参观了平和克拉克瓷展览馆。平和县博物馆馆长杨征先生放弃了午休时间，热情地接待了我们，亲自带我们参观了展馆的每一部分，如数家珍地给我们讲解。这个展馆从展品的收集、整理和布馆，凝结着杨征馆长和他的同事们多少心血呀。

杨征先生是个谦谦君子，他的言行举止都具学者风范。他是平和克拉克瓷的发现者和推动平和克拉克瓷研究的大功臣。

听着杨征馆长生动的介绍，令我有一种"听君一席话，胜读十年书"的感觉。我们离开展馆后，杨馆长又连夜加班，把平和克拉克瓷的相关资料，整理打印出来，让县文化局的同志连夜送到我住宿的洲际酒店。杨征馆长的敬业精神令人感动。

## 三

平和采风归来，脑海中一直思索着一个问题：曾经征服东欧、惊艳世界的克拉克瓷器为什么会诞生、发展于闽南偏僻的山区平和县呢？这是偶然的巧合呢，还是历史的必然？其实，平和县能成为克拉克瓷的故乡，是与明清时代月港的兴旺分不开的，也是与阳明学派在福建的崛起分不开的。

明代大哲学家王阳明不愧是"平和克拉克瓷之父"。

王阳明，浙江余姚人，明正德十三年（1518年），时任都察院右佥都御史的王阳明在被派到闽南一带平叛后，向朝廷奏请，划南靖县的清宁、新安二里共十二都建县，取名"平和"。"平和"二字，既是地名，又是一种心态、一种境界。因为王阳明创建的阳明学派就是要求他的弟子们要做到"精神轩畅，心气平和"，平和是王阳明学派追求的一种境界。这是与朱熹学派鼓吹的"存天理、灭人欲"对着干的。

王阳明当时奉命率兵从江西南兴前来平息闽南永定、芦溪农民起义后，建立平和县。这些从江西带来的士兵就留在平和，而平和县第一任知县罗于也是江西永丰人。这些江西官、江西兵中不乏能制作陶瓷的能工巧匠，加上他们以优惠的条件，从江西景德镇官窑中挖出一批老师傅到平和来，使平和县的陶瓷业得到迅速发展。平和克拉克瓷保存着很多景德镇瓷器的特征。这也印证了王阳明与平和克拉克瓷的渊源。说明王阳明是"平和克拉克瓷之父"并非妄谈。

然而，在明代，王阳明学派要在福建发展是非常艰巨的。首先，朱熹是福建尤溪人，而且明代皇帝姓朱，与朱熹同姓，所以朱熹学派被推崇为正宗儒学。在明代泉州府，一批文化人如真德秀、蔡清、陈琛、张岳、林希元等，都是铁杆的拥朱派。福建成了朱熹学派的一统天下。应该说，朱熹学说的前期是进步的，对社会的进步起了推动作用。但是由于300多年不随社会前进而僵化了。到明代中叶，世界欧洲地区已进入工业化时代，科学发展迅速，而作为文明古国的中国却仍在高唱"存天理、灭人欲"、"饿死事小、守节事大"的唯心主义陈词滥调，整个社会没有朝气，万马齐暗，死气沉沉。明嘉靖年间，王阳明创办了阳明学派，向僵化了的朱熹学派进行挑战，并立即在中原和江浙地区引起热烈响应。在福建这个朱熹学派的一统天下，也有了追随者。在福建，传播王阳明学说最得力的首推福建巡抚耿定向，他在福建开办学堂，收徒宣扬王阳明学说；泉州人李贽，更是一位批判和揭露朱熹及其追随者唯心主义观念的勇士，还有泉州府的何乔远，也与蔡清、张岳、陈琛、林希元等展开针锋相对的斗争。

到了明末清初，阳明学派的追随者越来越多，出现了黄宗羲、王夫之、戴震等知名哲学界名流群起反对程朱理学，力挺王阳明学说。但是在福建，由于李光地大学士为复兴朱熹学说而努力，并把朱熹学说与王阳明学说的争鸣认定为"吴越争雄"，是福建文化与越国文化（即江浙文化）的斗争，号召福建的朱子学者批判和抵制王阳明学派，把王阳明学说打进冷宫。巧合的是，这时的清廷实行闭关锁国政策，在东南沿海实行"海禁"，漳州月港一落千丈，平和县克拉克瓷业也随之萎缩、衰亡。

应了王阳明生前悟出的一句偈语："山中花随心生灭"，明嘉靖七年（1528 年）王阳明逝世，他的"山中花"——平和克拉克瓷也随之枯萎，在地下沉睡了400多年。

## 四

平和克拉克瓷，多少文人墨客、专家学者赞美你、颂扬你。称你是心中的圣女，晶莹如碧玉、皎洁如明月；赞你是和平的天使、对外交流的安琪儿。而我则把你比喻为"火凤凰"。郭沫若诗中"涅槃的火凤凰"，历尽磨难而浴火重生，这不正是对平和克拉克瓷最美好的祝愿吗！

平和土地上，有丰富的高岭土资源，这些高岭土经过水和火的洗礼，在能工巧匠的制作下，烧制出一批批碗、盘、瓶、军持等青花瓷器，真是"山窝里飞出了火凤凰"。这些被称为平和克拉克瓷的火凤凰从月港出发，飞向东欧，飞向日本、东南亚，甚至绕过好望角，飞到非洲大陆。明末清初，朝廷闭关锁国实施海禁，月港衰落，平和瓷窑从此销声匿迹。

直到新中国成立后的 20 世纪 50 年代，中国故宫博物院为了寻找漳窑米黄色釉瓷器的产地，和漳州市博物馆一起进行发掘，阴差阳错地在平和县的南胜、五寨一带挖掘了几个生产克拉克瓷的窑址，使平和克拉克瓷重见天日。

日本学者酋崎彰一先生一直在寻觅日本生产的青花和彩绘工艺根在哪里，闻讯后赶到平和南胜窑址考察，激动得热泪纵横，虔诚地跪拜窑神说："我终于为日本的克拉克瓷寻到根啦！"

旅外华侨周书光先生在日本旅游时，从渔民手中购买了多件克拉克瓷后，专程把这批青花克拉克瓷送到平和博物馆，让这批克拉克瓷"回娘家"。

平和克拉克瓷窑的发掘，被评为新中国成立 50 周年福建十大考古发现之一；

2006 年 5 月，南胜窑址被国务院公布为全国重点文物保护单位。

目前，漳州市有关部门正在积极做好平和克拉克瓷"海丝"世界文化遗产的申报工作。并借助"申遗"，在南胜、五寨建设克拉克瓷古窑址博物馆、克拉克瓷陈列馆、克拉克瓷高仿真生产基地、克拉克星级大酒店等等，提高平和县在世界的知名度，让世界了解平和，促平和走向世界。

# "五江之源" 话平和

朱谷忠

## 一

　　都说天下山溪，如同飘逸的绸带、皎洁的月痕，处处绾扎着或约束着不尽群峰与叠嶂的蛮腰。于是，一座座青山更显婀娜，一道道翠岭愈现妩媚，连同那沟沟壑壑、坡坡坎坎，树木也露着旺盛，花草也吐着娇羞。于是，世上的人，看到的便是难以比拟的云缠雾绕、泉飞露滴，闻到的便是难以言喻的清芬阵阵、香韵浓浓。而这一切，据说早过了千载万年，至今仍生生不息着。

　　看来，这水与山、山与水，也俱同世间男女，何年相遇虽说不清，两厢情悦却不待言。它们日里牵携，夜里依偎，彼此倾心，凝成一体，一年年，让日光月光的折扇，叠起、收拢，又徐徐地展开。也不知过了多少年了，终于，馈赠给人间的，是一幅幅因雨露氤氲而愈加销魂夺魄的神奇彩墨画。

　　生活在山涧水边的人，谁没有走进这样澹美的画里？面着山，对着水，谁没有生发过深深的眷恋和挚爱？"青山隐隐水迢迢"，许多的人，也总是对着这一切胜景，神不知飞向何方，迷不知终其所止。但且慢，也许你喜水，但更爱山，那不要紧，你就幻想一下与李白同世，与他仗剑远游一番吧；如果你爱山，但更喜水，那也无妨，赶紧去借一下李清照的蚱蜢小舟，在绿肥红瘦的时节，从青苔爬满的渡口，向烟水迷蒙的溪中划去吧……

而我呢？老实说，虽也爱山，但却怯于登攀，这都是因体力所限，故每每浅尝辄止，心有存憾。有时拗不过好友邀约，背起行囊去杂树生花的山中跋涉，也是行至半山，怎么说也不肯走了。只有一回，在闽侯旗山，原想登到半山就休息，哪想话语一出，就被一位女伴连拉带搡，终于被推至峰巅，领略了一回感官的欢乐。

然而，蒹葭苍苍的溪河，波光明丽的湖泊，或是纤细的、氤氲的、甚至空濛的水系水脉，总是更能激起我思绪的向往，宜于我心扉的欹张；如此，这些年间，我也总是想方设法亲近了不少有名的溪河湖泊；甚而美国的密西西比河、俄国的伏尔加河等，也留下了我不足为奇的足迹。无奈，江是看不完的，溪是走不尽得，更多的时候，我只能小心翼翼地打开画册，在灯下独对那些汹涌澎湃的大河、曲折蜿蜒的清溪，赏读一种力量和冲击，一种恬淡和静谧，一种莫名的欢乐和忧伤。

但这一回，真是有幸，当我有机会走进位于福建南部的平和县，走进这个东与龙海市、漳浦县相连，西与广东饶平、大埔县交界，南与云霄、诏安县毗邻，北与永定、南靖县衔接的县份，我赫然发现，这里竟是有名的九龙江以及鹿溪、漳江、韩江、东溪等5条主要河流的源头，因而，有"五江之源"的美称。五江之源！加之九龙江西溪四大支流之一的花山溪（又名琯溪），平和县大溪大河竟有6条。细一查，流域面积在50公里以上的共有12条。

好一个平和县！你依托着浓黛变幻的山脉，斜靠着纵横密布的水系，可算是真正把山水揽入怀中了；难怪，当人们拂去历史的烟尘，便能清晰地看到这里资源的独有、物产的丰富、人文的厚重、英才的辈出。

五江之源！原谅我这个号称爱水的人，竟是这样孤陋寡闻。于是，我看地图、搜材料、做采访，几天中，我数次亲近这些溪河。有时候，远远的，我就看见它们，那温婉的泉水，就是从那翡翠般的山中涌出的；滴滴，涓涓，细大不拘；一点一点地汇聚在一起，一股一股地流下山来。也许是一种使命，或是与生俱来就有一种浪漫的情怀，那一股股的水，总是与另一股股的水竞相汇合又相亲无忤。是的，它们喜欢纠缠在一起，在山涧中慢慢形成波浪，慢慢地开始冲刷山脚的岩石和树藤，并把峻肃的卵石带了一程又一程。结果卵石遗留在沙滩上，而它们，却像一群欢畅的少女，唱着自己的歌谣，向着下游，向着大海奔流而去！

　　现在，请允许我以散文诗的形式，把"五江之源"的源头去向排列一下：

　　九龙江西溪、漳浦鹿溪的源头在南胜镇，前者流经县境内坂仔镇、小溪镇、山格镇、文峰镇，流向漳州；后者流经县境内五寨乡，流向漳浦县；

　　漳江源头在国强乡，流经县境内安厚镇，流向云霄县；

　　韩江源头在芦溪，流经县境内秀峰乡、长乐乡，流向广东；

　　东溪源头在大溪镇，流向诏安县。

　　这是生命的溪流与河流。这些溪流与河流，都是大山挤出的乳汁，千万年来，造就并养育了平和这一方山峦与土地，百草与万物，以及千千万万的子民。它一直流淌在世代人的心里和不泯的记忆之中。


二


　　我喜欢溪河，是有原因的，即我的家乡就在兴化小平原上。两间老屋，与水相邻，虽没有花水盈窗、花覆书床之美福，但只消出了门，便有绿篱竹径，送达河边；而到河边之后，便可以肆意地与水亲近起来，一切也会变得欢欣又舒畅起来。年事及长，我开始对陌生的溪河产生更难抑制的好奇与渴望，甚至喜欢把那所有的溪河，都当做我心中默默等待和追寻的一个女子，这是我青年时期的一个心中的秘密。

然而今日，我看过不少溪河，有些地方却不会让我的心融进去。这是因为，那些充满着纯净和野趣的溪流越来越少了，也越来越小了，天光云影和繁枝密叶在水中交织的画面鲜可窥见，溪河被整体地破坏与污染，仿佛早已不是什么新闻了。对此，我有时看得心中生疼，嘴唇发苦，只痴想让辛弃疾回来，答应我与他比邻而居一段时间，好向他学习"梦里挑灯看剑"……

因此，平和的"五江之源"虽给我个人一阵迟来发现的欣喜，可我还是隐隐有些担心，这些源头，这是溪河，它们可安然无恙？

那一天去西溪，让我悬着的一颗心放了下来。西溪是九龙江的支流之一，它从远山逶迤而来，又名花山溪，是林语堂先生生前念念不忘的一条溪。"虽有急流激湍，但浅而不深，不能行船，有之，即仅浅底小舟而已"。正是这条溪，曾给予这位世界文化大师快乐的童年和最初的恋情，还有令他毕生难忘的美景。诸如他书中写道："记得，有一夜……船是泊在岸边竹林之下……其时沉沉夜色，远景晦冥，隐若可辨，水上灯光，掩映可见，而喧闹人声亦一一可闻。时而有人吹起箫来，箫声随着水上的微波乘风送至，如怨如诉，悲凉欲绝，但奇怪的很，却令人神宁意怡。"如缕的箫声，如梦的叙述，让当年读到这段文字的我，心中浮现出一幅凄美的画图。

西溪仍在。它没有在山中或大地上干涸隐退，但它真的可能不知道，它流经的这个叫做坂仔的地方，竟出了个世界级的文化人，这个人就是林语堂。只见那溪水，仍在并不宽阔的溪床上汩汩流淌着。水清澈且有些冰凉，毕竟还只是四月，乍寒乍暖。天有些阴，偶尔洒下的一缕夕光，照得溪水一闪一闪的，让人奇怪地感觉有些像女人的媚眼。后来猛想和林语堂先生曾在此有过的一段初恋，想起他在文章里写道"我记得她蹲在小溪里等着蝴蝶落在她身上，然而轻轻地走开，居然不会把蝴蝶惊走"，心里才忽而有悟，并且释然了许多。

无疑，西溪乃是一条美丽的溪流，远处群山耸耸，近处水草滟滟，岸上绿意盎然，四周空气清新；我走近林语堂故屋时，甚至听到了远处传来了几声牛的哞叫。

回到县里，我看到了一份材料，其中写到作为五江源头的平和县，是如何把九龙江流域水环境综合整治摆在经济工作的同等位置上的。这使我想起在县水利局走访时，了解到早在2006年，平和县就对五江源头进行勘探测定，经过摸查、确认，已分别在5个源头立碑并制定了保护规划。由此，平和人民心里平和了，五江源头的下游漳州、厦门等地的群众，在饮水安全方面也增加了不少信心。除此，"家园清洁行动"也在平和县搞得如火如荼。有资料表明，该县2009年已被命名为"国家生态示范县"，许多村镇也被命名为"全国环境优美镇"、"省级生态镇"和"省级生态村"。

水更清，山更绿，环境更优美的生态平和，正在一步步形成之中。这真是令人欣慰的消息。

三

水是平和的命脉，山是平和的命根。在治山治水的同时，着力发展森林生态建设，推进水土保持工作，就显得尤为重要了。

平和县地处东南沿海，台风暴雨多，降水强度大，水力侵蚀强，加上海拔差异大，地形复杂，容易引起严重的水土流失；还有，人为因素如过度开发山地，大规模基本建设和矿产资源开发，也会产生严重的后果，因而可以说，有关防护工作真是迫逼在眉睫。特别是"五江流域"等生态区位，提升森林的水土保持和涵养水源等生态功能，可称之刻不容缓。

树木长青伴四季，凭君默默报平安。平和县共建立了3个自然保护区和33个保护小区（点）。3个自然保护区分别是三平寺、灵通山和大芹山，合计保护面积3550.9公顷；33个保护小区（点）合计保护面积3488.4公顷，分布在全县各个乡镇，保护树木繁多，动物种类丰富。

但这一切，在今天或者未来，都有赖于增加对建设资金的投入、管理体制的理顺、法制建设的加强以及实行政策倾斜和对口扶持。

一句话，治山治水，乃是牵涉方方面面的一项综合性工程，谁也松懈不得。

平和人不会忘记，1973年7月29日的那场大洪水，全县8个自然村被淹，3000多亩良田被毁，5000多间房屋受灾，1万多亩小稻七天七夜浸没水中，颗粒无收……

大自然一直是人类生活的保障，但如果对大自然进行无休止的占有、掠夺和侵犯，这种无知、短视、盲目和自私，也会遭到大自然的报复。

平和人已认识到这一点。他们还清醒地认识到，要把完好的自然万物移交给子孙后代，就必须对自然的一切生存基础予以全面的保护，而有效的保护需要社会各方面的通力合作。

身为农业大县的平和，保护自然、保护生态，其实就是保护蜜柚、香蕉、茶叶、蔬菜四大特色农业产业，保护素有"世界柚乡、中国柚都"的美誉；同时，也保护了平和的钟灵毓秀、时代风华。千年历史的遗存，由此才会散发更为引人的醇厚和芬芳。

山水有情，山水有诗。所谓功夫不负有心人，一分耕耘必有一分收获。经过多年来有为有效的山水资源保护，平和县山山水水的大环境得到显著的改观，"临渊观瀑影，溪畔数游鱼"的美妙景致，在人们的眼中、笔下随处可见，绿色、生态的平和，使得前来考察、旅游的四方宾客纷纷发出感叹：

平和山美、水美、人更美！

## 四

仔细一想，平和的县名是很有意味的，由此可联想起诸多词语，如心态平和、心淡如荷、平安和谐等等。由此也会想起平和的远古，大约也是蓝绿凝碧，隐雾含烟的一帧帧淡墨画。那画中，少不了山、峰、崖、沟、涧，也少不了蓼、芦、菱、莲、萍。之后，更有那稻、鱼、柚、桃、李，还添得桑、麻、竹、樟、柳……如今，青砖瓦楞上长着苔藓的古民居复不多见了，没赶上申报世遗的特色土楼，时而还会传出几声咳嗽，但这个被视为"天底下最美的地方"的县份，也一举跃上了特色农业强县、文化旅游名县、生态工贸大县的门槛。无疑，"五江之源"给了平和太多的恩泽，使得平和县到处风光旖旎、秀丽清纯。也许是怀着感恩的心情，平和人给地方取名，也多带三点水，这样的村镇就有琯溪呀小溪呀大溪呀彭溪呀等等。而多带木字旁的名果名品诸如柚呀柿呀桃呀枕头饼呀等等，也都是水灵灵、湿漉漉、甜滋滋的叫人喜爱。更有名茶白芽奇兰和古瓷克拉克，充满着灵性和神秘，一听就会使人心曲婉转，遐思不尽。当然，平和县现今的五大绿色名牌中，除了已提到的琯溪蜜柚、白芽奇兰茶，还有坂仔香蕉、山格蔬菜和青枣。我曾想过，下次若有机会在平和多待几天，我一定会邀约朋友让我再去"五江之源"的任何一条溪河，白天看水，在如烟如染中看山色是如何呈彩斗艳的；也看两岸芦苇，是如何以繁密的枝杆纠缠野鸭的翅膀，让它款款落下……入夜，则拣个草屋，与朋友共枕溪声，细品名果。夜深时，再抱月而眠，在如梦的歌声中，朦朦胧胧地咀味"平和"的深意与韵味……

五

远处是连绵的山，
漂浮着蓝色的静谧；
近处是明净的倒影，
变幻着田园的神奇。
水草丛生的岸畔，
开放的野花灿若虹霓；
柚树和龙眼树垂下枝叶，
在温柔的风中轻轻摇曳，
……

这是我在平和写下的几句诗，拿给平和的朋友看，他们说："怎么不见人啊？"有人又说："平和的女子很美，应该写一些。"还有人当场给我念了两句诗，说是写平和女的，叫做"碧透冰绡偷半面，风情万种费人猜"。我问出处在哪里，那人却笑而不答。

若如诗中所述，平和女应该是美而多情的。但我这次写"五江之源"有关的文字，与此牵系似不成理，也就按下不提。不过我倒想到这些天我接触到的平和人，大都热情、诚恳；地方百姓，据说最大的优点就是勤劳、勇敢且善良。对此我深信不疑。但我从往日与平和人的接触中也知道，平和人聪明也富才智，自古至今，出现了许多俊杰英才。他们的名字，都是我们耳熟能详的。最有意思的是有人说过，平和人的眼睛很干净、很纯净，任何随意碰撞，都能读出其内心的信任与友好。为什么这样呢？答案似也不少。不过，这次到平和来，看了这么多秀美的山、清冽的水，想到这里的五江之源，我倒有自己的想法，他们的处世与人生观，大约是千百年浪涛水洗的结果吧；所谓活水源头，能不教人心明眼亮？

或者说：独占五江灵秀，能不从容写春秋！

离开平和前，我整理了采访的笔记，发现记下"五江之源"的材料与数字，至少有一二十页，其间还夹杂着我对平和山水速写与感悟的文字。诸如对平和县通体的感受，我这样记着：

平和多山多水，乡镇之间，大都以溪河为臂相挽，以桥梁为手相牵，而四季的阳光和雨水，则为针线，在它们身上密密相缝，影影绰绰，绣出村庄和稻田鲜艳的颜色，绣出水果和山花甜柔的温馨……

在林语堂故居，我只写了两句：

这里，回荡着花山溪的清芬；这里，放飞了林语堂的遐思。

在南胜镇鹿溪流过的地方，我写道：

这里溪水的颜色，和田里稻秧的颜色一样，四周田园风味浓厚，退亦无忧，进也自由，可真是宜居之地。

而在芦溪，我则写了一段抒情的文字：

暮色如染，新月如钩。我不复再见下午在溪边的岩石缝隙中生出的那棵石松。我记得，它伸出的枝条有些苍劲，但它翠绿的尖叶却挂着不知从何飘来的露珠，一闪一闪的，仿佛一双双注视的眼睛。那时我走了过去，努力用脸庞贴近，好像想感应一种心跳。但我什么都没有听见，只隐约听见了四周植物的根茎，正发出此起彼伏的拔节声音……

还有，车过东溪和韩江时，我感觉这两条溪河均有一些美不可言的支流。而那些支流的水底，清晰可见其沙石如同筛出来的珍玉，晶莹动人；再看溪床中的溪水，倒像滚动的水晶。时而，还能听到斑鸠用押韵的叠音在唝叫着，我忍不住乘兴胡凑了两句：

　　沉醉依千叶，凭溪望蝶飞……

当然，相应记下的还有些是关于看见溪河两岸植物的名称，大都是马尾松、杉木、木荷、阔叶树等。这些植物，在溪河的滋润下，长得茂盛，远远望去，一层浅绿，一层浓绿，一层墨绿，似乎都散发着一种惬意的颜色。在那些荫凉的地方，白天竟和夜里一样，让人感觉出不尽的凉爽、幽静和芬芳。

## 六

再见了，平和；我对你的"五江之源"，只是一个浅浅的初探，但我感觉，你却给我太多的感触与收获。我愿意说，我所见到的每条溪、每座山，都已经清晰地留在我的心中；甚至那每一弯水、每一棵树，还有那劲抽的草叶、舒展的藤蔓，甚至一脉苍然的苔藓，都会成为我蓄起的回忆。

# 蜜柚之乡

# 在那柚花飘香的季节……

## ——访"中国琯溪蜜柚之乡"平和

黄种生

在那柚花飘香的季节，我们来到了平和县。这里见不到荒山野岭，目光所及，到处都是绿油油的柚园，柚园里种植的是闻名海内外的名果琯溪蜜柚。一年四季郁郁葱葱，无处不绿。绿，仿佛是琯溪蜜柚的灵魂，是这颗被古人喻之为"侠客"的蜜柚的化身。只因有了这份绿，不但把平和的山川装扮得更加秀丽，而且让平和人走出了一条绿色产业富民兴县之路。

一

蜜柚，俗称"抛"，最早产于平和县琯溪河畔的西圃洲地，后人改称琯溪蜜柚。琯溪蜜柚种植历史悠久，果大皮薄，瓤肉无籽，多汁柔软，入口溶化，不留残渣，块头又大。在 2011 年举行的"柚王赛"中，山格镇龙庆村的果农蔡来福的一颗蜜柚，重达 11 斤 8 两，称霸"柚林"，颇具"侠客"豪气，堪列柚类之冠。

平和县 57.8 万人口中，有 10 多万人从事与蜜柚相关的产业，农民人均纯收入有 1/3 来自蜜柚。蜜柚是农村经济的主要支柱。2011 年，全县蜜柚种植面积达 65 万亩，产量 120 万吨，年出口 13 万吨，创下全国县级柚类品牌、种植面积、产量、产值、市场份额、出口量六个第一的奇迹，享有"世界柚乡、中国柚都"的盛名。在采访中，县农业局陈副局长微笑着告诉我，现在全县种蜜柚万株的有上百户，种 5000 株的有近 3000 户。接着，又自豪地说，他早些年带头种蜜柚，一家 5 兄弟都种起来，带动全村 400 多人种植，2011 年人均收入 5 万元。高级农艺师张金桃说，过去平和人种蜜柚，零零星星种的是"油盐果"，现在成片经营，已经是在山上办"绿色银行"了。我问过宣传部的赖副部长，现在年收入上百万元的农户，是不是相当于当年的"万元户"？他笑嘻嘻地回答，大致就是那么一个概念。

珢溪蜜柚，让农民的钱袋子鼓起来，让平和县的山更绿、水更清，也带动了水、电、路等基础设施的建设，带动了蜜柚加工、贮运、营销等行业，对内、对外销售量猛增。每当柚子收成的季节，在 120 多天的日日夜夜里，在县城、乡镇的道路上，每天有 500 多部高吨位运送蜜柚的大车，挨挨挤挤，熙熙攘攘，络绎不绝，走向大江南北，走向海关出口通道。平时，平和人向周边许多县份的畜牧场、向沿海地区的渔场，甚至向内蒙古大草原购买有机肥的车辆，一车车满载牛、马、猪、羊粪便和鱼粉，穿梭于山乡、果园，使往昔寂静的山村沸腾起来，形成一幅繁忙富丽的画面。

老百姓富起来后，不仅致力于把发展蜜柚产业做强做大，而且关注于改变贫困的生活。人们纷纷盖起新房，购买轿车，他们形象地将自己的房子、车子称作"蜜柚房"、"蜜柚车"。小溪镇西林村，素有"珢溪蜜柚第一村"之称。这里不仅是珢溪蜜柚的原产地，而且是靠一颗蜜柚致富的典型村。富裕起来的西林村群众，告别泥瓦房，有的乔迁新居，有的住进别墅。建水泥路、改造厕所等大规模的环境整治，使村容村貌变得整齐、干净、宽畅、明亮。社会文明之风劲吹，人与自然和谐相处，一跃成为全县的小康示范村。坂仔镇西坑村的甘坑，许多柚民一年人均收入超万元，家家盖起小洋楼。县里不少柚农还到厦门、漳州购买住房、店面。在周边大城市的一些小区，平和人在那里购置的房产占 30％甚至 70％，联排成串，令人艳羡。而大多数人依然故土难离，留在山村发展前景美好的绿色产业，眷恋着大自然恩赐的绿色家园。

在平和县那几天，受到山里人那洋溢着自信、幸福微笑的感染，心情特别愉悦。在烟雨迷茫之中，在雨后初晴之时，车子行走在万绿丛中，逗留于村头地角，偶尔见到墨绿的群山中一缕青烟缓缓升起，见到柚树绿荫之下肥大的母鸡带着小鸡悠然拨草觅食，见到横跨清澈涧流连接两座土楼的创意小桥和绿荫掩映之下的一座座小洋楼的身影，不禁油然而生远离喧嚣，向往自然，向往这一富于诗意的宜居之所的渴望！

## 二

然而，平和县这一块红色土地，新中国成立多年以后，由于种种因素的影响，人民群众却没能完全摆脱贫困。从上个世纪 50 年代末到 70 年代末，砍伐森林大炼钢铁、开山造田、割资本主义尾巴等一拨又一拨违背自然规律的举动，使生态失衡、水土流失、环境恶化，原来山清水秀的平和县变成荒山秃岭，满目凄凉。1986 年，这个县被国务院列为全省 11 个国家贫困县之一。上世纪 80 年代末，还是全省 3 个荒山大户之一。县农业局有人说，当时，有的荒山坡地几乎是寸草不生。干部工资低，群众生活难，至今谈起来依然感慨不已。

在革命战争年代，平和人民曾经打响八闽第一枪，受过光荣革命传统的洗礼，他们决不甘心安于现状。"文革"结束之后，干部、群众面对日益恶化的生态环境，奋起消灭荒山，种植果树。在那场"翻身仗"中，不能不提及一位普普通通的庄稼汉。他叫李亚信，小溪镇西林村人。初中毕业，正是"文革"兴起之时，他没有卷入"大串联"的潮流，而是安心在生产队种地，先在风门岭的柑橘场劳动，后在西林生产大队综合场当场长。那年头，虽说当了场长，也和场员一样拿工分。一天10个工分。年终结算，1个工分就值1角钱。辛辛苦苦干一年，只能挣个300多元钱。

穷则思变。机会总是给予嗅觉敏感的人。1980年9月，中共中央《关于进一步加强和完善农业生产责任制的几个问题》的通知下达，李亚信敏锐地感觉到农村改革的号角吹响了。他毅然辞去综合场场长职务，提出要承包开发生产大队和生产队的荒山荒滩。生产大队、生产队将15亩荒山荒滩让给李亚信无偿开发。李亚信决心在那些被抛弃的地方种植老祖宗传下的蜜柚。众所周知，小溪镇西林村李氏先人李如化是目前见诸文字的最早种植蜜柚者，被后辈称为"西圃公"。可是，经过一连串天灾人祸的反复折腾，这时柚树几乎绝迹。李亚信到处打听哪里还有柚树，最终打探到小溪镇的后埔村、旗杆寨村、大坑果场3个地方，各自还幸存一株。李亚信喜出望外，恳求柚子的主人让他剪取芽穗，进行繁殖。当时，谁也不懂蜜柚是个宝，有人甚至讥笑说，种柚子？命短的人恐怕都吃不上。李亚信却一口气种了105株，成为平和大种蜜柚的第一人。1986年，蜜柚开始挂果成熟，亩产达到2400斤，上市供不应求，按当时市价折算，一颗柚子可换3斤猪肉，消息传开，山乡轰动！他一步一个脚印地往前走，从平和县的第一位农民"万元户"，进而成为"十万元户"、"百万元户"！

有道是"榜样的力量是无穷的"。李亚信的成功在平和产生了很大的影响，一个种植琯溪蜜柚的热潮在平和县悄然兴起。

三

当然，轰轰烈烈种植蜜柚绿色大潮的涌起，是党的政策的召唤，是地方领导者在贯彻中央政策时解放思想，因地制宜所采取的灵活措施的推动。平和县的领导同志，像接力赛一样，一任接着一任往前冲。

人们记得，1982 年 1 月 1 日，中共中央发出第一份关于"三农"问题的"一号文件"，之后，又连续 4 年下发关于农村政策的中央"一号文件"。这 5 份"一号文件"，真实地反映了亿万农民的心声和要求，成为我国农村改革迅速推进的强大动力，让广大农民兄弟看到了农村的联产承包责任制的发展，看到了农村市场的放活，看到了个体经济是社会主义经济的必要补充，看到了光明和希望。平和县委、县政府的领导者从平和的实际出发，果断拍板：把大种琯溪蜜柚作为平和脱贫致富之路，发动全县上山种植蜜柚。至此，栽果种柚的热浪一浪高过一浪。

在琯溪蜜柚发展过程中，县委、县政府领导者始终发挥着主导的作用。

他们冒着风险下文，允许全县各级干部利用节假日和工作之余，带头上山种植蜜柚。又先后下达了"县办万亩、乡办千亩、村办百亩果场、户种百株蜜柚"的具体指标，号召县乡干部、职工、城镇居民、个体户"四轮子一齐转"。农民缺钱购买柚苗，县里赊给柚苗，待到收获季节再以一颗柚子作为一株苗木的价钱抵还。同时，允许干部带薪休假跑市场，搞营销，重奖营销大户，解决蜜柚大发展后出现的销路问题。

他们注重品牌的打造和提升，早在 1992 年就注册"琯溪"商标，持续宣传琯溪蜜柚。1998 年，开启了第一家在央视黄金时段为水果类产品做广告的先例。积极引导营销大户和出口企业带动规范使用"琯溪蜜柚"商标，从 2006 年到 2008 年，琯溪蜜柚先后被认定为"福建著名商标"、"中国驰名商标"、"中国名牌农产品"。琯溪蜜柚地理标志证明商标，分别在 17 个国家和地区进行商标国际注册，并被推荐为与欧盟交换保护的十大地理标志保护产品之一，有力地提升品牌水平，促进跨越发展。

他们与产业企业联手，探索新兴农业产业发展模式，发展产业链经济。南海集团、锦溪集团、国农公司等龙头企业，在扩大蜜柚产业链发展方面，取得了显著成果。南海集团邀请国内外专家进行农产品种植管理技术指导，推进"公司＋农户＋基地＋标准化"生产模式，对蜜柚从育苗、栽培、施肥、喷药、采收运输、保鲜、入库、配送，实行全过程科学管理，从源头上保证了蜜柚深加工产品的品质，成为我国第一家以自有品牌直接向欧洲市场出口蜜柚产品的企业，占据欧盟近20％的市场份额，带旺了销路，增加了利润。

他们凝聚各部门、各方面的力量，包括农业、科技、工商、质检、银行、海关、新闻等等，形成一股巨大的推动力，使琯溪蜜柚产业良性快速发展……

在平和县，我感受最深的是，那里的领导者始终抱定为人民的利益而奋斗的目标，努力地为人民的利益而工作。因此，他们和广大干部、群众很早就找到了一个共同的兴奋点和紧密的结合点。他们在带领干部、群众大种蜜柚、发展绿色产业这件事上，一切为了人民的利益表现得如此自觉，如此直接，如此默契！因此，他们能够上下一心，拧成一股绳，合成一股劲，朝着共同的目标不懈地奋斗，给人民群众带来了实实在在的利益，给平和县带来了巨大的变化。1997年，省委、省政府授予平和县"光荣脱贫县"的荣誉称号；1997年、1998年、2000年，平和3次荣获福建省"经济发展十佳县（区）"称号。琯溪蜜柚在平和县经济发展中，已经处于关系全局、举足轻重的地位，牵动着平和县家家户户老百姓的心。

一颗蜜柚富了一方百姓，是平和县领导者和人民群众共同创造的奇迹！

# 白芽奇兰茶的记忆

蔡天初

我不是茶人，也不会那种优雅的茶道，出于对茶的喜爱，却天天泡茶喝茶。喝茶时丢开繁琐的茶具，只选一个清透的玻璃杯和一把随意的散装茶，将刚烧开的水冲入杯中，托着那荡悠悠一杯碧水，随着水汽的氤氲上升，飘出茶香来，仿佛天地间只有这样泡茶方为"茶"。

记得，多年前，时当清明节，茶季到来，我在漳州中国女排训练基地调研时，第一次喝到白芽奇兰茶，并得知平和白芽奇兰茶是"中国女排专用茶"，今年又成为"厦门马拉松指定茶叶品牌"。白芽奇兰茶的品茗，讲究传统操作技艺和技术的茶道，单是看上一眼便能让人心神俱醉，茶汤尚未入口，茶香袭来，烦倦顿除，轻轻抿上一口琥珀般的茶汤，一种带兰花的香气充溢齿间，那滋味，非言语所能描述，向你展示了与众不同的美和那份独有的韵味。从此我便开始喜欢体验品茶过程中的环节和情趣。

如今，白芽奇兰茶从"藏在深闺人未识"，一跃名扬天下，已是漳州茶叶栽培面积最多的品种，和铁观音、武夷岩茶、坦洋工夫、永春佛手等一起跻身福建茶叶名品行列。现在，又到一年新茶采摘、柚花飘香的时节，随省炎黄文化研究会作家采风团走进平和。这一次，我竟被白芽奇兰茶所牵绊，将白芽奇兰茶作为我采访的重点内容，置身其中，茶香拂面，感受着白芽奇兰茶的独特魅力和神秘韵致。

## 茶源·茶名·茶史

白芽奇兰是茶名，慢慢地，人们习惯了这种称呼，这带有神秘色彩的名字，听着都令人遐想、激动。白芽奇兰名茶一度隐没，知名度和销售量远不如其他历史名茶。采风期间，我自然一直探究白芽奇兰茶生世之谜，心中念叨它究竟始于何时。

据说，最早的白芽奇兰茶是用本地粗纸包起来的，然后在外面盖上"彭溪茶"销售。当时，平和县奇兰本有白芽、红芽、青芽、竹叶、早芽、晚芽、金面7类品种，1990年统一以"白芽"命名，并从此为茶叶界所接受。平和县种茶制茶历史悠久，触摸历史的那个片断，了解白芽奇兰茶不十分容易，因为它太丰富、太厚重了。当地流传着许多有关白芽奇兰茶历史的神奇传说和引发的故事，脍炙人口、四处传扬。

据有关资料记载，明代大哲学家王阳明于正德年间带兵到闽粤边境的南靖平乱，期间他邀南靖县儒学生张浩然，夜访贤德曾敦立乡老，请教治县方略，曾敦立乡老笑而不答，斟了满满的一杯茶说："寒夜客来茶当酒，这杯茶请御史大人喝了。"王阳明先生说："茶水满杯，未便饮之。"曾敦立先生再拿只杯来，将一杯茶分倒成两个半杯。王阳明一经暗示，茅塞顿开，回到营房即与张浩然商议把南靖县一分为二，于正德十三年（1518年）凑准新置平和县，这就是"夜饮大芹山茶而得'分而治之'之良策"的传说。同时，为答谢王阳明建置平和县之功，九峰镇民众在东郊修建一座王文成公（王阳明的尊号）祠，翰林院修撰黄道周，啜饮大芹山茶而文思泉涌、秉烛夜作，一挥而就洋洋数千言的《王文成祠碑记》，"弦诵文物，着于郡治"，"人为诗书，家成邹鲁"，成为平和茶史上一段佳话。

我查阅清康熙《平和县志》，仅有"茶出大峰者良"（大峰即现在平和的大芹山脉）的记载，白芽奇兰茶究竟始于何时，众说不一。有人说，明成化年间（1465—1487年），开漳圣王陈元光第28代嫡孙陈元和游居平和崎岭彭溪水井边时，发现有一株茶树，枝稠叶茂，其芽梢呈白绿色，叶片青翠欲滴，自然发出浓郁清香，遂采其芯叶精心炒焙，制出的茶冲泡后，飘散出兰花的芬芳，因芽梢呈白绿色，茶汤带有奇特的兰花香气，人们取名为"白芽奇兰"。也有人说，相传清乾隆年间，在平和大芹山下的崎岭乡彭溪井边自然村，发现长出一株奇特的茶树，新萌发出的芽叶呈白绿色，采摘其鲜叶芽制成乌龙茶，结果发现，制出的茶具有奇特的兰花香味，因此将这株茶树取名为"白芽奇兰"，制成的乌龙茶也称"白芽奇兰"，随后，人们将这棵茶树作为母树，大量培育后代，至今已有250多年的历史。这两个传说在故事外壳和精神意蕴上如出一辙，由此引发的猜测和传说自然有很多。

悠远神奇的彭溪传说，更使我们神往。我们按图索骥，果然，在彭溪村井边自然村，寻访到一口古井遗址，四周寂寥，当地人称，在前几年，水井边确有棵古老母茶树，但现在四周仅留下残壁颓垣，多瓦砾砖石，伫立其间，一种新鲜感伴随着沧桑感从心底油然而生。当然，说古井奇，毋庸置疑，的的确确废井处仍涌出汩汩清水，在古井不远处，杂草丛中，还见到几株枝繁叶茂、傲然挺立的老茶树。我知道这一切都是因它所致，这是偶然还是巧合，不得而知。我们一往一返半日方归，我也没再进一步考证。

作为现实的写照，近年来颇受瞩目的说法是，现在的白芽奇兰茶是乌龙茶新良种，是平和县农业局茶叶指导站的温天海和崎岭乡彭溪村的何锦能等科技人员，从当地的奇兰茶群体品种中，单株选育而成的无性系新品种。说是1981年秋，在平和县崎岭乡彭溪村发现"坑岸边"的13株有性后代奇兰茶茶丛中，有一株老茶树与其他老树长势不同，树势强健（树高1.7至1.8米、树围2.5至3米），其新梢长得特别茂盛，新梢芽尖白毫明显，经小量试制品质良好。于是开始培育繁殖，扩大种植面积。直到1993年，新选育的白芽奇兰茶被农业部茶叶检测中心评定为"青茶类优质产品"。1995年10月19日白芽奇兰茶通过了福建省农作物品种审定委员会茶叶专业组的审定。1996年4月被福建省农作物品种审定委员会审定通过为省级茶树新良种。1997年全县白芽奇兰茶种植面积仅1万亩，2012年扩大到10万多亩，白芽奇兰茶产业成为平和县农业支柱产业之一，是平和县农民继蜜柚产业之后的又一主要收入来源。独具韵味的白芽奇兰茶迎来产业发展的春天。

溯本求源，可谓传承。平和县是白芽奇兰茶的发祥地，熟知白芽奇兰茶厚重历史文化的平和县白芽奇兰茶协会，将其在"坑岸边"茶场发现的白芽奇兰茶母树，精心保护起来，并在旁立一块石碑。作为历史的见证者，昭示了白芽奇兰茶的昨天和今天，并注视着我们明天的走向和行动。

## 茶树·茶园·茶山

名山出名茶，名茶耀名山。古往今来，大芹山与大芹山茶相得益彰，誉为白芽奇兰茶的王国。

到平和采风，我们首选到大芹山。大芹山，位于崎岭乡、国强乡、九峰镇、大溪镇交界，海拔1544.8米，是我省标准的有机茶示范基地。大芹山的东南西北面各镇都有一条小路通往顶峰，一条曲曲折折的盘山路招引着我们前行，沿着山路蜿蜒而上，远远望去，山顶上云雾缭绕，大家不由地被眼前旖旎的美景所陶醉。别具一格的名峰山庄楼房建筑，若隐若现，宛如童话王国中的城堡；顶峰有一奇石，长2.5米，宽2米，厚0.5

米，由 3 个石柱撑着，在不同的方位敲打，会发出不同的音响，当地人都习惯地称它为八音石；登上高峰，用望远镜可观看云霄方向的大海；主峰的周围有小芹山、鹅公髻、出水仔、笔架山、黄世尖、南山崠、大尖尾、石尖仔崠、谷坪山、交洞山、溪头尾及东北边的粗科崠、北边的江秀斜崠、西北边的观音崠和拉子旗等 15 座千米高山……如画般的美妙风光无限，撩人心扉。

但是，更令我向往的也许还是那星罗棋布的茶园。目之所及，到处都是茶树，如一颗颗绿宝石镶嵌在大芹山这块风水宝地上，浑如天造地设一般。这里的茶树长得特别茂盛，茶叶一簇堆在另一簇上面，不留一点儿缝隙，认真地打量，只见叶片成椭圆形、叶面微隆起、叶缘呈微波状、叶身平、叶顶渐尖、叶齿较密锐、叶质较厚脆、叶片下部较长……让你不忍心移开目光，轻轻贴近它，一股淡淡的清香沁人心脾。

乘车绕着大芹山那同心圆茶园转了一个外圈，又转了一个内圈，山路急转让我有些头晕目眩。

我们是在大清晨上山的，晨雾尚未消散，举目四望，碧绿的茶树上露珠盈盈，水汽氤氲，这儿的山真和别处不同，整座大山仿佛笼罩在一袭青纱帐中，迷迷蒙蒙，望不到尽头，四周显得出奇地宁静，只有那隐隐约约的云雾不时从天际而降，仿佛把所有的云雾都兜在了这里，给人一种朦胧美，平添了一份神秘感。有人说，大芹山是云雾堆起来的，一点都不假。平和同志介绍，大芹山四季皆有云雾飘忽的踪影，常年被云封雾锁，白芽奇兰茶仰仗大芹山得天独厚的云雾气候，可谓是多云雾出好茶，因此大芹山茶园被誉为"云雾茶园"，声名远播。

大芹山与灵通山之间是东溪源头谷地。大芹山的山势，一面显露出雄伟、刚毅的气势，另一面展示出平缓、渐形低落的舒展之美。从地理特征来认识，大芹山山体不算大，山的绝对高度也不算高，山属于直上直下形状，两山谷地间梯田连屏，山岭和谷地相间分布，相对高度不悬殊。山腰下是密密麻麻的一片片柚树，开花结果时节，香飘万里，而高海拔山地成为得天独厚连片的茶园，难怪有人发出过这样的感叹："白芽奇兰茶是柚香吹拂而来的。"

优质的茶叶是造出好茶的前提条件。高海拔的茶园，生态系统保持稳定性，为孕育无公害、生态、有机的白芽奇兰茶创造了良好的条件。农业局黄良仕副局长掩盖不住内心的喜悦，告诉我们说："平和白芽奇兰茶每年的茶样检测，茶多酚类含量15.7%，咖啡因2.8%，儿茶素总量11.78%，氨基酸0.8%，所有指标全部符合无公害茶叶要求。"是的，从1999年1月注册"白芽奇兰"商标开始，连续5届入选海峡两岸茶博会礼品茶，先后近百次获得福建省名茶奖、上海世博会特许商品等各类奖项。在2011年中国区域公用品牌价值评估发布会上，平和白芽奇兰茶品牌评估价值达16.28亿元，位居全国茶叶区域公用品牌50强之列。可贵的是，白芽奇兰茶还被中国优质农产品开发服务协会评为"2011消费者最喜爱的中国农产品区域公用品牌"。

我们惊诧于大芹山的美了。让我们通过解读大芹山，去追寻白芽奇兰茶的发展历史，去感受白芽奇兰茶独特的个性魅力。

## 茶艺·茶品·茶人

早就听说，茶叶生产工艺是一门综合艺术，制作工艺精细复杂，从白芽奇兰茶品种树上采下的鲜芽叶，要经过晾青、晒青、摇青、杀青、揉捻、初烘、初包揉、复烘、复包揉、烘干等十几道工序才制成毛茶，再经过精制而为白芽奇兰茶。制茶工艺从育种、种茶开始，谁也讲不清有几道工序。我们一行，闻其名者多，却一直未有机会去探访。这次，才有幸一探这相传已久的，能在"茶"里保留下兰花香的制茶绝活。

天醇公司制茶厂位于海拔 800 米的大芹山有机茶基地，在这里制茶的老茶工技师有种格外的从容和自信。一位揉茶的老茶工技师"心运其灵，手熟其巧"的加工过程，动作麻利，眼睛明亮，很吸引人，试探着问他多大年纪，"75。"从家庭作坊开始，已经做了 60 多年茶。他对茶的理解，对茶的热爱，对茶的崇拜，是那样地情不自禁和刻骨铭心，看得出，他对制茶表现出一种虔诚。与他娓娓道茶来，如话家常，令我十分感动。他介绍说："白芽奇兰茶是充满灵性的，追求清新，兰香韵明显，要做到看青做青、看批次做青、看季节做青，要静心地去制好每一泡茶，也就是要心闲、手敏、工夫细，把专业、经验、悟性都表现出来才行。"他又说："制作好的白芽奇兰茶毛茶，有共同评判标准，除了外形是'青蒂绿腹蜻蜓头'外，更重要的是能留有兰花香。在这么一个靠手艺吃饭的行业，技术是很重要的。"是的，通常人们都对这制茶工序很眼熟，电视上也常能看到，而在制茶厂里，实在不是一个梦幻又浪漫的工种，也不是做给人看的观赏项目，要的是实实在在的手艺、智慧和汗水。在茶厂里，任何一个看似简单的工种都不容小觑。每个人的工作质量，都决定着每一批次茶的成败。当了解了制茶工艺后，就不能不被那些真正让白芽奇兰茶独步天下的无名茶工们所感动了。我们在这里留下连连惊叹，对我们这些门外汉来说，实在难解开兰花香味之谜。

得天独厚的环境和当地传统精湛的制茶工艺灵巧地结合，平和人创造出色、香、味、形超群的白芽奇兰茶名牌。从资料上看到，全县从事茶叶的企业、农户 1 万多个，涉茶人员 18 万人，毛茶年产值约 8 亿元，涉茶产值超过 14 亿元，注册茶企业、个体户 200 多个，他们都在精心培育和努力打造特色品牌。

白芽奇兰茶选育成功以来，在国内外评比中屡获殊荣。坚持"生态种茶、科技制茶、科学说茶、规范卖茶"的理念，以优于国标的制作标准，选取绿色种植环境、无公害种植技术，保证了白芽奇兰茶叶品种繁多、品质优良，翘楚于全国茶叶市场。天醇公司总经理张国雄是茶人创业的代表，有着传奇的色彩。前几年张国雄从学校毕业后，进入食品公司工作，公司下马转制，他毅然转行开始学习经营茶叶，开办自己的天醇茶叶公司，取意"天地和，醇香远"，从此与白芽奇兰茶结下了不解之缘。他回忆往事说："有趣的是，刚开始时，茶商要茶叶商标，他只能拿电话号码充当；台商拿出小小的真空包装茶，我感到十分惊讶，第一次看到茶叶也可以这样包装，得到不少启迪。"从此他收购茶叶，开始摸索自己包装，创自己品牌。与其他厂家不同的是，张国雄建厂之初，就确定了企业的发展方向，他最爱讲的一句话就是，"打铁还得自身硬！我在乎的是茶品质，茶叶质量要源头抓起，这也是对客户的负责。"为了保证质量，意识到原料要自己控制，他的公司开始关闭县外所有店铺，这意味着经济损失，但他依然固执己见，一头扎进大芹山的绿色怀抱，认真地打量起茶园基地建设。近几年，他在三坑设立狮岩峰白芽奇兰茶生产基地，收购崎岭大芹茶场进行升级改造，在芦溪镇新开辟一个基地，研发出琯溪蜜柚、白芽奇兰茶两大品牌强强联合的柚香奇兰和用红茶工艺制作白芽奇兰茶的天醇红等70多种系列产品。天醇公司成为开发品种最多的白芽奇兰茶企业，树立一个良好的企业口碑。

很多研究天醇公司成长史的人，都会对天醇公司市场创新能力赞叹不已。张国雄把文化融合在茶叶的生产营销过程中，做有文化的茶，这条脉络在张国雄做茶的过程中日益清晰。张国雄研究茶文化，喜欢给平和白芽奇兰茶寻找文化的支撑，或者说在他的生产营销过程中融入平和文化的元素。也就有了连续两届的"林语堂和白芽奇兰茶"的全国征文，有了和林语堂文学馆合作编辑出版《奇兰雅韵》。他明白，在众多的茶叶之中，决定能够走多远的因素不仅仅是质量，还有茶叶所附属和融合的文化，用他的话说："只有做有生命、有思想、有文化的茶，白芽奇兰茶才能走得更远。"话茶文化，张国雄精心挑选了上乘的一片茶园，取意公元1851年设置平和县的年份，命名茶品为"1851"，创作出"1851"系列茶，每斤茶定价为1851元，同时，以华贵的粉红色修饰包装，寓以希望、健康、财富和真爱四个美好祝愿；以鲜明的特色和精巧的方式，把茶叶包装成奇趣独特的柚子形。"1851"全新的创意，可谓巧夺天工。张国雄总结道："设计包括造型设计、彩图设计、用料设计，既要了解中国的传统茶文化，又要跟上国际流行趋势，这样才能设计出广受欢迎的精品。"

风正一帆顺，品高万里扬。平和茶人的追求卓越，记忆了白芽奇兰茶的发展历程，靠的就是科技的支撑、人才的力量、改革的精神和先进的管理。我们有理由相信，随着白芽奇兰茶的逐级开发，让品牌优势向国内和海外市场延伸，已经成为平和茶业界进军的一种必然趋势。

……

"雾锁千树茶，云开万壑葱。香飘千万里，味酽一杯中。"走进平和，白芽奇兰茶制作工艺之神秘、品种之丰腴、品牌之考究、文化之精深，会产生很多令人陶醉赞叹的色、香、味、形、美的欣赏境界，呈现在你眼前，让你一饱眼福，更令你大开眼界。

# 探访平和土特产

石华鹏

　　到一地旅行，我们饶有兴趣问询并吸引脚步前往打探的莫非3个问题：这里有什么好看的？好玩的？好吃的？

　　好看的，即名胜古迹、山水风光；好玩的，即风土人情、民俗绝活；好吃的，即美食茶点、瓜果佳酿。一地有一地之水土，养一方人，成一方史，生一方物。往小里说，这是日子，这是生活；往大里说，这是文化——丰富多彩，万千迥异。

　　为了饱眼福、饱口福、长见识，我们时常打起背包离开家到别处去，所谓别处，是自己一辈子未曾踏足的土地，或者是一辈子可能只去一次的地方，去那里探寻好看的、体验好玩的、品味好吃的。哲人说世上没有完全相同的两片树叶，别处的每一处都是不一样的，这不一样称为"土"称为"特"，它像磁场一样，吸引我们不知疲倦地朝它走去。

　　平和地处漳州西南部，明正德十三年（1518年）置县，取"寇平而人和"之意。"平和"是一个美妙的名字，当我轻轻念出"平和"二字时，我的心境便是如此的了，难怪当地朋友说，平和不仅仅是个地名，更是一种心境、一种境界。

　　以平和之心境游走平和，那著名的平和蜜柚、坂仔香蕉和白芽奇兰茶便不必说了，单就那产于平和乡镇的、正宗地道的名特土产，比如小溪枕头饼、南胜麻枣、山格生仁糖等，就让我流连忘返、口舌生香了。

　　这些名特土产各具风味，用料和制作工艺讲究，尽管同属平和县，但以不同乡镇闻名，从每样产品名称的前缀地名便可看出，枕头饼以小溪镇为美，麻枣以南胜镇为佳，生仁糖以山格镇为胜。有一点是相同的，它们的诞生都有着一个或几个美丽的传说故事，无论这些传说故事从哪里来，无论你是否相信它，但它们的前世今生总是跨越着时空的山高水长，我与它们相遇，是我的幸运，是我的满足。品尝它们，除了让我的味蕾享受尽情地舞蹈外，还是我品尝生活的滋味、品尝平和历史滋味的方式之一。

## 小溪枕头饼

因为是外地人，在平和第一次听闻"枕头饼"之名时，我心里咯噔了一下：有枕头那么大？怎么吃啊？见到真正的枕头饼之后，才知道自己心里的那一咯噔有多么傻。

枕头饼其实很"秀气"的，只有小指般大小，长条形，小巧玲珑，状如枕头而得名。枕头饼不光"秀气"还很"漂亮"：四面金黄而不焦，黄中泛白，透着温润之光，仿佛精致的小玩意儿，还没入口，便口舌生津了。拿上一枚，咬一口，香甜酥脆，细腻爽口，入口即化，不留粉渣。莫看它"秀气"，里边并不简单，咬开来，薄皮之下包裹着馅料，馅料有着柑葱的香甜味，让人齿间留香，回味无穷。

如此既美味又美观的茶料甜点——枕头饼，它的制作工序是繁细讲究的。小溪枕头饼的制作一般有五道工序：选料、制馅、印形、烘烤、包装。

选料和制馅，选用上等精面粉、猪油、白冬瓜条、白糖、饴糖、山柑、炸油葱等原料，然后按照秘不示人的"秘方"，把各种原料按一定比例进行配制，确保馅料入口即化不留粉渣。印形，就是制成小枕头状的过程。平和大世界饼屋的经理对我讲，他们曾尝试用机器自动化来印形，除了"形"有时"印"得不均匀外，味道也没有手工印形出来的好。现在他们都是用手工印形。尽管人工费贵些，为了保证枕头饼的百年风味，他们愿意这么做。

在烘烤上，采用平底煎鼎文火烘烤，要求四面烘赤而不烧焦，技术性极强。为了让我有直观的感受，大世界饼屋的师傅专门为我们示范了烘烤技艺，难点在把握火候和烘烤时间，长时间摸索，师傅们已经很有经验了。刚出炉的枕头饼焦黄分明，香气腾腾，比冷却包装后的枕头饼更具风味。

包装也是讲究的，传统枕头饼每小包8条饼，分为两层，中间以蒸过的竹叶为隔层。竹叶能保鲜、防潮、隔油，既可延长保质期，又使竹叶香味渗入饼中，形成酥脆清甜，又有竹叶香味的独特风味。如今的包装更加丰富多彩了，有3条一小包的，4条一小包的，真空包装，食用方便，卫生而美观。

在平和，枕头饼的制作高峰期在端午、春节等传统节日期间，那也是销量最大的时期。平时各家西点面包屋也有制作，嘴馋了，随时可买到，也可馈赠外地亲朋。但是，枕头饼逐渐成为大众食品，还是在清朝乾隆年间才传入民间的，之前的枕头饼，是列为贡品敬献朝廷的，只有天子和王公大臣、权贵人家才可享用的。《漳州府志》载，明万历年间（1573—1619年）枕头饼被列为贡品。

枕头饼的历史已有400多年，它的由来与平和的一位名人有关，这个人叫李文察。李文察是明代平和侯山人，在外地当过官，也做过京官，任过太常寺典簿，即主管宗庙祭祀的官儿，他还是位音乐理论家，著述多种。

据说，明代嘉靖年间，李文察告老还乡后，居住在平和县小溪镇西山。一年夏天，夫人张氏得病，李文察焦急地请遍远近名医，皆不见好。万般无奈时，只好张榜求医。榜文刚贴出去，就被一个衣裳褴褛、独眼跛脚的游方和尚揭下了。和尚给夫人望病后，说："尊夫人所患乃脾湿虚症，宜补气健脾化湿，贫僧配制有参苓白术散金丹，请差人随贫僧去铜鼓岩取药。"药取来后，李文察一看，盒内装着 8 小条形似四方长枕的药饼。和尚交代：日服两条，早晚饭后服下，5 日后再来看病。李夫人服下这药后，果然病就好了八成。

第五日，和尚又来看病，他说："夫人病体已有起色，还宜慢慢调养。"于是又开一帖"黄芪健中汤"，并交代说："请将方中的黄芪、桂枝、白芍、炙甘、生姜、大枣捣碎研末，佐以饴糖做馅，再将茯苓研成粉做皮，加工制成四方长枕状，温火烤后即可服用。每日 3 条，饭后服。此药甘温香脆，补气和中，定能治愈夫人之病。"李文察侧耳倾听，心悦诚服，和尚走后，他遵嘱制好药饼，给夫人继续服用，不久夫人的病就完全好了。

和尚仙药治病的故事传遍了全城，又传到了京城。嘉靖皇帝知道了，钦命西山李氏将枕头饼作为贡品献上。这下可急坏了李文察，因为枕头饼是药饼，皇上岂能乱尝？他只好将药饼改制成茶点，聘请溪口著名的制饼师傅，用香柑、芝麻、花生仁做馅，面粉作皮，拌以猪油，精工制成枕头饼，贡奉给皇帝品尝，果然，此饼香甜酥脆，佐茶绝妙。上至天子，下至王公大臣，尝后莫不交口称赞，小溪枕头饼于是身价百倍了。

后来，西山李氏家道中落，他的后裔以出售枕头饼作为谋生之道，从此枕头饼的制法便流入民间，枕头饼也成了平和著名的名特土产之一，香飘天下。

平和名人李文察将药饼改制成茶点的故事，给小溪枕头饼注入了文化的韵味，这故事的真假已不重要，重要的是人们将这故事口口相传了几百年，早已将历史的韵味和良好的愿望，融进这小小的枕头饼之中，供后人与枕头饼的美味一同咀嚼了。

# 南 胜 麻 枣

从平和县城往东南方向驱车 19 公里，到达南胜镇。著名的南胜麻枣的原产地便在这里。

南胜是个古老的集镇，有近千年的历史，与这古老互为印证的，是已有 700 多年历史的茶料甜点：南胜麻枣。700 多年前，那是遥远的元朝时代，南胜当时是县治所在地，有个人吃了南胜麻枣，或许觉得美味非凡，便带着南胜麻枣赴京城进贡给皇帝品尝。当时麻枣是稀有之物，蜜枣般大小，外裹芝麻，皇帝从没见过麻枣，不知此东西为何物，下臣介绍说出自福建南胜县，皇帝吃后赞不绝口，龙颜大悦，一激动，便奖励进贡南胜麻枣的这个人，当了南胜县县令。

这就是南胜麻枣换取乌纱帽的传说。这个美妙但有一丝荒诞的传说至今仍在民间流传，它和美味的南胜麻枣一起，由偏远山村走向外面的世界。

在南胜镇南北街上，一幢普通的四层楼，是裕辉食品有限公司的生产车间和办公地，在这里我见到了杨裕成总经理。茶几上摆着一包包麻枣，刚落座，杨经理就递给我一条，他说："尝尝我生产的南胜麻枣。"麻枣是单独包装的，包装袋是喜气的红色，撕开包装吃上一口，嘿，真不错。松脆香甜，还有嚼劲儿。我一面称赞，一面对杨经理说："我在福州的超市买过，很好吃。"杨经理笑着，说："福州的超市大多是我供应的，你吃的说不定就是我裕辉的。"

茶泡上了，麻枣吃上了，我们的交流继续着。

杨裕成总经理递给我一张名片，在上面我看到了"南胜"商标下的一行小字：请认明南胜注册商标，谨防假冒。我问："有假冒的吗?"他说："有，麻枣这一块儿，南胜最有名，毕竟有几百年的制作历史了。"我问："很多地方产麻枣，为什么南胜的最有名呢？"杨经理说：这可能跟南胜的水土有关吧，我用的糯米和芝麻都是本地产的。"

杨经理做麻枣做了10多年，我相信他细微而敏锐的感觉，南胜是一个丘陵小盆地，属南亚热带气候，暖热湿润，能产出优质的原料来。南胜麻枣风味独具，除了原料之外，杨经理还提到了南胜麻枣独特精湛的制作工艺。

南胜麻枣要以上等糯米、角棕芋、白糖、饴糖、花生油、白麻等为原料，分3道工序精制而成。第一道工序，先把角棕芋加工成粉末状，拌入糯米粉，制成薄片，切成小条状，自然晒干，麻枣胚（麻枣心）制成。这道工序的诀窍在于角棕芋和糯米搭配的比例，增其一份则太多，减其一份则太少，只有比例恰当才会使麻枣胚一炸即胀，入口即化。历来"秘方"只传媳妇，不传女儿，虽说有"重男轻女"的色彩，但当时这样的"规矩"，也保证了"祖传"工艺的区域特色。第二道工序和第三道工序，是把麻枣胚用花生油炸胀，迅速捞出。油温控制是麻枣胚成型的关键。待麻枣胚晾干后，再醮麦芽糖熬制的糖浆，粘上白芝麻，成为枣糕，也就是南胜麻枣了。

杨总告诉我，南胜麻枣的特点是皮酥而脆，质嫩而甜，富有韧性，独具风味。对此，我已有感受。

从裕辉食品有限公司的生产和销售规模来看，杨裕成是靠南胜麻枣致了富的。其实在南胜镇以及平和县，像裕辉这样的生产南胜麻枣上了一定规模的企业还有好几家，比如金龙食品厂、元丰食品厂、华丽食品厂等，它们生产的南胜麻枣远销浙江、广东、云南等地。

现代企业的生产规模和销售业绩，在以往看来是不可想象的。在新中国成立前及新中国成立初期，南胜镇只有两三家家庭作坊制作和销售麻枣，产量少，尽管南胜麻枣名声在外，却很难买到。上世纪50年代实行公私合营，几家糕饼作坊合并为较大规模的南胜糕饼厂，但因原料缺乏，生产困难，产量有限，南胜麻枣一直供不应求。那时候吃到南胜麻枣，也是件奢侈的事儿，只有逢年过节才可饱饱口福。

如今却是大大地不一样了，供应量充足，不仅随时都可以吃到，而且近些年来，南胜麻枣的制作工艺不断发展，产品品质不断提升，南胜麻枣的名气是越来越大了，多次获国际、国家级金奖。

1995年，获全国农产品博览会金奖；1997年，获意大利米兰国际轻工贸易博览会金奖；2008年，平和已有裕辉食品有限公司、金龙食品厂、元丰食品厂等几家南胜麻枣生产企业拿到国家质检总局颁发的生产许可证（QS认证）；同年，南胜麻枣被列为平和县非物质文化遗产保护名录；2010年，平和县南胜麻枣通过地理标志保护审查，成为国家地理标志保护产品……

我们有理由相信，南胜麻枣的灿烂发展，一定会同它悠久的历史记忆，以及独特的传统风味，常留人们心间。

## 山格生仁糖

与枕头饼、南胜麻枣追求规模化生产和胸怀市场"野心"不同的是，同样为平和著名土特产的山格生仁糖，多少显得有些"另类"，有些"遗世独立"，它没有规模化生产——至今，在山格镇上从事生仁糖生产的只有平和新锦泰食品厂一家，除了老板朱步辉和他的老伴儿外，忙时只有三四个工人，日产生仁糖区区40公斤；它也没有强烈的市场"野心"：要销售多少，要卖到哪里去，一切都顺其自然，年关节假，需求量大，便多生产些，包装也是普通简单。

我探访过大世界食品厂和南胜裕辉食品厂，见识过他们生产枕头饼和南胜麻枣的"盛景"，当我来到山格镇上的新锦泰食品厂时，我为它的"另类"和"遗世独立"所惊喜。

我的惊喜是山格生仁糖和它的制作者朱步辉老先生带给我的，在这里，我见识了真正的纯手工制作和真正的家传秘方。

新锦泰食品厂在山格镇上一间普通的三层民房里，房子是朱步辉先生盖的，住家和生产均于此。朱先生个子不高，60多岁了，身体和精神都很好。一楼前厅有些暗，屋里堆了些袋子什么的，一面墙上挂着一张放大了的老人的黑白照片，朱老先生说，那是他的父亲，也做生仁糖。样子还真和朱老先生有些相像。楼梯栏杆那儿，还挂了个铜色牌匾，上写"山格生仁糖平和县非物质文化遗产"等字样。

我问朱老先生，"您是山格生仁糖非物质文化遗产的传承人?"朱老先生告诉我，他不仅是传承人，还是唯一的传承人，是生仁糖首创者朱金堤的嫡系第五代传人。

据传，清朝咸丰年间（1851—1861年），平和县九峰镇（当时为平和县城所在地）人朱金堤创办了锦泰糖果行，首创生仁糖，并制作生产，迄今已有近200年的历史。民国初期，朱金堤嫡系后人迁居山格镇，将生仁糖生产制作工艺带到山格，延续至今，由此生仁糖的前面加上了"山格"二字。时代日新月异，到朱步辉老先生这里，他便将锦泰糖果行改成新的招牌："新锦泰食品厂"。

带我来的镇上干部说，现在不是生仁糖的需求旺季，生产较少，朱老先生为了我的到来，特意做了些给我品尝。接过朱老先生送过来的生仁糖，我心怀感激。我是第一次吃山格生仁糖的，拿一颗放进嘴里，外表柔软，里边包花生，咬下去先软后脆，香甜可口，花生、糖饴、山柑等融合成一种独特的味道，嚼起来富有弹性，别有风味。生仁糖的制作原料有白砂糖、麦芽糖饴、糯米粉、花生、野山柑等，最后成型由手工捏制，纽扣般大小，呈似圆非圆、似方非方的不规则状。

朱老先生带我去看他制作生仁糖的火灶时，指给我看闲置在一旁的机械搅拌机，说："曾经想用机械代替部分人工，但是行不通，味道不对。"来到厨房后边，一口普通的农村火灶出现在我们面前，铁锅很大，油黑发亮，灶旁的烧柴是松木条。朱老先生的制作坊虽不够现代化，但我觉得，传统的独特风味正是从这有些古老原始的制作工序里出来的。

朱老先生介绍说，生仁糖制作的关键环节有3个：一个是家传的精细配比"秘方"，一个是搅拌，还有一个是火候。搅拌必须纯手工操作，对站位和操作体势有着严格讲究，搅拌是一种只有人工才能感受的韵律，轻重缓急要根据糖的状态把握，机械无法代替，要不生仁糖的传统风味就没了。还有火候，用松木条烧，一是随时加减控制火势，二是松木本来就有一种香味。

制作生仁糖不仅是个心到眼到的细致活儿，还是一个体力活。朱老先生给我摸他的手掌，满手都是像硬币那么厚的茧子，他感慨地说："这种传统的手艺力活，现在的年轻人已经不愿意做了。"他说他有个女儿在厦门工作，不会做这个，他自己年纪也大了，为自己家传的这门手艺的传承感到担忧。他还说他正在寻找合适的传承对象，准备将这门手艺毫无保留地交出去。但愿朱老先生好运。

从新锦泰食品厂出来，陪同的镇上干部向我介绍，说山格生仁糖还有一个闽南味极浓的别名，叫做"查某囝仔肉"。"查某"二字是闽南人称呼"女人"的读音，"囝仔"二字为闽南人称呼"小孩"的读音，"查某囝仔"四字连读就成"未成年女子"之义了，当地人干脆删繁就简地直呼生仁糖为"姑娘肉"了。是说山格生仁糖外表四季柔软，滋味香甜，像女孩子的肌肤一样。

我不懂闽南话，无法感知这个别名的魅力，但是称山格生仁糖为"姑娘肉"，也算一个大胆而富有想象力的、如生仁糖一般别具风味的名字了。

# 推动地球的小球

## ——记中国琯溪蜜柚交易中心

吴建华

记得古希腊学者阿基米德说过这么一句话：给我一个支点，我可以撬动整个地球。不少人对此言提出质疑，认为是天方夜谭。其实，他们并不了解此话蕴含的深邃内涵。

无独有偶，我在平和看到了推动地球的小球，它就是闻名遐迩的琯溪蜜柚。平和县是"中国琯溪蜜柚之乡"，是我国柚类生产第一大县，也是农业部认定的"全国第一批无公害农产品（种植业）生产示范基地创建县"。迄今，平和县种植琯溪蜜柚65万亩，年产柚量120万吨。蜜柚等水果年产量名列全国第六位，居福建省第一位。

谈起平和的琯溪蜜柚，不能不提及漳州平和东湖农产品有限公司。这个公司于2009年6月注册，注册资本3389万元。目前公司自有蜜柚种植基地2万亩，获得全球良好农业规范认证，和沃尔玛等大型超市成功进行了"农超"对接，跻身于全国200多家大型超市的果蔬配送商之列。

为了使琯溪蜜柚占领国内外市场，东湖农产品有限公司精心打造中国琯溪蜜柚交易中心（以下简称交易中心）。该交易中心总建筑面积5.3288万平方米，总投资1.3亿元。在硕大宽敞的加工车间，一粒粒蜜柚，如同一个个滚动的圆球，不停地向前奔涌着，汇集成一条川流不息的河流；一粒粒蜜柚，仿佛是一位位无畏的战士，在硝烟弥漫的沙场上集结，时刻准备夺取一个又一个阵地。在快速移动的生产线上，一粒粒蜜柚，经过清洗、保鲜、分级、包装等程序，按 1.5 斤至 2 斤、2 斤至 2.5 斤、2.5 斤至 3 斤、3 斤以上等 4 种规格，包装成环保膜加不干胶的普通果、套上小网的普通果和套上小网加上彩带及叶标的普通果精品。此时，一粒粒蜜柚，又变成了装扮入时的骄傲公主。对于那些重达 8 斤左右的蜜柚，交易中心则把它们制成观赏果，加上一个底座，于是，清醇的柚香，在人们的办公室和家庭飘逸，香味可持续 3 至 4 个月。聪明的经营者，还按蜜柚的树龄分级，树龄越长的卖得越贵。柚子 3 年就可以结果，树龄可达 55 年。树龄 30 年的蜜柚，一粒可卖 75 元，两粒装成一盒，价值 150 元。

或许，人们往往只看到琯溪蜜柚的效益，而忽略了种柚的艰辛。首先，柚子要防病虫害。防病虫害，需要用农药，农药过量，会导致农残超标。农残超标则造成出口受阻，以欧盟为例，倘若产品不合格，将会被列入黑名单，5 年内不得出口欧盟。除了病虫害，柚子还会受到鸟类的侵害。其次，柚子容易木质化，储藏半个多月，便硬同木柴，其原因是使用化肥。所以，有一个时期，尽管琯溪蜜柚外观亮泽、个头硕大，却销路不畅。

为了解决这些问题，2002 年从台湾引进育果袋。育果袋在不影响、不损害柚子正常生长与成熟的前提下，不仅隔离农药与环境污染使柚子无公害，而且通过隔离病虫害及尘土，使柚子表面光洁、色泽鲜艳。同时，在育果袋中生长、成熟的柚子，不会受到鸟类的侵害，不会受到果蝇细菌的感染，不会被树枝刮伤，避免阳光的直接照射，加上由于育果袋本身的透气性，可产生相对的温室效应，使柚子保持适当的湿度、温度，从而提高柚子的甜度，改善柚子的光泽，并缩短其成长期。由于生长过程中不需要施用农药，所以无农药残留，安全卫生，且无病害，无害虫寄生。2011 年，就使用 4 亿个育果袋。2009 年、

2010 年、2011 年，农业主管部门都给予资金的补助，促进了育果袋技术的应用。针对柚子木质化的问题，由原来使用化肥改为有机肥，消除了木质化的现象。

除了全面推广育果袋技术外，平和县还注重抓源头的追溯管理。平和南胜镇徐土村原水珺溪蜜柚合作社，共种植 2000 亩的蜜柚，县委组织部人才办、县农业局植保站和检测部门，以该合作社为试点，定期举办培训班，培养蜜柚质量管理人才。同时，应用捕食螨生物防治技术，有效消灭了柚林中的红蜘蛛，为珺溪蜜柚交易中心提供了优质的果品。

我国蜜柚从 2004 年开始出口，逐年有所增长，至 2008 年达到 11 万吨，其中出口到欧盟占 60%，其他出口到北欧、俄罗斯、东南亚等地区，占平和蜜柚总产量的 16%。然而，由于受到进口国检验检疫范围不断扩大和标准不断提高的绿色贸易壁垒的影响，我国蜜柚加工及出口企业面临严峻的挑战。目前，柚子出口最大的问题仍然是农残超标，如 2009 年因三唑磷超标，有几百个货柜被拒，极大地影响了柚子的出口。

设在宁波、青岛的诺安检测服务有限公司，是一个为全球化食品链体系提供有竞争性的安全、质量检测、培训、审核及咨询的解决方案。在 ISO17025 认可标准之下，诺安检测公司通过了英国认可服务机构和中国合格评定认可委员会认可，同时，通过了中国计量认证。此外，诺安检测公司持续参加能力验证计划，以确保检测能力处于世界领先水平。过去，平和蜜柚送去检测，寄快运也需要 7 天时间。为了快速检测，交易中心与诺安检测公司联系，在交易中心设立一个食品安全检测平台，3天内就知道检测结果。而且，柚子生产中期就可以检测，为柚子出口安全通关打下良好的基础。诺安检测公司还针对欧盟进口商及超市的格外严格的检验检疫要求，参考了欧盟相关标准，并结合当地蜜柚实际种植过程中农药使用情况，专门推出了蜜柚 63 项农残检测项目套餐，检测限可以达到 0.005 毫克/千克。由诺安检测服务公司出具的检测报告，欧盟以及世界发达国家都予以认可。平和县委、县政府十分重视蜜柚生产，作为一个大的产业来抓，合理规划，科学发展，不仅带动果农脱贫致富，而且使琯溪蜜柚成为平和著名的品牌，创下全国柚类品牌、种植面积、产量、产值、市场份额、出口量 6 个第一，赢得了"中国驰名商标"、"中国名牌农产品"的殊荣，同时，成为欧盟十大地理标志保护产品之一，证明商标在 17 个国家成功注册，产品畅销欧盟等海内外市场，平和以"世界柚乡、中国柚都"著称于世。

早在 1999 年，福建省农业厅就在北京市新发地农产品批发市场，举办福建省首届优质农产品推介会，此后，每年举行一次。当时，平和的蜜柚市场只局限于本省，价格也十分低廉，影响了柚农的收入。东湖农产品有限公司一方面与新发地批发市场张玉玺董事长、陈明华常务副总经理联系，一方面与平和县委书记、县长沟通，促成了平和蜜柚进军北京的成功对接。当时，平和产地 1 斤蜜柚 0.6 元左右，运到新发地批发市场，1斤卖到 1 元多，扣除运输等成本，1 斤净赚 0.25 元，用大吨位的货车运输，一车多则赚 1 万多元，少则 8000 多元。一粒粒蜜柚，在北京最大的新发地批发市场滚动着，在批发商的水果店里滚动着，在小摊贩的货架上滚动着，在千万户的北京市民的家中滚动着；一粒粒蜜柚，滚动出北京市场的繁荣，滚动出平和蜜柚的销售通道，滚动出一沓沓人民币，鼓满了柚农的钱袋，鼓起了老百姓种柚的激情。

占领了北京市场后，平和人马不停蹄，乘胜前进，挥师黑龙江、河北等地，迅速延伸至全国市场。在打造蜜柚市场的战斗中，交易中心功不可没。在交易中心，采购商们来这里采购蜜柚或者其他农产品，可以享受"一站式"全能服务，足不出户就能了解全国各主要城市果蔬批发市场当日的蜜柚和果蔬批发价格，就能办妥包括植物检疫、农残检测、税务、海关等手续，就能办理货款结算、换汇、划拨等业务。交易中心做到信息平台共享、资源共享，一方面，向全国发布蜜柚的产销消息；一方面，向果农提供价格等有关信息。过去果农消息闭塞，现在做到信息明朗化。

交易中心为琯溪蜜柚走向全国、走向世界，创造了骄人的业绩。于是，我决定采访这位交易中心的掌门人林启明。这位1969年出生的民营企业家，20岁时就涉足蜜柚的王国，和他的姐妹一起，种植了4000多株的蜜柚，挖到了人生的第一桶金。随着时光的推移，这位年轻企业家的才华日渐显露出来。他先是经营超市，接着在深圳经营水果公司，后来成立了大世界商贸有限公司。漳州平和东湖农产品有限公司注册成立时，他任总经理。公司以"基地＋企业＋市场"为运营模式，以交易中心为运营载体，以种植、收购、加工、仓储、物流、批发、出口为经营模式，提供信息、安检、报关、结汇等高端服务，开展代购、代贮、代为包装、代为运输、代理发货等业务。公司的信息、安检、金融、仓储、保鲜、加工、物流设施一应俱全。一年一度的蜜柚节，交易中心都邀请全国各大农贸市场的老总参加，为蜜柚走向全国市场，搭建了牢固的桥梁。鉴于林启明总经理所做的贡献，他被推选为平和县商会会长，实属众望所归。

北京，不仅是全国的政治中心、文化中心，也是著名的商业中心、贸易中心。漳州市、平和县的党委、政府，决定把蜜柚销售的重点放在北京，而后辐射至华北和东北等地，提出了在北京新发地农产品批发市场建设海峡厅的建议。海峡厅除了经营以蜜柚为主的各种果品外，还欢迎台湾的果品企业前来摆摊设点，使海峡厅成为两岸经贸合作的平台。建设海峡厅的建议，得到了福建省委、省政府领导的重视和支持，孙春兰书记批示省农业厅抓好这项工作。按照孙书记的批示，省农业厅陈绍军厅长、郭跃进副厅长，立即组成调研组，赴北京、上海等地调研，确定具体方案。交易中心总经理林启明告诉我，海峡厅总面积将达2.2万平方米，初步规划4层建筑，地下一层为冷藏库，地面一层和二层作为交易、展示大厅，三层为商务、洽谈场所。

人们永远不会忘记，1972年的中美乒乓外交。一颗小小的乒乓球，推动了地球，促成了中美的建交。可以预言，一粒粒蜜柚，如同一个个圆圆的小球，从北京的海峡厅滚动而出，向欧盟滚动、向俄罗斯滚动、向东南亚滚动。作为农业部交换产品名录，2012年，还将向美国滚动。这些圆圆的小球，将推动世界各国的市场，将推动整个地球。

# 深加工，让隐藏于果实的财富现形

## ——记平和水果加工企业

### 于燕青

## 楔　子

我先是被"深加工"这个含着高科技意味的词撩拨了心弦，它与所能想象的水果加工有关的"机器"、"仪器"这样冷硬的词相比，又带着些诗性。于是我走进了一个陌生的领域——平和水果深加工企业。不料，我大开眼界，让我看到了一个与果农休戚相关的黄金产业链。

## 一

谁都知道琯溪蜜柚是平和人的摇钱树、致富果，但不是谁都知道隐藏在柚子皮里的财富，而蜜柚深加工企业——福建南海集团，就是在柚子皮上做了大块文章。福建南海集团有限公司位于平和县南胜镇，出县城往东南，一路柚树叠翠，十几里车路恍若须臾，正赶上铁树花开得恣肆，似乎春风特别眷顾了南海集团。大红的"南海集团"4个字在蓝色基调建筑物上尤为醒目，企业宗旨、企业愿景图、企业使命和晋京推介会的宣传栏花花绿绿，但能给人号召力与自豪感。尤其企业使命："发展蜜柚产业，造福千家万户，打造世界柚王。"让你感觉有广度：千家万户的蜜柚；又有高度：世界柚王。这就是企业文化，南海人谓之"南海文化"。

说到南海文化,不能不说到那幅极有创意的画。我们进入一条甬道,一长溜玻璃屏壁把车间里外分隔成两个世界,里面铮亮的机器仪器指示灯闪烁,那些穿着白色隔离衣帽的人正在现代工艺流程上忙碌着,分离、脱苦、沥干、进罐、冷却……一切井然有序。这是按优良制造标准(GMP)规范建立的净化车间。那幅画就贴在全封闭甬道壁上,每一个走进车间的人都能看见。占据画面2/3的是天空的蓝,蓝得有点夸张,渲染了天的重要,一种敬畏感油然而生。是的,一个做食品加工的人若没了敬畏感是可怕的。画面的下半部是绿草地,绿草地上有一架跷跷板,跷跷板一头是庞大的犀牛,另一头是一粒蜜柚,一粒蜜柚比一头犀牛更重,犀牛被高高地翘到蓝天上。画上写着:"琯溪蜜柚,重在品质。"这有点像印象派的画,形象而夸张地说明柚子在南海人心里重千斤,也警醒着南海人,要爱惜每一粒蜜柚,蜜柚举足轻重,关系千家万户,关系全局。南海人知道品质就是实力,质量质量,"质"在前"量"在后,品质比数量更重要。品质意识就是品牌意识。创办于1985年的福建南海集团有限公司,从小厂起步走到今天,秉承的正是这样的理念。如今旗下已拥有福建南海食品有限公司、福建南海饮料有限公司、漳州南盛食品有限公司、厦门欧尼柚食品科技有限公司。已有着行业龙头的地位,是全球最大的蜜柚加工和出口企业,是蜜柚深加工领域的开拓企业。已被中国果品流通协会授予"中国柚王"称号。

二

在公司的展厅里,我吃惊地看到了,蜜柚隆重地展示出它丰富多种的存在方式,这些都是"深加工"的产儿,以柚皮、

111

柚肉为主原料的蜜柚休闲食品、蜜柚茶点、蜜柚饼馅、蜜柚饮料、蜜柚浓缩清汁、蜜柚果酒、蜜柚花茶、蜜柚礼盒等八大系列数十种产品。是一次性通过国家相关食品检测中心的检验，取得"QS"认证，并申报了十多项国家专利。旗下的"O尼柚"牌蜜柚蜜饯被福建省政府评为"福建名牌产品"。它们在陈列架上显得很美观，黑色的、白色的、绿色的、黄色的、蓝色的包装很有个性，有"O尼柚"蜜柚软糖、"O尼柚"蜜柚果脯等，"O尼柚"也叫"欧尼柚"，是英文"onlyyou"的谐音，意为"唯一的你"、"健康甜蜜只有你"。还有圣诞树、圣诞老人、兔子、拖鞋造型的蜜柚棉花糖。当我剥开一颗晶莹的软糖送进嘴里后，才知道它为什么叫做时尚食品，因为不觉得甜，没有传统软糖太甜的弊病，现代人都怕糖多，口感不好又对健康不利。而这些产品依然保持了鲜果的营养与原味，依然带着芸香科植物特有的辛烈芳香，沁人心脾。听工作人员介绍，这些深加工产品受到国内外专家、客商的高度认可。公司在欧盟的20多个国家注册了"南海"商标，有美国、俄罗斯、沙特阿拉伯、以色列等国家的客商到南海集团参观，对产品的质量和风味给予高度评价。

不得不提及柚子花香茶，这里的茶叶也与柚子有关，是染了柚子花香的茶，不似茉莉花茶那样浓郁，相比，更显清香。4月，我曾来平和观赏蜜柚花，漫山的柚树正值盛花期，氤氲天地间的香，是那种能搅动人食欲的香，当时就想，若能把这香吃进去该多好，不料南海集团让这梦想成真了。难怪一进展厅，那腾腾热茶便萦绕熟悉的香味。看来"深加工"其实是一种不满足的追求，一种希冀对花果美味更长久的占有。意外的是，我在这里还看到了克拉克瓷（克拉克瓷是平和县的三宝之一），一个蜜柚形状的克拉克瓷茶叶罐。可见，一个地方的文化与商品往往是互相渗透互相促进的。

# 三

说到福建南海集团有限公司今天的辉煌，不能不提到掌门人胡文星董事长。胡文星出生于平和县南胜镇云后村，6岁那年父亲不幸撒手人寰。当时家里穷得连棺材都买不起，只好草草埋葬。无奈之下母亲将他送人，他跟着养父改姓胡。上世纪70年代，不到20岁的他有幸进入南胜镇的一家副食品厂工作，他努力工作，是厂里最勤快的人之一。80年代刚刚改革开放，胡文星就外出闯荡，当过采购员，进漳州、闯晋江、过厦门，起早贪黑地收购龙眼、荔枝、菠萝、柑橘等，吃过很多苦的胡文星，多年后终于拥有了梦寐以求的一家蔬菜出口企业，后转为罐头厂。商海弄潮，免不了遇上惊涛骇浪。那年当地农民栽种的大量生姜，造成积压。胡文星雪中送炭，赶紧大量收购加工，当时姜的市价每斤5分钱，他却以2角钱收购，有人笑他傻。他不是傻，他是深谙农民的艰辛，他永远记住自己是农民出身。后来90年代市场的无序竞争，又缺乏规范，这让诚信经营的胡文星倍感艰辛。紧接着是全球经济不景气和银根紧缩的金融调控，他的罐头厂几次濒临倒闭。最让他记忆犹新的是，曾一下接到500个货柜的芦笋罐头大单，本是大喜的事，可谁知原材料突然大涨。怎么办？不做，还能保住他的厂子，做，也许就会一蹶不振。以诚信为本的他没有犹豫地做了，并按时发货。500多个货柜垛满了他厂子的空地，也差点吞噬了他的厂子。他一下子负债高达300多万元，胡文星陷入困境，家人朋友纷纷解囊相助，妻子甚至把自己的嫁妆都当掉了。如今他忆起那段艰难的日子，依然忍不住落泪。

## 四

　　机遇总是垂青有准备的人，2003年国家取消农副产品特产税后，平和县政府鼓励百姓种柚子，柚子产量剧增，胡文星再次抓住商机，转型做柚子出口。他依靠平和琯溪蜜柚的资源优势，加大科技投入，邀请国内外专家对公司的种植基地进行指导，严格按GAP（良好农业规范）的国际规范，走出一条"公司＋农户＋基地＋标准化"的农业新型发展模式。

　　做出口贸易经常都遭受欧洲的技术壁垒，对中国企业制定超高的标准。加之中国出口企业互相压价，无序竞争。胡文星及时地从中预见了风险，他想，国内市场那么大，为什么不更好地去开拓。果然，每年柚果成熟时，被丢弃一地的柚子皮和柚子次果让胡文星突发奇想，为什么不能搞深加工，变废为宝呢？胡文星珍惜每一粒柚子。他熟悉《本草纲目》有关柚子的记载，柚子皮性味辛甘、平，无毒，有行气消食、化痰健脾、润肺、补血、清肠利便的功效。琯溪蜜柚早在清朝乾隆时期就是贡品，含有人体所需的矿物质和丰富的维生素。柚子的金黄色外皮含有胡萝卜素和维生素A，有降低血糖、降低血液黏稠度、清除自由基等功效。所以胡文星总感叹蜜柚是个好东西，他想，这是个可以做大的产业，产业链的延伸还可促进农业产业化的发展。胡文星对公司的目标做出调整，提出"343"的目标，即鲜果出口与内销各占3份，深加工占4份。然而，做深加工有个难关，就是困扰业界已久的柚子皮去苦除涩的难题，这是个世界难题。为了攻克这个难题，胡文星到过一些国家考察，他发现国外同类产品依然存在苦涩的问题。他还与清华大学等一些名校合作，都没能解决这个问题。柚果很娇气，工艺流程中温度超过60摄氏度就会非常苦涩，大部分人的做法是加糖，胡文星觉得这样不但会冲淡柚子的自然香气，也不符合现代健康理念。又不能有污染，又要原汁原味，这一项科技难题很多专家从 1990 年以来一直在研究，都没有攻克，同时也意味着谁能攻克这个难题，谁就掌握了阿里巴巴"芝麻开门"的秘诀。

胡文星先后引进一批科技人才，聘请权威专家，成立蜜柚产品深加工研发中心，做了大量实验，眼看一年多过去了，眼看投入大量的人力物力就要泡汤。就在以为没戏了的时候，胡文星和他的团队终于在花费了几百万元、实验上百次后，攻克了这个难题，创造了世界奇迹。且还是植物去苦涩法，保持了原汁原味。同时，"加佳柚"和"O 尼柚"品牌蜜饯，创新无腌制生产流程，就是从生产到包装只 10 个小时，既保持蜜柚鲜果的原味和营养价值，又没有传统腌制蜜饯中含有亚硝酸盐等有害成分的问题。蜜柚果茶、蜜柚果酱、蜜柚浓缩汁、蜜柚果汁饮料等，打破了传统蜜饯市场的局面。这让胡文星的南海集团信心大振。

去苦去涩技术使这条黄金产业链做大了，南海公司每年吸纳柚子鲜果的能力也增大了。所以每当丰收季节，胡文星在果农眼里就显得尤为重要。果农们说胡文星是个传奇，说这个人不但柚子卖得好，还有一项绝活，就是让柚子皮变废为宝。公司员工蔡婷婷说，以前的废品现在可以当原料卖给公司。

至于柚子皮被施了什么魔法才变废为宝，南海集团的技术团队绝口不谈。去苦涩这一专利技术，也是知识产权的商业秘密，是确保企业在激烈的市场竞争中取胜的要素，甚至关系到企业的存亡。泄密还是保密，也在考验每一个人的职业道德。

可是，总有人想要窃取别人的劳动果实，以不正当的方式竞争。围绕南海集团的这一技术秘密，上演了一幕幕惊心动魄的争夺战。有人私底下给南海集团职工打电话、发信息，窥探这项技术的配方与工艺流程。有人想以重金挖走技术人员。真是防不胜防，疲于应付。有人用高薪诱惑员工叶秋香跳槽，被叶秋香拒绝了。一天，胡文星接到一位老员工转发的一条短信，短信内容让他大吃一惊，是要求把辅料的配方给他们的，说给员工抽几个点。这条短信胡文星至今还保留着，以此警醒。更让胡文星吃惊的是员工反映，招来的高学历人才常向技术人员旁敲侧击去苦涩配方。调查结果属实，胡文星这才恍然大悟，原来新招的高学历人才是来卧底的，是冲着公司专利技术来的，好一出现实版的《潜伏》。还好发现得早，技术只被偷窃半截，赶紧将 3 人开除。胡文星备受困扰，为了保守秘密，他不得不建立一套抵制泄密的工作机制，并与技术员工签订了保密协议，若违约，将会付出极大的代价。

五

不料一波刚平，一波再起。2008 年爆发了一场资源危机。公司副总经理叶好味介绍说，2008 年是柚子最丰产的一年，但天不作美，采摘期暴雨频频，造成大量熟果开裂，果农恐慌，急于出手，外地经销商趁机压价，短短 20 天，价格暴跌如决堤之水，从每斤 1.2 元跌到最低的 5 角多。果农损失惨重，一时间怨声四起。胡文星焦急万分，他没有忘记南海集团是国家扶贫龙头企业，他有一份社会责任感。他想，这样下去农民恐怕连成本价都收不回，种植蜜柚的积极性必然受挫，必造成次年的抛荒，或者改种其他农作物。从长远看也会影响公司的柚源。这环环相扣，一如推倒了的多米诺骨牌。

核心技术刚刚攻克，需要大量的长久的柚源，怎样办？怎么才能稳住全局？胡文星召开紧急会议，尽管当时公司资金紧缺，他仍然决定筹集 5000 多万元，让公司收购队伍兵分六路，直接杀到各乡镇高价收购，希望这 5000 万元能四两拨千斤，让柚子价格回升。当时柚子市价 5 角多 1 斤，好的 6 角，但收购队伍的起售价 8 角，且现金交易。果农的恐慌抛售心理一时有所缓解，但由于柚子数量太大，行情只上涨两角钱。他投入收购的 5000 多万元快花完了，也只是杯水车薪，那一天胡文星急得一夜未眠。第二天他亲自驱车霞寨镇，找到平和县最大的种植户穆胜利，要以 1 斤 1.09 元的价格收购他 150 万斤柚子，这让穆胜利很感意外，因为每斤足足比市场价高出 1 角 5 分，这笔交易就可多赚 20 多万元。胡文星这样做是希望借助穆胜利的标杆作用，扩散影响。这招果然奏效，还很轰动。收购商压价的风头被打下去了，不到一个星期，价格就 1 斤 1.1 元、1.15元地往上蹿。最后果农没有亏还赚了几万元。种植户陈景峰高兴地说，本来以为亏定了，没想反而赚了。在这场价格战中，涨跌几分钱听起来似乎很小，这可不是居家买菜的几分钱，这是个什么概念呢？穆胜利说，涨 1 分钱就是 2000 万元，5 分钱就是 1 个亿。可见，拉高 5 角钱需要怎样的魄力与胆略！有人说真正的风险是对没有远见和运筹能力而言的，这话不假。有远见和运筹能力的南海集团，虽多付了 1000 多万元，但给全县的蜜柚产业带来不可估量的效益。有使命感的南海人是自豪的，正如这首《南海集团之歌》所唱的："我们是南海集团人，朝气蓬勃多么豪迈，为了果农丰收的喜悦，为了人们生活的多彩……"他们是有资格这样唱的。

　　这场价格风波后，南海人意识到必须稳定货源，以资源优势作为企业发展的基础。2009 年初，南海集团扩大柚子基地，并根据柚子树的不同年份给不同租金，向果农租用了 2 万亩的柚子树。种植户张瑞通粗算了一下，比自己种植每棵要多赚 20多元，而且风险也降低了。到 2011 年基地面积已达 5 万多亩。公司还建了可容纳一万吨柚子的气调库，可反季节销售。深加工产品逐步从休闲食品型向功能型、保健型、医药型发展。做长了这条黄金产业链，大大提高了柚子的附加值。靠着柚子皮深加工和柚子反季节销售，公司销售额已超过3亿元，并成功举办了晋京推介会。推介会很隆重，由福建省平和县人民政府主办、福建南海集团承办，中国果品流通协会作为指导单位。参加此会的各方人士共100多人。平和县县长和南海集团董事长都在会上发了言，分别介绍了平和琯溪蜜柚和琯溪蜜柚产业链和南海集团发展情况，在钓鱼台国宾馆展示了南海集团优质的产品。

经历无数风浪的南海集团，如今已成长为全县最大的柚子企业。公司秉承"科学发展、技术领先、品质至上、诚信经营"的宗旨，走的是健康发展的路、辉煌的路。厦门欧尼柚食品科技有限公司入驻观音山，也是一个见证。

公司除了拥有先进企业、文明单位、纳税大户、守合同重信用的荣誉称号外，还有福建省农业厅颁发的"无公害产地认定证书"和授予的"无公害农产品水果基地"的称号，在普遍为食品安全问题忧虑的当下，这是尤为宝贵的。

每个人的成功都不是容易的，每个企业的路都不是一帆风顺的，荣誉是用汗水、眼泪、心血浇灌出来的。这位资产早已过亿的57岁的董事长胡文星，说自己有生之年都在解决难题中度过，走的是一条新路、辛路、心路，他裱起来的三字经"逼、福、富"书轴，告诉自己，被逼的人是有福的，因为这样才可能走上一条致富路。他喜欢说，长出一粒柚子容易吗？平和农民漫山遍野种了柚子，又要施肥容易吗？柚子是个好东西，所以我们就是要做出好东西。

六

不能不提到南海集团的商标，流动的海波纹，中间一个字母"N"，南海两字拼音的第一个字母。这海的湛蓝，有着宗教的深刻感，但我更愿意理解为古神话里的那片海，八仙过海各显神通。没有人告诉我这个商标的含义，我读这个商标只是我的再创造，也许不符合公司的原创意，可南海人不就是要不断地让神话成为现实吗！我来的时候，接待的人专门跟我谈起公司正在筹建，一个集全世界柚子种类的观光种植园暨海峡两岸柚文化创意园，筹建中的还有全国柚类深加工研发中心及柚类高等职业技术学院，也正着手建设数字化营销网络、信息化物流配送中心及蜜柚产品连锁专卖店。公司还把目标瞄准资本市场，积极筹备上市融资，2010 年已被省发改委列入上市后备企业，是平和县第一家被列入省级重点上市后备企业。目前，已有两家战略投资的资金进入。我们期待着南海集团这宏伟蓝图的实现，期待着南海集团创造出一个又一个新的神话。

## 七

平和的水果加工企业除了南海集团，还有福建省国农农业发展有限公司、江氏酿酒、芦溪红酒厂等水果加工企业。江氏酿酒和芦溪红酒厂把蜜柚做成酒，福建省国农农业发展有限公司把蜜柚做成果汁。让蜜柚从固态到液态，丰富了人民的生活。

创办于 2003 年的福建省国农农业发展有限公司是一家集水果种植、加工、销售以及制造纸质保果袋为一体的高新技术企业。公司不断致力于蜜柚的深加工，研发了蜜柚果汁、果胶、香精油等产品。公司还与江南大学、集美大学等高等院校、研究所开展琯溪蜜柚深加工系列产品研发合作，攻克了琯溪蜜柚果汁产生的苦涩味难题。含不溶性膳食纤维果胶的研发也取得成果，《一种果汁除味的方法》《含不溶性膳食纤维的果胶制备方法及其应用》已向国家知识产权局申请发明专利。2008 年琯溪蜜柚深加工项目第一条果汁生产线正式投产，"琯溪源"牌蜜柚果汁已上市，产品因口味独特深受消费者青睐。柚果胶、柚香精油等已完成中试，产品小批量生产。

公司生产的套袋是在水果生长期起保护作用的，其产品属国内首创，被省科技厅确认为省重点新产品。有"国农牌"和"民光牌"果蔬套袋。拥有多项国家专利，其中发明专利一项。平和琯溪蜜柚的套袋采用模式化经营，建立产品追溯管理等制度，从源头控制产品质量，在琯溪蜜柚产业上起了龙头作用，促进了平和县蜜柚事业的发展，被中国绿色食品发展中心确定为绿色食品 A 级产品，荣获多届中国国际农产品交易会畅销产品奖。香蕉、葡萄、枇杷等 30 多种不同规格的果蔬套袋，已在众多南方省份推广使用，并深受好评。2011 年生产加工果蔬套袋 4150 吨，其中蜜柚套袋 3660 吨，可供果农对 17.5 万亩果园实施套袋技术，预计果农可增收 3.5 亿元。公司被省农业厅等机构授予"福建省农产品加工示范企业"、"福建省农牧业产业化龙头企业"、"福建省农业产业化省级重点龙头企业"称号。被市政府授予"漳州市农业化市级龙头企业"称号，市科技局、市经贸委认定为"漳州市企业技术中心"。2010 年公司总资产 6061 万元，年度销售额 2.1072 亿元。

## 八

漳州平和水果加工企业，无疑是抓住了难得的海西战略带来的历史性机遇，不断将蜜柚产业链做长做深，让平和蜜柚具有更高的附加值，增加了当地农民的收入，为推进蜜柚产业可持续发展，做出了贡献。

# 八县通衢　大路丰碑

——平和县交通事业发展纪实

庄永章

2012 年 4 月 17 日至 20 日，笔者随同由中共福建省委原副书记何少川先生率领的福建省炎黄文化研究会、福建省作家协会"走进平和"采风团，在誉称为"八县通衢"和"语堂故里"的漳州市平和县进行为期 4 天的采风活动。行进在这个境内面积达 2334 平方公里的山区县，所到之处一派欣欣向荣、日新月异的发展景象给采风团所有成员留下了极其深刻的良好印象。特别值得一提的是，平和县城乡公路四通八达，道路宽敞、路面平坦，施工质量堪称一流，车行其间，有种舒适平稳的感觉，让人心旷神怡、如痴如醉。平和县交通事业自改革开放 30 多年以来发生了翻天覆地的巨大变化，这些变化是平和县上下一条心，科学决策，吹响交通事业发展的进军号角，移山填谷、众志成城的丰硕成果。那种克服困难、艰苦拼搏的不平凡历程，换来了今天宽阔、笔直的平坦大道。这一切可喜的变化，着实让笔者十分惊叹，更让笔者有一种了解其前因后果的采访欲望。在中共平和县委宣传部罗小雨的陪同下，我们一行驱车行进在平和县的城乡公路上，终于找到了答案。

## 致力先行打好交通道路建设"翻身仗"

平和是中央苏区县，地处漳州西南部，海峡西岸经济区——厦门和汕头两大经济特区之间，东连龙海市、漳浦县，

121

西邻广东大埔、饶平县，南靠云霄、诏安县，北接永定、南靖县，素有"八县通衢"之称，是粤东入闽的重要门户。平和是中国现代文化名人林语堂的故乡，在海内外享有很高的声誉，因此，才有"语堂故里"之美誉。

平和县地处沿海腹地山区，交通处于无国道、无铁路、无高速公路、无港口的劣势区位。改革开放前，全县通车总里程仅930公里，其中省道63.66公里，县道187.36公里，乡村道673.51公里，公路密度为0.39公里/平方公里。交通道路严重存在通达率低、路况差、等级低、断头路多等问题，"雨天'水泥路'、晴天'扬灰路'"是当时道路状况的形象写照，山区"行路难"、农副产品"运输难"让广大百姓饱尝交通"瓶颈"制约之苦。改革开放30多年来，平和县交通事业进入了前所未有的迅猛发展期。就交通道路建设方面而言，在平和县委、县政府的高度重视和正确领导下，交通部门坚持以经济建设为中心，以服务"三农"为己任，积极抢抓机遇，拓宽筹资渠道，狠抓项目落实，全面加快交通基础设施建设步伐。特别是20世纪90年代以来，平和交通人以提高畅通能力和公路等级水平为目标，以拓改境内"三纵二横"（"三纵"即官九线、山旧线、诏平线；"二横"即省道东东线芦溪—霞寨—国强—云霄，县道秀峰—长乐—九峰—大溪）主干线为重点，着力提高公路通达深度和品位，构建以县城为中心、两条省道为干线、县乡村公路为支线，向东、西、南辐射，干支联网、内通外连、纵横交错的交通网络，形成东进西出、南通北连之势。30多年来，全县共增开公路、打通断头路30多条660公里，行政村通达公路的由原来的212条增至240条，通达率达到100%。至"十一五"期末，平和县公路通车里程由改革开放前的930公里增至2675公里，其中，省道2条173.6公里，县道16条250.3公里，乡村道277条733.7公里，专用公路3条17.4公里，自然村组路 900 条 1500 公里。实现村村通公路，许多大的自然村也通了公路。公路密度由原来的 0.39 公里/平方公里增至 1.15 公里/平方公里。公路通，百业兴，快速发展的公路交通给平和经济发展注入了新鲜血液，极大地改善了农民群众的出行条件，真正发挥了交通先行作用，为促进平和县经济全面提速发展营造了良好的交通环境。

有人说，"路是铺下的碑，碑是立起来的路"。用这句话来形容平和县农村公路建设再恰当不过了。2004 年至 2007 年 4 年间，平和县抢抓福建省实施"年万里农村公路工程"建设之机，凝心聚力，迎难攻坚，以恢弘壮阔的气势，把惠农工程写在大地上，把致富的路修到村民家门口，打响了一场由上级政策鼎力支持、各级党政领导广泛发动、交通部门组织实施、广大群众热心参与的农村公路建设漂亮仗，所建里程一年比一年多，累计完成投资 3.9 亿元，铺筑农村水泥路 900 公里，居漳州首位。全县 240 个行政村，实现村村通水泥路。2008 年至 2011 年，新一轮农路"上衔下延"建设完成投资 1.935 亿元，建成水泥路 264 公里。这一条条农村水泥路，上通公路主干线，下连农户千万家，汇成农村经济发展的"快车道"，给中央苏区县平和广阔城乡带来了勃勃生机，让广大农民充满着无限希望。

平和交通道路建设的跨越发展，为物流业的发展提速，对改善投资环境和引进外资，对促进平和农副产品的深加工，加快产业结构调整，发展以三平风景区为主线的旅游经济，增强县域经济发展后劲都奠定了良好的基础，必将成为推动平和新一轮跨越发展的流金淌银的致富路，其现实意义和深远的历史意义不言而喻。

西部公路干线秀秀线，是曾经打响八闽第一枪"平和暴动"的革命老区长乐、九峰、秀峰 3 个乡镇的主要通道，又是南通诏安、西接龙岩永定的交通走廊，全长 50 多公里，过去大半是黄土路，如今全线拓改，两头出口打通。

与漳浦交界处的县道山旧线五寨段，原属旧沥青路，路面破损严重，历来是平和东出海口港区的"瓶颈"，如今"瓶颈"拓开，直通国道324线。

南接云、诏、东的县道安马线、下大线、九大线，北通南靖的南霞线、书芦线，过去驱车到邻县只能舍近求远，绕道而行，如今条条拓改成了内通外连的水泥路。

老区村欧寮村，20公里长的迢迢山路陡峭崎岖，而人口少、经济差的状况却让居住在山里的祖祖辈辈几百年都不敢有好路走的奢想，如今也铺起了水泥路。

大芹山上的联峰村、国强凤山村、大溪云中村、霞寨联荣村、芦溪华峰村、崎岭桂竹村、秀峰文田村、长乐秀山村、文峰柴船村、坂仔峨嵋村等，这些山高、路长、人少、村贫的"老大难"村都通公路，就连双坑村也都修成了被称为"漳州第一村路"、总长26公里的水泥路。

而纵横交错、贯穿全境的平和交通主动脉"闽粤第二通道"官九线和省道东东线平和段两大公路改建工程的建成通车，不仅打开了连接通往厦门、漳州、泉州、龙岩和广东潮、汕、梅经济区的通道，而且使境内"三纵二横"公路干支联网，品位大幅提升。

随着沈海复线高速公路平和段全线开工建设、平和西蝉至龙厦铁路连接线即将投建，以及省道官九线、东东线调整为国省干线，预计不久的将来，平和县将形成集高速公路、铁路连接线、国道、省道、县道和众多农村公路于一体，合理、有效、便捷、通畅的"三纵二横一环"公路网络，公路等级标准和路网整体功能将再上一个新台阶，为平和经济、运输、出行、旅游提供畅通的交通保障。

平和县交通事业的发展是在平和县委、县政府的高度重视之下，打响了第一仗。平和县城乡公路建设从此翻开了崭新的一页，永久地记载在平和县交通发展的历史档案之中。

## 凝心聚力建好农村经济发展"快车道"

采访中，我们感觉到，平和县在农村公路建设中之所以能取得显著成绩，主要有 3 个方面的原因：一是整个农村公路建设的政策非常好，从福建省、漳州市到平和县，都出台具体的政策来配套、来支持，极大调动了广大群众的积极性；二是机制好，特别是平和县委、县政府，结合平和的实际，推行了"代建制"等一套行之有效的办法；三是社会各界的支持，特别是福建省、漳州市有关部门的领导都把平和农村公路建设作为扶持老区建设，扶持重点贫困村建设的重要切入点和抓手，广泛集资，推动建设，真正将"海西建设，交通先行"的决策落到实处。

为打好农村公路建设攻坚战，平和县成立了以平和县县长为组长的农村公路建设领导小组，下设办公室，抽调精干力量投入，建立制度，制定措施，落实责任，全面开展组织、指导、协调和服务工作。各乡镇也成立相应机构，形成"一把手"亲自抓，分管领导具体抓，一级抓一级，层层抓落实的格局。

每年一开局，平和县委、县政府都把农村公路建设列为"为民办实事"工作重点，通过"千人大会"和文件，提出目标、分解任务、建立挂钩、下达责任、完善机制、实施奖惩，全面推进农村公路建设。县委书记、县长带头，县领导班子成员全部挂钩乡镇和农村公路建设项目。平时还通过加温会议、领导督查、开展竞赛、绩效考评、电视通报等措施，强化实施力度。

平和县交通部门倾力投入，主动当好"先行官"，从勘测、立项、设计到项目实施，从进度、质量、安全监管到竣工验收，他们的足迹遍及全县山山水水、村村寨寨，每一条路都洒下了辛勤的汗水。平和县老区、扶贫、农办等部门主动配合，将老区资金、扶贫资金捆绑用于公路建设。公路、财政、发改、国土、监察、审计等部门发挥各自职能作用，尽力提供优质服务。

农村公路要建，筹资是重点，也是难点。据测算，要完成平和县农村公路硬化建设任务，需投入资金3.8亿元以上，其中县、乡、村应承担的路基改造、路面配套及征、拆、赔资金投入需2亿多元。这对于一个福建省定经济欠发达县、经济总量偏小的平和来说，要筹足偌大资金，其难度不言而喻。

艰巨困难面前，平和县委、县政府紧紧依靠人民群众的力量，打响了一场"人民道路人民建"的农村公路建设攻坚大会战。

在宣传发动上，平和县委、平和县政府制定了政府推动、群众发动、政策调动、舆论鼓动、典型带动的工作策略，采取"政策搭台、群众唱戏"的办法，把宣传发动工作贯穿于始终。通过村民代表会、座谈会、讨论会和有线电视、广播、标语、简报、宣传栏、倡议书，大张旗鼓宣传发动，营造浓厚氛围，把农村公路建设的政策、意义宣传得家喻户晓，深入人心，将群众"要我修路"旧观念转化为"我要修路"的热情。

平和县霞寨镇彭林村党支部书记卢日发说，在平和县里制定一系列优惠政策的鼓舞下，我们的村民热情很高，大家都一致支持，满腔热情，一定要把路建好。卢日发说的这句话，代表着平和广大人民群众共同的声音。从中不难发现，建设农村公路这一举措是得到了老百姓举双手赞成的一项民生工程，有了老百姓的拥护和基层干部的给力，什么事情都一定会办好的。

平和县在城乡公路建设过程中的有些做法值得学习和借鉴。特别是针对群众"要我修路"旧观念中通过活生生的现实事例，让群众懂得修建农村公路的意义所在，把旧的观念转化为"我要修路"的新动力，充分调动了全县人民群众参与修建农村公路的积极性和主动性，收到了显著的效果。

在资金筹措方面，乡镇、村各显神通，集思广益，群策群力，积极采取"向上争取一点，县里补助一点，社会募捐一点，群众捐资投劳一点，工程造价通过招标压低一点，就地取材节省一点"的办法，靠上力、运内力、借外力、挖潜力，多方筹措，破解资金难题。

平和县筹资建路热潮涌动，如火如荼，为农村公路建设捐资垫资、投工投劳、无偿拆迁的好人好事层出不穷。

平和县城小溪镇率先推出"三部曲"，通过"一事一议"筹资金、"投工投劳"节成本、"无偿拆迁"做奉献的办法，不到一年时间完成了镇"村村通"公路硬化建设任务。该镇在西溪路建设上率先通过"一事一议"制度，采取"途经此路的蜜柚种植户捐一点、企业业主助一点、外出干部和社会能人献一点"的筹资办法，不仅成为全县学习的榜样，而且成为漳州市推广的典型。

安厚镇早发动，早起步，通过进村入户、深入田间地头、开辟"每日一播"栏目宣传发动，群众很快统一了思想认识。村民说："路通财路就通，如今政策这么好，我们就是勒紧腰带也要把水泥路修起来。"

霞寨镇"多管齐下"，一方面通过"一事一议"筹资，一方面带领村干部到泉州、晋江、厦门、福州等地"找钱"，还通过移风易俗教育，将"社头"演"神明戏"资金引导到农村公路建设上。

国强、崎岭、五寨3个乡镇，乡小干劲大，村穷志不穷。老区国强乡，修路走在前，该乡古爽村发动果农、外出干部和社会能人捐资50多万元，率先修通了本乡第一条水果运输通道。崎岭乡桂竹村 1400 多口人，9 公里村路当年动工当年通车。

早在"先行工程"时期就"村村通油路"的"中国香蕉之乡"坂仔镇，面对新的机遇再次激起修路热情。该镇金京洋村筹建 5 公里村路和一座桥梁，人均捐资 3000 多元；新农村样板西坑村，与邻村一起建成一条长 16 公里、宽 4.5 米的直达县城通道，并且成为福建省实施"代建制"的"样板路"。

东大门文峰镇，发挥"千年古刹"旅游胜地和水果种植多的优势，起步之年一鼓作气建成总长 16 公里的龙柴线和前埔路，而后在三平风景区管委会的支持下，拓改了 22 公里长的三平旅游通道。

西线边陲芦溪镇任务最重，该镇迎难而上，奋力攻坚，4 年建成 63.6 公里，居全县首位。

山格镇讲究策略，采取先易后难、分段实施办法，胜利攻克 26 公里长的"漳州第一村路"——山双线的"堡垒"。

长乐、秀峰乡发挥老区和外出务工人员多的优势，向上多争取，向外勤发动，千方百计减轻老区村民负担。

"闽南第一山"灵通山下的大溪镇，项目多而分散，而且山路居多，该镇步步为营，各个击破。

古镇九峰，人杰地灵。然而山高、人少、路长的"老大难"项目却为数不少，农村公路建设尾声之年，该镇硬是咬紧牙关，拿下了最后 7 个难点项目。

遭受强热带风暴"碧利斯"重创的南胜镇，受灾不气馁，重建家园与村路建设两不误，4 年中有 3 年超额完成县下达的任务。

安厚农场不失时机投入农路建设大潮，修通了周边水泥路。

最让人难以忘怀的是，福建省、漳州市部门挂钩扶贫领导和驻村干部对平和农村公路建设的倾情、关心和支持。

近年来，福建省、漳州市历任领导梁绮萍、袁荣祥、刘可清、何锦龙、李建国，现任中共漳州市委书记陈冬、漳州市市长吴洪芹以及其他领导，漳州市人大、政协、交通、农路督查组多次到平和县调研指导，深入挂钩村解决实际困难，给了平和的干部群众以莫大的鼓舞与鞭策。

一些企业老板、社会能人在创业有成后，热心公益事业，倾情农村公路建设。漳州科华电子开发有限公司、漳州正兴钢圈厂、福建天用茶业有限公司、福建向荣集团、平和合成氨厂及其他企业的老板，纷纷为家乡农村公路建设出谋献策，慷慨解囊。平和县领导班子成员带头，全县干部群众热情为农路建设捐资。据不完全统计，平和县个人为农路建设捐资在万元以上的有200多名，捐资在万元以下、千元以上的不计其数。

平和县在实施路网工程中，政策得力、措施有力、群众合力，因此，效果很好，成果累累，这是值得充分肯定和很好总结的。

## 攻坚克难抓好交通重点项目建设

笔者在平和采访，特别关注平和县重点交通项目的建设情况，在福建省委、省政府和漳州市委、市政府的关心支持之下，平和县委、县政府十分重视该县的重点交通项目的建设，凝心聚力，一心一意抓好这项工作，取得了令人瞩目的成绩。近年来，在国家、福建省交通部门的关心重视和鼎力支持下，平和县先后实施了4个交通重点项目建设：

——入闽通道官九线平和霞寨至九峰柏松关段改建工程。工程起点于平和县霞寨镇，终点于九峰柏松关与广东省饶平县交界，全长36.291公里，按二级公路标准改建，路基宽8.5～15米，水泥砼路面宽7～12米，概算投资1.7亿元。工程于2002年3月全面动工，2003年10月建成通车。

——省道官九线龙海林下至平和霞寨段改建工程。该路段是官九线霞寨至柏松关公路的延伸线，工程起点于龙海林下，终点在平和霞寨与霞柏段公路连接，全长55.25公里，按二级公路标准改建，路基宽度12～23米，水泥砼路面宽度9～15米，概算投资1.68亿元。工程于2003年11月开工，2006年12月底通车。

——平和县龙过岗至福山公路改建工程。该公路是连接官九线、东东线的快捷通道，工程起点于平和与诏安交界处的大溪龙过岗，终点在九峰福山与入闽通道官九线交接，全长28.652公里。其中省道路段3公里，按二级公路标准改建，路基宽度12米，水泥路面宽度9米，行车速度为60公里/小时；县道路段25.6公里，按三级公路标准改建，路基宽度7.5～9米，水泥路面宽度6.5～9米，概算投资6925万元。工程于2006年10月开工，2009年4月完工。

——福建省道东东线（309线）平和段公路改建工程。该公路是福建内陆通往闽南沿海港区和广东潮汕经济区的重要通道。工程总长89.3公里，按二、三级公路标准建设，路基宽度7.5～8.5米，全幅式水泥路面，设计时速30～60公里/小时，概算投资6.1亿元。工程分3期实施：第一期工程长13.8公里，投资4800万元，2009年10月建成通车；第二期工程长25.4公里、投资2亿元，于2009年12月开工；第三期工程长50.1公里、投资3.5亿元，于2010年6月开工建设。目前，省道东东线平和段改建工程全线主体工程已基本完成。

总之，"十五"以来，平和县实施4个交通重点项目总长210公里，总投资10.2亿元。全县交通重点项目建设滚动链接紧凑，形成"投产一个，在建一个，开工一个，储备一个"的良好态势。

交通是经济发展的重要基础。展望未来，平和县一定有能力尽快实现县域经济跨越式发展，加快推进现代化交通运输体系的跨越发展，力争在未来的两年时间内，实现沈海高速复线的正式通车，打破平和没有高速公路的历史，为"服务民生、服务经济、服务社会"奠定坚实而牢固的基础。

　　"八县通衢语堂故里，大路无言树起丰碑"。平和人民一定能在新一轮交通道路建设大潮中大显身手，高奏胜利的凯歌！

# 柚都工业潮声急

## ——平和工业园的观察与思考

戎章榕

汽车行驶在省道官九线上，透过车窗，浓郁茂密的植被令人赏心悦目。春暖花开的季节，在万绿丛中，不时掠过鲜艳摇曳的花枝，愉悦中让人感叹平和的生态优美。平和工业园位于省道官九线沿线。半个多小时的车程，汽车在一栋四层的小楼前停下，这就是工业园区管委会所在地。这与我过去到访过的工业园区有反差，一般的工业园区，大都有气势恢弘的门牌坊，表明你进入了一个视野开阔、标准厂房一字排开的特定区域。但在管委会办公楼的一层过道墙上，一幅由湖南城市学院建筑规划设计院编制的"一区多园"总体规划图，却吸引了我，驻足良久……

## 工业园区的回顾与展望

福建平和工业园前身为平和县文峰工业区，始建于1999年3月，2002年8月被漳州市人民政府确认为市级工业园区，2006年经国家发改委、省人民政府审核批准升格为省级工业园区，总体规划面积4.85平方公里。园区的开发面积由创立初期的0.58平方公里扩展了3平方公里，初步形成了机械、汽配、陶瓷、纸木制品为主的产业集群。

工业园区党政主要领导都是由副处级领导兼任，单从配置上看，县委、县政府十分重视工业园区的建设与发展，希望把园区作为平和乃至漳州市经济发展重要的新增长区域。从今年起，县委、县政府还选派了 7 名年轻干部到工业园区挂职锻炼。

在与工业园区管委会主任赖敏生简单地寒暄之后，我坦言相告，由于临时调整采写对象，准备不足，对工业园区的发展不甚了解。不知道漳州市有多少个省级工业园区？平和县工业园区的特点又是什么？

赖敏生主任回答不护短，坦诚相见，平和工业园区由于区位、交通等客观原因，走过了一条曲折的发展道路。引进的企业都比较小，参差不齐，同为工业园区，不能与毗邻的南靖县相比，甚至与华安县还有差距。2011 年全区实现规模工业产值 16.6 亿元，上缴税收刚突破 2000 万元。

随着采访的深入，我了解到尽管平和工业园区的经济总量尚比较小，但在县委、县政府的强力推动下，想方设法打造"暖冬"环境，帮助企业提高效益、加快发展。2011 年全区实现规模工业产值 16.6 亿元，完成年度计划的 100.3％，同比增长 82.42％；上缴税收 2108 万元，完成年度计划的 103.49％，同比增长 43.11％；累计完成固定资产投资 8 亿元，完成年度计划的 133.33％，同比增长 33.33％；实际利用外资 300 万美元，完成年度计划的 100％，同比增长 200％。单从增幅来看，平和工业园区取得的成绩还是应当肯定的。

更为可喜的是，今年园区开局良好，主要经济指标呈现快速增长的态势。第一季度，园区规模工业产值达 4.05 亿元，同比增长 51.1％；上缴税收 451 万元，同比增长 90％。园区扎实推进各重点项目建设，国立汽配、彩联陶瓷等一批在建重点项目进展顺利，新开工项目 3 个；积极开展招商引资工作，新签约 2 个亿元以上项目。

平和工业园区之所以表现出强劲的发展势头，这与漳州市委、市政府和平和县委、县政府的关心与支持是分不开的。

2011 年 12 月 28 日，漳州市委书记陈冬一行深入平和工业园区检查指导工作，当听取了工业园区管委会的工作汇报后，了解到工业园区由于快速发展，征地资金短缺成了制约发展的瓶颈时，当场交代市财政等部门要加大对工业园区的资金帮扶力度。随后市财政调剂了 3000 万元，作为工业园区征储工业用地的资金，解决了制约工业园区快速发展的燃眉之急。

据管委会纪工委书记吴振坤介绍，县委书记沈金水、县长黄劲武一年来多次到工业园区调研、检查工作，帮助园区解决了许多难题。区位、交通至今还是平和县的短板，不仅尚未通高速公路，而且境内没有一寸铁路，甚至连一条国道都不曾经过。因此，平和工业园区发展的困难则不难想象。但是，园区历任领导积极进取，想方设法，觉得园区距离建设中的龙厦铁路南靖草坂货运站不到 5 公里，如果能打通工业园区和货运站之间的道路，园区的交通将会得到极大的改善。这一建议得到了市委书记陈冬、县委书记沈金水、县长黄劲武的支持。

2012 年 2 月 1 日，县委书记沈金水带领有关部门，就西蝉至南靖货运站连接线的建设工作开展调研。他指出，西蝉至货运站连接线的建设将大大拉近了平和与途经南靖的龙厦铁路之间的距离，使今后平和每年高达百万吨产量的蜜柚，可以通过铁路货运销往全国，将大大提高蜜柚外运能力，降低运输成本；同时，也将进一步增强园区招商引资吸引力、竞争力。据了解，西蝉至货运站连接线西起西蝉路口，东至龙厦铁路的南靖货运站，总长 4.725 公里，途中设计 1154 米长的大湖隧道一座，计划投资 1.03 亿元。吴振坤说，大湖隧道尚未动工，就有客商前来洽谈。这与其说是客商捕捉商机的敏锐，不如说是政府改善投资环境赢得了商机。

项目是园区的生命线。园区党工委、管委会贯彻县委、县政府要求，全力推进项目建设，把项目落地作为第一大任务来抓，确立"投产企业抓扩规，在建企业抓投产，协议企业抓开工"的工作思路，全力促进落户企业建设进度。为了确保项目落地，管委会狠抓服务，强化项目跟踪落实，提高资金到位率、开工率和投产达产率，形成了项目"储备一批，开工一批，投产一批"的良性机制。一是实行领导干部挂钩项目制度。每个项目落实一名领导挂点，带一个专门班子进行全程帮扶和服务。在项目洽谈、进场、出图、放线施工、投产等环节中，做到环环相扣，保证工作效果。二是落实项目跟踪服务制度。在工作中，本着抓两头、促中间的办法，瞄准建设快与慢的企业，通过对照找出存在的问题探索解决的办法。同时，针对企业落户的情况，采取确定专人负责办证、办照、供水、供电等工作。三是实行项目建设督导制。园区党政办、监察室专门负责督导，每周向党工委、管委会领导通报各企业的建设进度、存在的问题，每周例会向各项目挂钩领导汇报企业进展情况，挂钩领导经常深入一线现场解决项目建设过程中的各种问题，采取"倒逼法"对所有项目列出"倒计时表"，一周一通报，一月一督查，促进项目早竣工、早投产。

园区目前上下"一切围绕招商引资，一切服务招商引资，一切服从招商引资"，形成人人想招商、议招商、重招商的氛围。采取以情招商、以园招商、以商招商、产业招商、展会招商等多种方式，努力拓宽招商引资的新领域。大力实施"回归工程"，建立平和籍在外知名人士档案数据库，加强与厦门、福州、泉州、东莞平和商会的联系，吸引在外发展的乡亲返乡创业。充分利用平和县克拉克瓷产地的地域影响力和丰富的陶瓷资源两大优势，把陶瓷产业作为工业园区一个主导产业，在产业链中找准定位，搞好项目对接和产业链对接，加快聚集和扩张，着力打造漳州环保陶瓷产业园。亿元以上项目从无到有，目前已有 11 个，实现了历史性的突破。

平和工业园区虽小，但园区干部的精神状态却感染了我。采访中，听到工业园区干部坚持的"四不精神"："完成任务不讲客观、为了工作不计得失、履行职务不谋私利、争创一流不甘落后。"园区还在今年开展以"治庸治懒、提能增效、狠抓落实"为重点的"作风建设年"活动，建立健全园区机关效能建设制度，完善《园区内部管理制度》《园区机关效能建设制度》《园区考勤与月工作绩效考核制度》《园区项目入园"一站式"服务流程图指南》和《园区建设项目管理实施办法（试行）》等一系列新规章新制度，进一步规范管理。

"人，总是要有一点精神的"。规模小不可怕，条件差不可怕，落后也不可怕。只有构筑"精神高地"，才能冲出"经济洼地"。平和工业园区的未来发展就值得期许！

## "一区三镇"的布局与理念

设置工业园区（开发区）是上个世纪90年代发展县域经济一个通行的模式，在节约土地、集聚要素资源、引进外资等方面发挥了不可替代的作用。为此，从平和采风回来后，我专门致电省外经贸厅，了解有关工业园区建设情况。目前，全省共有省级以上各类开发区90个，其中位于县（市）区域范围内的工业园区（开发区）52个，除了8个县（市）目前尚未批复设置省级开发区外，其他各县（市）均至少有1个省级开发区。一些县域工业园区经济已成为当地工业发展的重要载体和引擎。比如与平和前后时间设立的龙海、长泰、南靖工业园区的产值、税收收入、利用外资3项指标占当地比重为50%~80%，外贸出口均占90%以上。但在新的发展时期，在更高起点上实现县域经济的科学发展、跨越发展，把目光只局限在开发区（工业园区）上，显然是滞后了。

其实，单独建设工业园区的模式，这些年也在困扰平和工业园区的发展。比如，园区远离县城，由于没有公交配套，员工上班非常不便，也导致了企业招工难。

俗话说，不谋全局者，不足以谋一域；不谋长远者，不足以谋一时。发展大势之于区域、之于县域的意义重大。只有对发展大势了然于胸，准确地把握格局的变化，继而从中找到新的定位，才能与时俱进。

放眼国内先进地区，在工业园区的开发理念上已有变化。主要表现在以重大产业集聚区（工业园区）建设构筑新城区。兴办重大产业集聚区，一定要转变理念，跳出过去单纯办工业园区（或是开发区）的模式，在加快引进发展特色产业的同时，把产业发展与城镇化发展结合起来，同步规划、同步建设、同步发展。

产业集聚区不仅仅集聚产业，还集聚人口、资金、知识，工业园区不仅是企业集中地，还应当是一个功能完备、生活便利的城镇。按照这样的新理念，国内先进地区在开发新区时，是将集聚人口规模，完善就业体系，促进新区从工业新区向综合新城镇转变。对此，先行一步的有我省的宁德东侨开发区、三明金沙园等。

平和县在第十二次党代会上提出"强化工业园区集聚功能，培育全市重要制造业基地"的战略部署，新一届平和县委、县政府在谋划平和工业"二次创业"时，审时度势，几经筹划，目光已不再局限在平和工业园区，而是提出"一区三镇"（即工业园区、文峰镇、山格镇和小溪镇）工业走廊布局。这不光是因为"三镇一区"有一定的工业基础，具有带动效应。"一区三镇" 2011 年规模工业企业达 63 家，完成规模工业产值 53.1 亿元，工业税收 1.19 亿元，分别占全县的 63%、75.9%和 74%。产业集群初步形成。而且这个走廊区域依托平和城关，有利于进一步提升城镇化的水平。应当说，这是具有战略眼光的，也是契合先进发展理念的。

在这样的大格局中，县委、县政府整合园区资源，积极谋划实施"一区多园"的运作模式，拟将大坂洋工业集中区、宝丰工业集中区、文美工业园等3个工业集中区并入平和工业园区，并对各园区实施统一领导、统一管理、统一规划，实现各园区功能互补，统筹发展。目前规划文本已经编制完成并通过评审程序，区域环评及其他扩区整合工作正按县委、县政府"一区三镇"的工作部署，有序推进。

栽得梧桐树，引得凤凰来。平和工业园区也在快速跟进，力争把园区面积放大。将2012年工作目标锁定，这就是实现征地1000亩，规模工业产值20亿元，固定资产投资8.9亿元，税收收入突破3000万元，引进规模工业企业10家以上，其中亿元以上企业5家、5亿元以上企业1家、外资企业2家。

园区把工业用地储备作为推进项目建设的先行工程。在抓好建设用地报批工作的同时，围绕项目建设用地储备，积极推进征地拆迁工作。如今讲求"和谐征迁"，为此，园区干部只有放弃节假日和晚上休息时间，深入农户，反复、细致地做被征地拆迁群众的思想动员工作，用百折不挠的耐性和对事业的热心感化群众，取得群众配合与支持。2011年已完成庵埔、寨仔、田中央、东山新征用土地820亩，这是园区有史以来征地最多的一年。今年第一季度完成工业储备用地征收400多亩，有力地保障了落地项目的用地需求。

2012年4月12日，县委书记沈金水带队到工业园区检查工作。过了中午12时饭点，8个挂职干部身穿迷彩服，刚从山上丈量土地回来。看到他们留着汗迹的脸上洋溢着青春的笑容，沈金水书记对他们的敬业精神和工作热情予了充分的肯定。

在做好土地征用的同时，平和工业园管委会还在不断完善基础配套设施，不断提升园区的承载功能。通过 BT 融资（建设—转让）、垫资开发、贷款开发等方式创新园区建设投融资平台，重点建设了"一堤、二厂（场）、三路"配套工程，打造功能齐全的生态园区，为工业园区新一轮跨越发展奠定坚实的基础。"一堤"：即黄井溪防洪堤；"二厂（场）"，即污水处理厂、垃圾填埋场；"三路"，即南区二号路、北区中联路延伸段、安埔水泥路。为了绿化美化工业园区环境，投入 30 万元引进保洁公司负责园区及区内企业日常卫生清洁工作；在厂区、公共绿化带种植晃伞枫、香樟、桂花、垂叶榕、巨尾桉等树种近 3 万棵，绿化公共绿地 300 亩；建设 3 个农民和员工休闲公园；投入 50 多万元在南区主干道两旁和公园安装路灯及公园景观灯，实现园区净化、绿化、美化、亮化。2011 年，园区投入 5218 万元完善基础设施，投资额超过"十一五"期间园区基础设施投资的总和。

赖敏生主任表示，用城镇化的手段推进工业园区的建设，就是要超前建设园区水、电、排污等基础设施，为今后 3 年发展奠定基础；同时，不断完善配套设施，全面提升园区居住、商贸、交通等服务功能，坚持"高起点、高定位、高规格"建设市政综合体，力争使公共绿地达到 30％以上，形成具备商务、研发、流通、文化、娱乐等多功能的发展格局，聚集人气，以人气带动商机，努力把工业园区建成美丽的花园式现代化工业城。

从一个工业园到"一区三镇"，从 4.85 平方公里扩大至 18.33 平方公里，不只是一个数字扩张的概念，而是一个整合的概念、统筹的概念，更是贯彻落实科学发展观的具体体现。县委、县政府提出的"规划引领，城镇带动"的理念，在"工业兴县"中避免了全面开花、处处冒烟，有所为有所不为；"产业新城，城镇新区"的理念支撑了"一区三镇"工业走廊发展，以新城建设带动产业集聚，以产业集聚促进新城建设，想必在平和也有生动的实践。

## 生态工贸大县的抉择与思考

在更高起点上谋划科学发展、跨越赶超中，新一届平和县委、县政府提出了建设"特色农业强县、生态工贸大县、文化旅游名县"战略目标，应当说切合平和的实际，也符合全县人民的热切期盼。

圈点"生态工贸大县"，不难发现，"生态"置在"工贸"的前面。生态是平和的优势，更是漳州的未来。漳州市2011年提出未来5年将投资2000亿元建设"田园都市、生态之城"。其中"以水为脉"打造水城，漳州6条主要河流有5条发源于平和，素有"五江之源"之称。平和县森林覆盖率71.4%，高于全省平均水平6个百分点。保护平和这片青山绿水，就是保障漳州下游的生态安全，就是打造"田园都市、生态之城"。发展是硬道理，生态保护是硬任务。经济增长能否与生态建设同步？

"大力实施'工业兴县'战略，搞活商贸流通，实现经济发展增量提质。壮大工业优势产业。立足我县产业基础，构建以机械制造、光电电子、食品加工、新型环保建材等四大支柱产业为主导，培育产业集群。实施科技创新、质量品牌、资本运营战略，扶持企业转型升级，做强做大龙头企业。至2016年，拥有产值超亿元的工业企业26家以上，新引进投资超亿元的工业项目30个以上，新增高新技术企业10家，争取实现企业上市。"这是摘自黄劲武县长2011年底所作的政府工作报告中的一段话。我非常理解当地政府发展工业的良苦用心，基于财政分灶吃饭的体制，为了提升经济总量，晋升县域经济的名次，没有工业，县域经济发展就没有后劲。县政府还出台了《扶持企业发展若干意见》，全力服务企业发展。但是，在"工业兴县"中怎样保持良好的生态环境，则不免让我有些担心。对于平和工业园先前开办的小造纸厂，我就直言不讳地表示异议。赖敏生也承认，最近有几家化工企业有意向落户工业园区，但从环保的要求、从产业的政策上权衡，最后还是拒绝了。由此可见，建立项目准入与退出机制，在工业园区建设中同等必要。

既不能固守生态优势而不思进取，又不能为了发展而破坏环境保护。对于时下有关开发与保护的矛盾，赖敏生和我还交流了有关生态补偿的问题。这使我想到了2012年全国"两会"的热门话题之一——生态补偿机制。

面对人大代表、政协委员的呼吁，在全国"两会"举行的新闻发布会上，环保部负责人表示，《国务院关于落实科学发展观加强环境保护的决定》明确指出："要完善生态补偿政策，尽快建立生态补偿机制。中央和地方财政转移支付应考虑生态补偿因素，国家和地方可分别开展生态补偿试点。"目前环保部与财政部正在研究实行生态补偿机制。

优美的生态环境是我省的一大优势，也是一张最为亮丽的名片。随着科学发展观深入贯彻落实，我省上下都更清醒地认识到，环境是经济持续发展的基础、区域竞争的利器。有优美的环境，就有吸引力，就能形成"凹地效应"，汇聚项目、资金、技术、人才等生产要素。优美生态、良好环境，也是人们幸福感的重要来源，直接关乎人民群众的切身利益，是群众安居乐业的必然要求，也是保障和改善民生的一大着力点。

因此，对于平和这样一个河流源头、生态优美的区域，在积极争取生态补偿的前提下，一定要坚持"环境优先"的导向，大力发展绿色经济。绿色经济是一种以保护和完善生态环境为前提，集绿色生产、消费和服务等为一体的新的经济发展模式，

结合当地生态环境优势，坚持协调可持续发展，努力探索一条科技含量高、经济效益好、资源消耗低、环境污染少的新型工业化路子。多在农副产品的深加工、旅游的衍生产品上寻求出路。不但要大力发展节能环保产业，而且要运用绿色技术，加大对传统产业升级改造力度，以促进经济活动的全面绿色化，确保资源的支撑力和环境的承载力，把独有的生态优势转化为后发优势、竞争优势。

"与时俱进谋发展，柚都工业潮声急"。令人欣慰的是，在平和县发展工业的大潮中，县委、县政府业已明确提出：严守产业政策和环保政策两条底线，严把工业项目引进质量关。并以节能减排为重点，对工业园区进行生态化改造。县委书记沈金水特别强调，在产业发展中我们将严格实行"五禁五限"，努力推进"绿色平和"建设，保持森林覆盖率居全市前列，力争2013年完成国家生态县建设。

# 语堂故里

# 王阳明与平和

傅　翔

没到过平和，但平和的大名并不陌生，吃过那又大又甜的蜜柚，品过奇香醇厚的白芽奇兰茶，亲手摸过风华绝代的克拉克瓷，也读过一代文豪林语堂的童年琐忆。因为这些，平和在我心里便是一种诱惑。我没有想到的是，这次初到平和，平和还是让我大吃了一惊：它不仅有数量众多的土楼与风光旖旎的山水，而且还和一代大儒王阳明扯上了干系，这干系可还真不小！

王阳明又名王守仁（1472—1528 年），字伯安，号阳明，谥文成，浙江余姚人。明代最著名的思想家、哲学家、书法家、军事家、教育家、文学家，官至南京兵部尚书、都察院右金都御史。作为"陆王心学"之集大成者，他不但精通儒家、佛家、道家，而且能够统军征战，是中国历史上罕见的全能大儒。

王阳明对读书人来说，那可真是一位完人啊！其功绩更是堪称中国知识分子的楷模。平和山高水远，地处偏僻，它又怎么会和这样一位巨人扯上关系的呢？怀着巨大的疑问，我开始了重新认识王阳明的旅程。

王阳明的一生堪称传奇，经历也颇多波折。据明史记载，王阳明出身名门（其父王华是状元），从小就受到良好的教育，不仅受程朱理学的熏陶，而且广涉释、道与兵法。17 岁与表妹谈婚论嫁，21 岁乡试中举，28 岁中进士，次年授兵部主事。按理说，一切也都还顺利。如果说波折，那也是出来工作以后的事情。

由于他"好言兵，且善射"，面对动荡的时局，多次上书，却饱受冷遇。一个有志青年，怀才不遇，抱负无法施展，其中打击一定让人伤心绝望，更何况是出身名门自视甚高的神童与才子！

命运常常就是如此，当身怀绝学自命不凡的王阳明想要一试身手的时候，他却碰上了腐败无能的明王朝。这对王阳明来说，既是一种不幸，也是一种大幸。

时年正值明正德元年（1506年），武宗朱厚照初政，宦官刘瑾专权。朝廷一班官员上疏参劾刘瑾，刘瑾大怒，参劾官员全部被逮下狱，廷杖除名，更有人伤重而卒。王阳明冒死上书营救，也被逮入狱，廷杖四十，被贬为贵州龙场（贵州修文县）驿丞。当年的龙场地处偏僻，豺虎四出，瘴疠流行，为蛮夷之地，自然形同流放，这显然是当权者对敌对势力欲置之死地的绝招。身处逆境，在"居夷处困，动心忍性"之余，年轻气盛的王阳明也只好"默坐澄心"，走入内心寻找出路。谁也没想到，蛮荒之地不仅没有困死王阳明，却因远离争斗与尘世，闲居静养，而"忽中夜大悟格物致知之旨"，始知圣人之道，吾心自足。此即为史上著名的"龙场悟道"，王阳明从此开始了哲学家的布道历程，筑龙冈书院，招徕从者，讲学贵阳书院，抒发"心即理"、"知行合一"、"致良知"三大命题，世称"王阳明心学"。

"龙场悟道"对王阳明而言，肯定是因祸得福的一次痛快经历。长年困扰自己的心结解决了，这才是人生头等大事。命运也是如此，自此之后，王阳明的好运接二连三地来了。不久，刘瑾伏诛，王阳明一年之内连升三级，先由庐陵知县升授刑部、吏部主事，再晋文选清吏司员外郎。45岁时，"汀、漳各郡皆有'巨寇'，尚书王琼特举之"，于是擢为都察院右佥都御史，开始了竭力事功、践履心学的历程。

正德十二年（1517年），王阳明以右佥都御史巡抚南赣、汀、漳等处，在江西一带推行保甲联防制度，首倡"十家排法"，并建立地方武装"团练民兵"，专以守城防隘为事。

正德十二年至十三年（1517—1518年），王阳明指挥官军在江西、闽南一带镇压陈曰能、谢志山、蓝天凤、池仲容、詹师富等人的农民起义，并在要害地区增设福建平和县、江西崇义县、广东和平县；在赣南各地订立"乡约"，兴办"社学"，使民既知"格面"，又知"格心"。

正德十四年（1519年），王阳明在戡处福建叛军途中，平定了南昌宁王朱宸濠的武装叛乱。还在军旅之暇刊行《大学古本》，编印《朱子晚年定论》，专提"致良知"是至善之本体。

嘉靖六年（1527年），王阳明总督两广及江西、湖广军务，平定了思恩、田州壮族土官卢苏、王受之乱，实行"改土归流"。次年移兵，以"剿抚兼用"之策，扑灭了八寨、断藤峡瑶族的反明武装。后因疾剧，疏请告归，十一月卒于南安舟中。

王阳明在出征思、田之前，嘉靖帝就升他为南京兵部尚书，参赞机务，旋晋"新建伯"、"特进光禄大夫柱国"等衔。王阳明死后，隆庆元年（1567年）五月，穆宗降诏旌褒，"特进新建侯，谥文成，赐之诰命"，"永为一代之宗"。

这便是"悟道"之后的王阳明，除了带兵打仗，接二连三地取胜，其余便是治县讲学，传播"心学"，可谓顺风顺水，功成名就，过得无比充实。正是在这征战途中，王阳明与平和的渊源开始了。

按理说，当初兵部尚书王琼之所以保举王阳明为右佥都御史，巡抚南康、赣州地区，大概也只是听说王阳明的军事爱好和军事才能，都没亲眼所见。因此，任用纸上谈兵的王阳明，还真是一种冒险。也许是王琼有识人之才，也许是王琼对王阳明的偏爱，或是朝中本无能人，反正面临着闽粤赣边的悍匪，官员大都退避三舍。正如史料所称，赣县主簿战死，巡抚也吓得辞了官。因此，我想肯定又是王阳明毛遂自荐在先，才有兵部尚书的保举。这真可谓生逢其时也！

王阳明果然不是省油的灯，他也绝不是纸上谈兵，他和几百年之后同在这一地区历练出来的伟人毛泽东一样，不仅重视调查实践，善于总结经验教训，而且善于做思想工作，从而形成一套自己的军事思想与军事主张。

发生在平和的一件小事很能说明问题。据说，当时敌人的耳目众多，官府中通敌的人很多。难怪匪患猖獗，原来盗匪也挺得人心！可见时局腐败，造反也变得有理了。在这时局中，王阳明洞若观火，很快便发现身边一位老吏是盗匪的重要耳目，传来一审，自然经不住大哲学家的攻心之术，当场便如实招供了。阳明先生不仅没有处决这位老吏，反而赦免了他，让他做了间谍，给官兵提供情报。这样一来，阳明先生便非常顺利地掌握了敌军的情况，从而一举拿下了大帽山的詹师富叛乱。

打完了第一个大胜仗，王阳明没有洋洋得意，相反，他发现了问题。他上奏疏给皇帝，要求朝廷给自己足够的军权，让他关键的时候可以便宜行事，包括调兵和赏罚，以利行动，而不至于贻误战机。正所谓：将在外，君命有所不受。在当时交通信息不畅的年代，这条意见无异于对症下药，正合军事首需。更何况，像王阳明如此杰出的才华，若是凡事汇报，凡事等皇帝定夺，那又如何施展？也赶上朝中确实无人，国又需安，朝廷准奏。

阳明先生终于有了大施拳脚的机会，他的一系列治军理念终于得以实施了，其中就有他的改革军制方案。就像当年红军的"三湾改编"、"新泉整训"及古田会议一样，而实际上就是把指挥权集中到自己的手中，一切行动听指挥，从而极大地加强了部队的作战能力。

平定叛乱（1517 年春）之后，阳明先生头痛的便是如何治理这块土地，使老百姓长治久安。善于调查研究的王阳明肯定知道，许多良策往往出自民间，因为当地百姓对自己的家乡更熟悉，对自己的需求更明了。于是，我们终于有了一个美丽的传说。据说，在某一天夜晚，王阳明特意来到耆老曾敦立的家里向曾老先生请教，没想曾老先生笑而不答，只是斟上满满的一杯滚烫的白芽奇兰茶，请王阳明趁热喝。王阳明看着满满的一杯热茶犯难了，这怎么喝啊，不好端不说，一不小心就烫着了。看到阳明先生的犹豫和为难，曾敦立拿出一个空杯子，把茶一倒为二，递给王阳明。阳明先生马上心领神会，明白了曾老先生"分而治之"的建议，便起身告辞了。

这则美丽的故事到底有多少可信度，我们已经不得而知了。但有一点是肯定的，那就是平乱设县的思路确实是从福建的平和开始的。史料可查，早在明正德十二年（1517 年）春，平和之乱平定，生员张浩然、耆老曾敦立并山人洪钦顺等上书呈请设县，王阳明当即于同年五月廿八日具本请旨，上了《添设清平县治疏》，从而坚定了"不设县治贼无由息也"的理念。

明正德十三年（1518 年）三月，奏疏得到了批准，南靖县的清宁、新安二里共十二图和漳浦二三等都被划出，取"寇平民和"之意，建县"平和"。同年四月，在回赣州府的路上，王阳明即兴作了一首《回军九连山道中短述》，诗言"莫倚谋攻为上策，还须内治是先声"便正是这种政治思想的总结。此时，王阳明刚好又平定了广东池仲容部的利头叛乱，于是，依葫芦画瓢，同样上书奏请设立"和平县"，并兴修县学。十月，王阳明率兵攻破实力最强的江西左溪蓝天凤、谢志山军寨，并会师于左溪。王阳明亲自前往劝降，同时奏请设立"崇义县"。

"崇义"也好，"和平"也好，它们都与"平和"一样，都是儒家学说之核心，都是王阳明心学理论之灵魂，它们都寄予了王阳明对天地对政治对人民的美好愿望。作为王阳明心学思想最早实践地之一的平和县来说，肯定寄托着王阳明更多的理念与心血。

史料也是如此记载，王阳明对平和县城的兴建十分用心，他不仅亲自踏勘了河头（今平和九峰镇）为县治所在地，认为这里"背山面水，地势宽平，周围量度可六百余丈，西接广东饶平，北连三团芦溪，堪以建设县治"，还根据明朝政府的规定，在建置县衙的同时兴建了城隍庙。多才多艺的他亲自设计了县衙和城隍庙等建筑项目，他甚至主持了这批建筑的破土动工仪式——祭告"社土"（土地神）。于是，在九峰兴建平和县衙、城墙的同时，城隍庙也在东门内一起动工兴建。王阳明写于明正德十三年（1518 年）十月十五日的《再议平和县治疏》详细地描述了这一幕。

正是由此，我们可以想象王阳明把平和县衙建设当做一项事业来做的努力与付出，一边马不停蹄地征讨叛乱，一边还得为重建与稳固江山尽心竭力。正是因为他从小就以诸葛亮为楷模，信奉的也是"鞠躬尽瘁，死而后已"的信条，因此，他的生命注定要比其他人更为短暂。当他肺病加剧病死在归乡途中的时候，也不过才 56 岁。

# 从平和过台湾的"阿里山神"吴凤

卢一心

走在平和的大地上，说起历史人物，必然要说到一个人，这个人就是从平和过台湾的"阿里山神"吴凤。其实在台湾，"阿里山神"吴凤也同样是大名鼎鼎，并家喻户晓。那么，"阿里山神"吴凤到底是个什么样的历史人物呢？

我认为，吴凤首先是一个人，其次才是神。其从人到神的演变过程，肯定经历了非凡的考验和挑战，这也是后人信仰他的原因。不过，我认为要认识吴凤这个人，最重要一点就是不能绕过"爱心"这两个字。吴凤因为拥有一颗舍身成仁的大爱之心，并付诸实践，所以他才会被尊奉为"阿里山神"。

"爱人甚于爱己，凭一片赤诚，化除种族积久冤仇，正符孙总理嘉言：不作大官，应做大事；成仁即是成功，洒满腔热血，持续宇宙永恒生命，岂让郑延年伟绩：造福全岛，示范全民。"

这是国民党元老和平老人邵力子为台湾嘉义县的吴凤庙题所写的对联，也是对他的历史评价，这副对联充分概括了"阿里山神"吴凤的传奇人生和所做贡献。

当然，如果仅从一位国民党元老口中得到一句赞扬就肯定"阿里山神"吴凤是个忠肝义胆、舍生取义之人显然缺乏说服力，因此应该找到更多的证据来加以印证。记得，连横在《台湾通史》里有这样一段话："士有杀身成仁，大则为一国，次为一乡，又次则为友而死。若荆轲、聂政之徒，感恩知己，激愤舍生，亦足以振懦夫之气，成侠客之名，历百世而不泯也。呜

呼，如吴凤者，则为汉族而死尔。迄今过阿里山者，莫不谈之喷喷。然则如凤者，汉族岂可少哉？顶礼而祝之，范金而祀之，而后可以报我先民之德也。"这段话应被视为对吴凤最公正的评价。

当然，还可以找出许多的例子作为证据来加以论证。

譬如，台湾嘉义县有个吴凤庙，又名阿里山忠王祠。别的暂不说，单从"忠王祠"这个名称即可知，"阿里山神"吴凤是一个什么样的人和神，他在当地老百姓心目中的地位和评价又是什么样。再看有关忠王祠的简介是这样写的："在阿里山脚下有座专为一个人修的庙——忠王祠。因祭祀的是台湾著名人物吴凤，因此又称吴凤庙。吴凤，祖籍福建，台湾嘉义人。早年因通晓高山族部落民情，24岁被任命为阿里山通事。他为人公正，勇敢大义，为山民排忧解难，赢得人们的尊重。为除当地猎人头来祭神求丰年的恶习，故意安排让人误杀自己。这一行动使阿里山民众深受感动，从此割除陋习。后人为纪念吴凤舍身劝化之功，在其舍身殉职之地立碑建庙，自此香火不断。"这段简介也已经很清楚地介绍了一切。

然而，经验同时也告诉我们，要认识一个历史人物，必须从掌握到的历史资料来看，而要认识一尊神，则必须从民间信仰方面去掌握。这种观点应该属于历史唯物主义，也是较为客观和辩证的。这样的印证也应该较为可信的。

关于"阿里山神"吴凤的事迹，史料这样记载：吴凤（1699—1769年），字符辉，福建平和大溪壶嗣村人，5岁随父母渡台，后被尊称为"阿里山神"。壶嗣吴氏，自始祖吴文应于明洪武四年（1371年）肇基至今639年，传丁26代，族人遍布全国。作为吴凤故里，家庙历经200多年，至今保持完好，现已被确认为省级保护文物。

从史料上看，吴凤的父亲吴珠不仅是个生意人，还懂得医术，渡台后住在诸罗大目根堡鹿麻庄（今嘉义县中埔乡），属阿里山地区。当时还很落后，思想意识尚未受到现代文明的启蒙，生活与生存方式以野居和野食为主，并以村寨结社形式存在。据载，阿里山地区当时有大小族社 48 社，每社数百人，由于彼此间缺少沟通，又处于原始野蛮阶段，相互间常发生一些矛盾与冲突。吴凤从小在当地长大，受父母亲影响，勤奋好学，宅心仁厚，治病救人，广施爱心，没有族群偏见，当地土著对他没有敌意，后来，清朝为推行"抚番"政策，任命吴凤为阿里山通事，吴凤不辱使命，勤于政事和沟通，很快受到了当地人的拥戴。

然而，由于落后和原始，当地族人每年要举行一次大型祭奠活动，叫"栗祭"，每次活动要用人头做贡品，通常这个时候，族人就要去杀一个其他族的人，用其人头做贡品。吴凤上任第一年，决心改掉这种恶俗，即力劝族人，可是，当地族长们说，我们平常很相信你，也愿听你的话，但这件事关系太大，如果不用人头，天神发怒，我们吃不消。吴凤几次力劝无效后，最后达成协议：以牛代人，每隔一年再用人头以祭神，试图以拖待变。可是时间过得太快，很快就到第二年，族人又要来取人头，眼看再也推延不过，当时恰巧发生义军起义，死了不少人，吴凤急中生智，把那些死者首骨藏起来，每隔一年给一具人头给族人，可是，几年后首骨也用完了。当族人又派人索讨人头时，吴凤动之以情，晓之以理，并严词相告，不许再妄杀无辜。族人被他感动，应允不再用人头祭神。可是，正所谓天有不测风云，人有旦夕横祸，不料，乾隆三十四年（1769 年），当地发生瘟疫，死了很多人，族人就以为是因没有人头祭神，导致神灵惩罚，于是气势汹汹要找吴凤算账，声言一定要再杀人以谢神。吴凤知势不可止，好言相慰，并告诉他们："明天一早，山中有一红衣帽的行人，你们可取他的头。但是有言在先，

153

只准杀这个人，以后不准再杀人。"族人欢呼而去。族人走后，吴凤又告诉儿子，我们和当地人是朋友，过去是，现在是，将来也是，要永远做朋友，你们记住了。第二天早上，族人果然见山道上走来一位穿红衣戴红帽的老者。于是，族人蜂起张弓射杀，取其首，这才愕然发现红衣者是通事吴凤。各社族人闻知，悲痛至极，号哭之声震撼山林。吴凤既殉职，众社酋长聚议，立誓从此戒除"粟祭"恶俗。

吴凤用自己的舍身成仁换取族人的觉醒，让各族人从此修睦并走上和好，这是多么了不起的事情，难怪族人会把他尊为"阿里山神"并奉祭在忠王祠，当然，这是史料上的真实记载。至于现在仍有少数当地人对吴凤心存有反感乃至拒绝，其实也是可以理解的，因为这涉及本族人的尊严问题，他们认为吴凤的事迹有丑化族人之嫌，其实这是一种误解。可以这么说，任何一个民族，最早的先民，也就是处于原始和落后阶段的先民，都有其愚昧和野蛮的历史。换言之，这并不是哪个民族的错误，而是人类进化的必然阶段。任何一种文明的发展也都是从原始和野蛮开始的，完全不必忌讳和回避，这就是历史，这也是人类的宿命。

其实，吴凤去世后，被尊为"阿里山神"，这就够了，这就足以说明一切。何况，在嘉庆年间，继任通事杨秘根据汉族同胞之愿，在今嘉义县中埔乡社口村立庙祷祀，称"阿里山忠王庙"，每年于吴凤忌日举行祭祀。此外，吴凤生前供职的阿里山一带，后取名为"吴凤乡"，还兴办起"吴凤中学"。嘉义火车站广场，雕塑吴凤铜像。蒋介石先生还为吴凤庙题"舍身成仁"匾额。吴凤墓至今保护完好，庄严肃穆。后人也为其墓题联曰："秉浩然气，以救世心，为生民定命，立德立功同不朽；捐百年身，树千秋业，受万家尸祝，其人其事永流芳。"

以上史料，足以说明一切了。正因为如此，我一直认为，像"阿里山神"吴凤这样的历史人物，其事迹早就应该写进台湾历史教科书，并成教书育人经典的教材之一，通过教育可以让一个真实的"阿里山神"吴凤再现，历史误会和讳忌的阴霾才会烟消云散。再说，12岁的吴凤就给人"天性纯孝，稳重如成人"之感，而且"旁通番俗，谙识番语"，故被当地番人视为友人，不含敌意。

据记载，吴凤之所以会被尊为"阿里山神"，还有一个很重要原因，那就是当他从小亲眼目睹台湾少数民族同胞过着刀耕火种的原始生活时，便立志要为族人改变这落后的面貌，于是在接下来很长一段时间，他花尽心思不顾劳累教会了他们较为先进的农耕技术并传授基本的知识，同时想尽办法从老家福建找来各种粮食种子和蔬菜等，包括中医药方面的知识和药材等，从而得到了族人普遍的尊重。24岁那年他被清朝任命为阿里山通事时，族人会拥护他也就是这个原因。阿里山通事一职，相当于现在的宗教局长和民政局长的职务，也就是专门负责协调台湾少数民族和汉人之间的关系，足见其所发挥的作用。

历史上的"阿里山神"吴凤，是一个忠肝义胆、豪迈坚勇、颇有侠士风范之人，这一点是可以肯定的，否则，"阿里山神"封号不会从天而降，阿里山忠王祠也不会因他而突然冒出来，再说，阿里山通事也不是那么好当的。话说至此，也有必要简单说说有关造神时代的事情。不得不承认，在中国历史乃至人类历史上，确实经历过造神时代，而且，人类内心深处也确有造神的潜意识和渴望，"阿里山神"吴凤就是那个时代造出来的。正因为如此，我们必须相信，"阿里山神"吴凤的传奇故事确实是建立在历史事实上，而不是民间杜撰出来的。另外，一个人能够从人走向神绝不是偶然的，也不可能是一场误会，因为神从来就是一种信仰的产物，而信仰来自于民间并通过民间力量凝聚而成，这就是最有力的证据。

还有一点值得一提，吴凤之后的台湾，曾经有相当长一段时间被日本殖民统治着，日本政府在殖民统治台湾期间，不但采取"皇民化"政策，还不让台湾人供奉关公、妈祖、三平祖师、吴凤等，并想尽办法要毁掉原来的各种庙，同时建造日本的天照大神庙，许多中国神的庙就这样被拆了。然而，在台湾人心里，还是不会相信日本人的神，1945年台湾回归中国后，吴凤庙和关帝庙等很快得以恢复，这就足以说明一切。现在嘉义吴凤庙依然香火鼎盛，并成著名的旅游景点也是最好的证明。换一种说法，哪类人会被历史记住绝不是偶然的。总之，爱是不会被辜负的，"阿里山神"吴凤就是用自己的大爱铸就两岸和古今传奇。

　　最后，我认为有必要说一说"阿里山神"吴凤，在当今两岸关系上的意义和价值所在。有一点非常明显的是，"阿里山神"吴凤的舍身成仁，就是为了让当地各族人永远修睦并友好相处，这一点和当今两岸关系十分吻合，也是积极意义所在。此外，他积极为当地族人改变落后面貌的壮举，无疑也是非常具有现代意义的，尤其是放在今天，两岸关系已经走进空前和好阶段，不但要化解过去一切恩怨，还要实现共同进步共同富裕，最终实现祖国统一并实现中华民族伟大复兴的美好愿望，因此，"阿里山神"吴凤以"仁"取义，以"和"为贵，更为可贵。

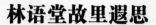

# 林语堂故里遐思

## 许怀中

13年前的"5·23"，省文联组织采风团到漳州采风，我撰写了一组散文，其中一篇《琯溪蜜柚之乡》写的是平和县的观感。当时初夏之夜，在学校举行文艺界联欢，我从会场走出，依着教学大楼的楼栏，望见碧净的空中，一轮明月。"地处闽南金三角漳州西南部的平和城乡轮廓，在月色中披上轻纱般的朦胧美。这个带着宁馨、温和意味的县名，物华天宝，资源丰富，出名优特产，如'清朝贡品'琯溪蜜柚，创'五个全国第一'……"还写到在坂仔镇"去看了我渴望已久的林语堂出生地"，初次感受到林语堂故里之美："青山下，美丽的花山溪环绕着坂仔镇，静静地流淌，她似乎在轻轻地诉说历史的沧桑，林语堂童年的故事……"

多年后重访平和，流连在世界文化大师林语堂的故里，感受到平和县既是一个县名，又是一种文化境界：很中庸，很雍容大度。讲究一种心境，是处世的态度，人生观的体现，也涵盖着平安、融合、和谐之意。平和，反过来即"和平"。她古为扬州之城，周为七闽之地，明正德十三年（1518年）置县，取"寇平而人和"之意。地理位置上与福建、广东两省8个县相连，为省重点侨乡和台胞祖籍地之一。她是福建省多周边的县之一，其包容性之大，可想而知。

在林语堂故里遐思之一，是在这样历史文化背景和自然景观中，孕育出这位"两脚踏中西文化"，建构中西文化交流这座如长虹般彩桥的人物，并非偶然。

在这个风和日丽的日子，我们驱车到坂仔镇，车过街心路口，高竖着一尊女神塑像。记得上次蔡其矫诗人同来采风，他要停车拍照，大家纷纷下车。在造型优美、少女般的塑像前留影。女神塑像是"风调雨顺"的象征，她能镇住飓风、台风。坂仔是香蕉产地，坂仔香蕉在同类产品中首获"绿色食品"称号，香蕉、蜜柚最怕大风，故在此处立一镇风女神，寄托老百姓的祈求，那时当地群众正在建设坂仔跨世纪绿色农业城。此次重过女神塑像，回想往事，惜蔡诗人已骑鹤西归。

林语堂出生地故居位于离县城15公里的宝南小学校园一隅。这里原来有坂仔礼拜堂，它建于19世纪80年代末至20世纪初，为园林式建筑。园中有大小礼拜堂各一座，又有牧师楼、圣经楼、执事房等附属建筑，园中屋宇相连，曲径通幽，既有西洋建筑特色，又有中国庭园之韵味，可惜这些建筑大多拆毁，幸好林语堂出生地小阁楼犹存。

我们进入重修后的林语堂故居，主体是"同"字形瓦木结构的平房，前间右侧有一间长条形房间，像主体房间的耳朵一般，也是瓦木结构，并和前间相通，形成了一个整体。主体房间有个小小的阁楼，我们上楼梯进入小阁楼，1895年10月10日坂仔镇红霞满天，林语堂在这里诞生了。阁楼并不宽大，可以说是相当狭小，两个小窗户，一张眠床，衣柜、梳妆台的镜子，大概是供林语堂的夫人廖翠凤使用的。面朝西溪的那面墙上的小窗户，30厘米见方，高度比宽度略长一点，因为有这小窗户，就和外界联系起来。小时候林语堂经常在窗口外望，也许是行人，或且是窗外西溪潺潺的流水，打发了儿童时代林语堂的寂寞和无聊的日子。就因为有童年的张望，才有远离故乡游子的"时入梦"。在张望中，故乡的青山慢慢走近他的心灵。在故居厨房背后，还有两口水井，井台是鹅卵石砌就的。水井旁边也有间小小的教室，是当年林语堂就读的铭就小学教室。现在陈列的图片、文字资料比过去丰富了，遗物也更多了。如今在故居旁建起了一座林语堂文学馆，黄馆长陪同我参观。黄馆长著作中介绍林语堂父亲林至诚，作为漳州天宝镇五里沙的一个村民，初经商，后他选择了上神学院，被派到他本来陌生的坂仔镇传教，才有了林语堂平和坂仔镇出生地和他所受的启蒙教育，才有从这里走出的国际性的文化名人。乐天派的林至诚有不同于世俗的目光，他没有满足于乡村教师的生活，他把希望寄托在子女身上，他每天早上8点钟摇铃，让子女起床集中，派定各人诵读古诗，自为教师。1900年，他就创办了教会免费学校铭新小学，收纳教徒学习文化。在林语堂名著《生活的艺术》中，读者时时可以窥见这乡村教师的身影。林语堂的闲适、平和、悠然和快乐的人生态度，不能说没有他父亲的影响。林语堂在归纳他人生成就时，把父亲、坂仔西溪和山水以及二姐列为3个主要促成因素。

在林语堂出生地，人们不能不想起他对坂仔情有独钟，是他一生中"魂牵梦绕"的地方，在他的文字中，多次写到它，罗列它对自己的熏陶。林语堂在这里接受了启蒙教育，直到10岁才离开坂仔到厦门读书，有关家乡的文字达万字之多。坂仔的自然风光、文化传统、地方方言，东湖峻峭的山、西溪秀美的水、童年纯真的梦、家乡难忘之情……无不浸透到他心灵深处，形成文化修养的源泉，影响他作品的风格，铸就他幽默性灵、和平闲适的精神境界。他于1971年撰写的《我的家乡》中深深流露对家乡的爱："我是漳州府平和县人，是一个十足的乡下人。我的家是在崇山峻岭之中，四周都是高山。家乡的景色，是我在纽约生活时所梦寐不忘的……我经常思念起自己儿时常去的河边，听河水流荡的声音，仰望高山，看山顶云彩的梦幻"，"一个人在儿童时代的环境和思想，和他的一生有很大的关系。我对于家乡的环境所赋予我的一切，我都感到很满意……我的家乡充满了自然美，像院子里种着龙眼树、荔枝树、柿子树，引得我们做小孩子的经常用目光在树梢上摸索"。他说留给他印象最深的是漳州的虎渡桥，建筑的神奇，至今仍然不解。在《林语堂自传》中写道："如果我有一些健全的观念和简朴的思想，那完全是得之于闽南坂仔之秀美的山陵，因为我相信我仍然是用一个简朴的农家子的眼睛来观看人生。"这说明故里的自然和人文帮助他人生观形成。80 岁的林语堂在自叙中表达："我生在福建南部沿海山区之龙溪县坂仔村。童年之早期对我影响最大的，一是山景，二是家父，那位使人无法忍受的理想家，三是严格的基督教家庭。"此外还提到小时一起捉鲶鱼、捉鳖虾的赖伯英。他还以长诗抒写故乡之情："我本龙溪村家子，环山接天号东湖。十尖石起时入梦，为学养性全在兹。……西溪夜月五篷里，年年此路最堪娱。"（《四十自叙》）

在林语堂《我的话》中概括出他毕生的文化活动："两脚踏东西文化，一心评宇宙文章。"此次参观林语堂文学馆时，对林语堂毕生成就，获得更全面、更深刻的了解，也是我林语堂故里的遐思之一。馆内分"文学大师，文化巨匠"，"魂牵祖国，梦绕家乡"，"誉满环球，名垂青史"等部分，展示了世界文化大师林语堂从一名乡村少年成为一代文学大师，并誉满海内外的非凡历史。他 1912 年考入上海圣约翰大学，毕业后就教于清华大学。1919 年就赴美哈佛大学文学系，获文学硕士学位。同年赴德国入莱比锡大学，专攻语言学。1923 年获博士学位后回国，任北京大学教授、北京女子师范大学教务长和英语系主任。1924 年后为《语丝》主要撰稿人之一。1926 年到厦门大学任文学院院长，曾聘请鲁迅到厦大为文学系教授。1932 年主编《论语》半月刊。1934 年创办《人间世》，后办《宇宙风》，提倡"以自我为中心，以闲适为格调"的小品文。1935 年后，在美国用英文写《吾国与吾民》《京华烟云》《风声鹤唳》等文化著作和长篇小说。1944 年曾一度回到重庆讲学。1945 年赴新加坡筹建南洋大学，任校长。1952 年在美国与人创办《天风》杂志。1966 年定居台湾。1967 年受聘为香港中文大学研究教授。1975 年被推举为国际笔会副会长。1976 年在香港去世。林语堂出版小说 8 部，散文和杂文集 20 多部，教育方面的 6 部，评论集 4 部，传记《苏东坡传》《武则天传》等，译著 7 部，发明明快中文打字机等。为了弘扬林语堂文化，正在坂仔镇筹建林语堂文化博览园。

告别平和前，林语堂文学馆黄馆长特地开车再把我接到坂仔镇，在镇内转了一圈。该镇是国家级环境优美乡镇，地处闽南金三角腹地。四面青山环绕，中部一水纵贯，属于半平原、半丘陵地带，素有"中国香蕉之乡"美称。这里人杰地灵，物产丰富，香蕉林、柚树满地，散发出宁静的田园乡庄的芬芳。下车在溪边徜徉，微风和煦清爽。镇里景点颇多，坂仔心田宫是其中之一，供保生大帝。又有铜壶宫，供着封神榜里的赵公明神像。此外如包公庙，都是闽南少有的。坂仔镇的自然风光和人文积淀，堪称双绝。我回到林语堂故居时，忽见院内高大的菩提树和樟树、凤凰木，郁郁苍苍。在文学馆接待室喝茶，感到几分闲适。想起曾读过黄馆长写的《林语堂与茶》，开头便介绍："林语堂以闲适、幽默、性灵、平和著称，在他生活之中，他喜欢喝茶，也喜欢咖啡……而关于茶的记忆，应该从他小时候就开始的，在他笔下的'东湖'这个平和坂仔的乡村，他的父母经常招呼过往的樵夫喝茶、聊天……林语堂对父母的泡茶、喝茶已经有了无法磨灭的深刻印象。"茶中发出闲适的茗香。

林语堂故里的从容淡定生活气息，孕育出平和闲适的幽默大师。

再见吧，坂仔镇！

# 只研朱墨作春山

## ——走近周碧初

古 垻

我国幅员辽阔，历史悠久，文化积淀非常深厚，钟灵毓秀、人杰地灵，故风流人物无代无之，瓜瓞绵绵；朝代更迭、天灾兵患也不能使之阻绝。无论是首善大都抑或穷乡僻壤，"凡有井水饮处"皆有才人杰士盘桓其间。远离中心城市的福建漳州平和县，竟也有两张靓丽的国际文化名片——中国新文学的建设者、中西文化交流的使者林语堂和中国近代油画拓荒者之一的周碧初。

周碧初，1903 年出生于福建平和霞寨一个名叫深度的小山村。这村庄风景秀美，清澈恬静的霞山溪从村前流过，挺拔俊秀的水尖山耸立在村前不远的地方，大自然的美景陶冶了周碧初最早的艺术气质。

周碧初的父亲周颂三是一位为人正直、经营有方的商人。他在霞寨圩场风景秀丽的河边盖了一幢四合院式的二层楼。童年时期的周碧初也常住在那里，如今称作"周碧初旧居"，已成为平和县文物保护单位。周碧初对此旧居怀有特殊的感情，晚年还乡探亲时就住在那里。周碧初从小学到中学阶段是在厦门度过的。他在厦门集美中学就读期间，表现出非凡的艺术天赋，于 1922 年以优异的成绩考入了厦门美术专科学校，实现了多年来的夙愿，开始接受正规的美术教育。1924 年，周碧初从厦门美专毕业后，随父出国。1925 年，周碧初进入法国巴黎日良美术研究院学习；次年，考入法国国立美术学院，在此获得了雄厚扎实的基本功,画艺大长。留学期间,认识了徐悲鸿。两人一见如故,经常在一起讨论人生与艺术。

20世纪初叶,世界艺术的中心在法国巴黎,巴黎的艺术中心在法国国立美术学院。当时国立美术学院,流派纷呈,竞相斗艳,新古典主义、浪漫主义、现实主义和印象主义(也称印象派)共存,象征派、纳比派、分离派、野兽派与立体派并立。与周碧初先后到该校求学的中国留学生徐悲鸿、颜文梁、林风眠等,由于师承不同,以后的艺术道路也各异。徐悲鸿接受了现实主义画风,颜文梁接受了新古典主义画风,林风眠接受了浪漫主义加象征派的画风。

周碧初接受了印象派的画风。

何谓印象派?为使读者对本文叙述的周碧初绘画之路有所了解,只好简而又简地对印象派略作描述。1874年,有一群青年画家在法国巴黎组织了一个他们自己的画展,来向官方的沙龙挑战。这一行动本身就是叛逆的,它打破数百年来的欣赏老习惯。这些人展出的作品,初看起来,是违反传统的。观众与批评家们决不同情这种革新。他们指责这些艺术家,说他们之所以不跟著名的大师那样画,只是为了吸引观众的眼球。这个集团包括莫奈、雷诺阿、毕沙罗、西斯莱、德加、塞尚和摩里索。这些画家性格和天赋各异,具有不同的观念与倾向;但他们诞生在十年内外相同的年代中,有同样的经历,并且向同一的反对派抗争过。他们偶然聚在一起,接受了共同的命运。印象派的名称,出自1874年该派画家举办画展时,批评家对莫奈《日出·印象》一画的嘲笑。

印象派画家们反对当时学院派的保守思想和表现手法,采取了在户外阳光下直接描绘景物,追求光色变化中表现对象的整体感与氛围的创作方法;主张根据太阳光谱所呈现的赤橙黄绿青蓝紫7种色相,去反映自然界的瞬间印象,一反过去绘画宗教神话等主题内容与陈陈相因的灰褐色调，使欧洲绘画出现发挥光色原理加强表现力的新方法，对绘画技法的革新有很大且深远的影响。

在中国老一辈油画家中，对印象派悉心研究并尽力尝试者为数不多，周碧初可算是代表之一。这可能得力于他在巴黎国立美术学院的老师，即当时著名的印象派画家约乃斯·罗隆。罗隆对印象派画法驾轻驭熟，他用色鲜明响亮，且又在跃动的笔触中显示着充分的和谐，周碧初于此受益匪浅。早在法国时他就模仿后印象主义点彩派画家修拉，以细小颤动的笔触和丰富多变的色彩表现巴黎市郊的风光，归国后的教学与创作中此画风也从未间断。看他的作品可得到一种清新温和、优雅动人的享受。他试图充分发挥色彩自身的明度，并减低色阶的关系，从而把色彩的丰富性和色调的统一性结合起来，使作品近看彩色缤纷，远看又浑然一体。周碧初正像他在法国的同窗，著名油画家、美术史论家秦宣夫所说，"是我国独树一帜的色彩画家"。

周碧初回国后又与同时代的大多数西画家一样，对中国传统绘画发生浓烈的兴趣。他从宋代米芾父子的"米点皴法"得到启发，丰富了修拉的点彩技法，使自己的作品有了自己的面目。

我这次到平和采风，充满预期地参观了周碧初艺术馆。馆里陈列有周碧初风景和静物油画作品的原大高清彩色照片，这当然只能欣赏个大概，油画高出画面的笔触——能窥见画家创作时心态的痕迹是看不到了。馆长说，馆里是有收藏了十几幅周先生捐赠给家乡的原作，但从安全方面考虑，妥当地珍藏在库房里不作陈列展出了。

半个世纪以来，周碧初从国外到国内，艺术造诣日臻成熟，报效祖国之情日益加深。1930 年，他从巴黎归国，执教于新华艺专；1932 年，他的成名之作《西湖》发表于英国专业刊物《画室》；1936 年，撰写了《西画概论》，在上海出版；同年参加由徐悲鸿、汪亚尘、朱屺瞻共同发起组织的"默社画会"；1939 年，为激励同胞的爱国抗战之心，并鼓舞爱国同胞的斗志，周碧初与朱屺瞻、陈抱一、钱铸九、宋钟元在上海大新公司举办了在当时各界颇具影响的"五人联合油画展览会"；1940 年，在上海举办首次个人作品展览，获得各界高度评价；1941 年，任教于杭州国立艺术专门学校；1944 年，周先生再次在上海成功举办个人画展，在国内艺术界产生了巨大的影响；1949 年，周先生分别在香港、台湾成功举办个人画展，蜚声港台艺坛；然后赴印尼，定居雅加达，创作了《印尼火山区》《沙琅安山景》《印尼风景》《印尼佛塔浮雕》等著名作品，让人领略了异国的亚热带明艳风光；从那以后，分别在新加坡、泗水、万隆、雅加达举办画展，均受到各界好评，声誉日隆。尤其是 1959 年 6 月，周先生在雅加达举办了大型画展，展出油画作品 104 幅、中国画 47 幅，获得巨大成功，政府要员与各界人士的评价极高，各大报刊均以显著地位大加报道和推崇；周先生还特别蒙受印尼总统苏加诺的亲切接见，并受聘为总统府艺术顾问。至此，周先生的艺术成就已达到巅峰，在海内外广泛获得崇高的赞誉，形成了巨大的影响。

1959 年 9 月，周先生怀着爱国爱乡、报效祖国的满腔热情毅然回国了。此后，他一直在国内从事艺术创作和美术教育，在艺术上形成了独特的东方民族精神的风格，其作品构图严谨、色彩绚丽、明净透彻、笔姿多变而形神兼备。因此，周先生的油画艺术被世界美术界誉为"中国气派、东方情调、古今独立、一代宗师"。他的《言子墓》《春色》《桃》《英雄山》《菊黄蟹肥》《漓江之畔》《桃园》等著名油画作品，处处洋溢着爱国爱乡的浓烈情怀，分别为印尼总统苏加诺和国内的博物馆、美术馆所收藏。此外，还出版了《近代法国画展之源流》《周碧初画集》《周碧初藏画集》等多种专著或画集。

周碧初也是一位卓越的美术教育家。1930年，他从法国留学归来，先后在新华艺专、厦门美专、上海美专、杭州国立艺专任教达数十年之久，为创立、完善、发展我国的油画教学体系做出了卓越的贡献。他数十年如一日，辛勤耕耘在高校讲坛，先后为我国培育出像冼星海夫妇、王式廓夫妇、瞿维、黄镇、阎丽川、邵洛羊、邱锐敏等一大批著名的艺术家和教授。周碧初在晚年，以满腔的热情关怀家乡的文化艺术事业。他曾满怀深情地回到故里平和霞寨，探访家乡亲友，游览山水乡情，激情挥毫作画；他还在平和县城为莘莘学子讲学，并举办个人画展，在全县文化艺术界产生了深远的影响；他还乐意受聘为平和县美协名誉主席，爱乡之情表露无遗。更加可贵的是，他先后几次把自己珍藏了几十年的100多幅名家名画无偿地捐献给家乡漳州与平和，成为家乡人民极其宝贵的巨大精神财富。

平和人民为了感念他对家乡做出的重大贡献，于1993年在平和县城兴建了周碧初艺术馆。县委、县政府还号召全县人民学习、弘扬周碧初的爱国爱乡之情和无私奉献的精神。

周碧初晚年多次对亲友说，他这一生，最值得他引以为傲的，则是他于1984年以82岁高龄加入了中国共产党，实现了他平生梦寐以求的夙愿。他的大量作品，除了少部分赠送给亲朋好友留作纪念外，大部分已无偿地献给了国家。1995年，周先生病危住院期间，念念不忘故乡的山水、故居和亲友，嘱托前来看望他的故乡亲人，一定要转达他对乡亲们的问候和谢意！

在周碧初的故乡福建平和霞寨，镇党委和政府正在规划、建设周碧初文化艺术广场，精心制作"周碧初文化名片"，全力打造特色文化旅游产业。我到霞寨镇参观周碧初旧居时，镇干部带我去看了已完成征地，正在平整的工地。我深为淳朴的民风与乡贤的贡献、赠与和回报的互动所感动。在周碧初日新月异的故乡，在周碧初的乡亲们心中，周碧初就像村前的霞山溪与水尖山一样，不朽地存在着，明天、明年，永远、永远。

# 天地风云

练建安

2012 年 4 月 18 日上午，阳光明媚，惠风和畅。我们"走进平和"采风团的一个小组，从县城出发，车向西南，往大溪镇方向驶去。

我们此行的目的，是前往高隐寺，寻访有关天地会的历史踪迹。小汽车在闽南的山地丘陵之间穿行。漫山遍野的柚林蕉林似绿色的画屏依次徐徐展开，溪流清澈，飞鸟往返，间或可见一二田间耕作的农人。沿途街镇，商品货物琳琅满目一闪而过，来往行人看似悠闲自得，不时有电子音乐飘入车窗。村落处处，多见华堂新屋，花花绿绿的洗晒衣物飘飘扬扬。我很难把如此祥和宁静的时空和历史上的风云变幻叠印在一起。

我最先接触天地会的机缘，是观看李连杰主演的电影《新少林五祖》，南少林寺烈火熊熊，洪熙官的一根银枪，搅动了满天飞雪。

我相信当代许多人，大半是从武侠片中管窥清代民间秘密组织天地会的。"平生不识陈近南，纵使英雄也枉然。"金庸《鹿鼎记》中的一句小说家言，似乎成了当代"江湖"文化的新谚语。陈近南的种种"反清复明"的英雄壮举，存在于武侠小说内外。天地会历史上真正的陈近南式英雄人物，平和学者说，正是这片土地上成长起来的万五道宗万云龙。

前些年，高隐寺发现了会簿、印鉴、宝剑、石刻等一批天地会文物。新发现的会簿记载："万道宗主持五祖上岩关圣帝君前立会，约定暗号，令旗宝剑，后五祖在三点地上仙岩、高隐岩、长林岩三合会。众僧密拜立天地在高隐岩，后分开各省召集起义，暗立会名天地会。"

天地会"会簿"又叫海底，大多有"十六字碑图"或"十六字碑记"："受职长林寺，达宗公墓向塔，开山第一枝。"

这16个字都带三点水偏旁，共计48点。这就是天地会重要暗号"四十八点为记"。

车行山路，在平和县大溪镇赤安村拐了一个弯，群山连绵，高隐寺隐然在对面大山的半山腰。

这座山，形似骏马奔腾，所以就叫天马山。《高隐寺碑记》云："山本高而连云雾，更与天际；林本密而缀烟雨，则接地阴。"有"林壑之胜"。

高隐寺建筑形制一如闽南常见寺庙，前后两殿，中为天井。寺门楹联曰："高以下焉四方咸仰慈云布，隐而显也千古长遗法镜辉。"前殿面阔三间，进深二间，供奉三宝佛和万五道宗禅师神像。后殿面积与前殿相等，建为两层，楼上供奉一尊18只手观音菩萨，为镇寺之宝。

关于高隐寺，有一首回文诗流传久远。诗曰："峰高隐寺护云松，寺护云松石影重。重影石松云护寺，松云护寺隐高峰。"

这一刻，我来到了高隐寺前，抬眼远望，天马山一片葱翠，云雾缥缈；而寺前田野开阔，起起伏伏延展向远方。

清朝康熙十三年（1674年），万五道宗在平和、诏安、云霄结合部的深山密林间建成了这座高隐寺。香烟袅袅中，一群血性汉子拜伏于五颜六色日月星辰的旗帜之下，熊熊的烈焰在他们心中燃烧。

明朝末年，朝政腐败，贪官污吏土豪劣绅横行。《台湾外纪》记载："明崇祯间，乡绅肆虐，百姓苦之。"此时，闽南山海之间的漳州诏安和云霄两县边界的一群绿林豪客揭竿而起，在长林山、犁壁山一带建立了根据地，纵横驰骋，屡败官军。无计可施的官府称之为"九甲贼"。传言，"九甲贼"外出行动之时，在长林山的峰顶支起铁锅燃起油灯作为标志。天幕暗黑，群山朦朦胧胧，远看有一灯如豆，孤悬于夜空之中。

这支绿林豪客的领头大哥叫张要（一说张耍），他就是道宗和尚的堂兄。和他们一起在诏安二都九甲村结义起事的还有郭义、蔡禄等18人。他们"谋结同心，以万为姓，推要为首，时率众统据二都"（《台湾外纪》）。张要即万礼、万大。史学界多称之为"万氏集团"。

据当地学者考证，明万历三十九年（1611年），张要出生于漳州府平和县小溪镇后巷延安楼。传说，诏安官陂首富"拐子晚"张益台常往来龙岩经商，一日，路过琯溪，河边有异光，走近，见一小孩相貌非凡，遂收为义子。这个小孩就是张要。后来，张要入南少林，精通武艺。张要有个外号叫"万奔雀"，极言其轻功快如飞奔的云雀。

万五道宗和尚俗姓张，名木，字云龙，法号道宗、达宗、无智，是万礼的小功弟（堂弟），自幼出家，拜临济正宗、南少林派下东山县古来寺开山祖明雪熙贤法裔为师，文武兼修，往来漳厦间，行踪飘忽不定。明崇祯四年（1631年）任云霄白塔龙湫岩主持；八年（1635年），改建兴教寺为初来寺，十二年（1639年）住锡金门太文岩。

可以想见，当创立"万氏集团"时，张木已经是一位见多识广的大德高僧了。他在"万氏集团"结义之时排行第五，称为万五道宗。两个同一血脉的堂兄弟，在各自走了一段不同寻常的人生道路后，风云际会，如同两条河流，交汇在一起。

清顺治元年（1644年），清兵入关。两年后，清兵攻占闽南。清军攻城略地，强制百姓屈服，"留发不留头"，民族矛盾迅速上升为社会的主要矛盾，"万氏集团"投入了抗击清军的社会洪流。

据《漳州府志》等地方史志记载：清顺治三年（1646年）三月，南明兵部尚书卢若腾联合万礼兵马攻下诏安县城；十一月初九日，卢若腾和万礼等部攻打漳浦县城，斩杀清军守将。这时，郑成功"率大队舟师至铜山"，"攻取盘陀岭……自统兵下诏安，屯兵分水关"。

清军和抵抗部队在东南半壁进行了长期的对峙，似乎没有更多的历史资料证明万礼所部和郑成功抗清主力在顺治七年（1650年）之前有密切的联系。这年四月，郑成功率部出征广东揭阳。《台湾外纪》载："万礼从施郎招，领众数千人来归。"

万礼所部屡立战功，成为抗清部队的一支生力军。南明永历十二年（1658年），永历帝封郑成功为延平郡王；万礼升任后提督，加封为建安伯，在郑军将领中排名仅次于中都督甘辉。万二郭义和万七蔡禄分别任左、右冲镇总兵。

就在万礼率部南征北战的时候，万云龙在兵荒马乱的年月，似乎是悄然退隐"江湖"，两耳不闻兵戈撞击之声。平和学者提供的历史资料记载：清顺治八年（1651年）万五道宗修禅东山铜山九仙岩；九年（1652年），在诏安官陂九甲建长林寺化莲堂；十年（1653年），应万礼之请，在云霄修建小隐寺，年底回诏安九甲扩建长林寺；十二年（1655年），应郑成功之邀，住锡厦门万石岩碧莲寺。

万云龙在东山铜山九仙岩修建了观音堂外殿，在诏安官陂九甲兴建了长林寺化莲堂，此举得到了众多郑成功"藩前勋镇"的资助。《仙峤记言》和《长林寺记》两通石碑记载了这些情况。位于深山老林的一个普通乡村的长林寺修建，得到了40余位"藩前勋镇"慷慨解囊。《长林寺记》说："大檀樾藩府拓其基。"兵凶战危之时，万五道宗主持的长林寺是那么重要吗？居然动用了"藩府"的力量"拓其基"？

或许，卢若腾《赠达宗上人》诗可以提供解开谜底的思路：

君家两俊杰，异道却相谋。

以尔津梁法，为人帷幄筹。

心唯存选佛，骨不羡封侯。

军旅喧阗处，长林未改幽。

卢若腾（1598—1664 年）字闲之，号牧洲，同安金门人。明崇祯十三年（1640 年）进士，授兵部主事，升郎中。为政清廉，有"卢菩萨"之称。1645 年，南明隆武立，授以都察院右副都御史，驻温州，巡抚浙东温、处、宁、台四州；后加兵部尚书。归居金厦，郑成功"待以上宾，每事必咨之"。

卢若腾在《赠达宗上人》诗中的"以尔津梁法，为人帷幄筹"句引起了研究者的注意，"津梁法"指佛法，"为人帷幄筹"则说明了达宗上人是一个运筹帷幄的智者。郑成功军中几乎所有"藩前勋镇"多次赞助建庙，可能有他的堂兄建安伯万礼的因素，更大的可能是这位高僧确有"为人帷幄筹"的事实。

万五道宗也是一位诗人，《同安县志》《金门志》记载："能诗，会辟谷"。

在东山铜山九仙岩，有摩崖石刻七言绝句 13 首，第一首是《述林文穆先生游九仙岩诗》：

洞门六六锁烟霞，碧水丹山第一家。

深夜寒泉流出月，晓天清露滴松花。

林文穆先生即林釬，同安人，明朝万历四十四年（1616 年）殿试探花，崇祯年间为大学士。

道宗有"步韵"诗 8 首刻石，由于年代久远，文字斑驳，目前可以完整辨认出的有第一、二、三首和第八首。其中一首是：

仙居曲曲集烟霞，净处山巅老衲家。

趺坐夜深僧伴夜，看来尽是满天花。

这些诗，有闲适之气，心态平静，一位世外高人刻苦自励的形象呼之欲出。

万五道宗能诗，且善书，时至今日，东山九仙岩和厦门万石岩还保存道宗手迹摩崖石刻"仙道皈宗"、"必喘"、"悟石归来"等10余处，落款分别为"僧道宗书"、"长林寺开山僧书"、"水历壬辰长林寺开山僧道宗立"。

这样一位诗僧或说书僧，富有人文情怀。当地史志记载："漳浦贡生蔡祚达因父被执，急走鹭门，愿代父坐牢……有长林寺僧万者，郑所善也，怜之，为达之郑，如所请。"

万五道宗看似闲适的日子很快就不复再有了，因为"万氏集团"与延平郡王郑成功之间产生了一道"后果很严重"的裂痕。这道裂痕的产生，源于郑成功的一次重大的军事行动。

永历十二年（1658年）五月，郑成功率军17万、战舰2300艘大举北伐。大军浩浩荡荡，旌旗蔽空，出厦门，沿海北上。由于风信不顺和筹集粮食等原因，郑军在浙江沿海整整度过了一年时间。永历十三年（1659年）五月，郑成功率部抵达崇明岛长江口，连克瓜州、镇江。七月，兵临城下，打响了南京战役。二十三日，观音山一战中，清军将领梁化凤得云南回师的数万"铁甲军"之助，大胜郑军，郑成功损失了10余万精锐部队。在这次战斗中，郑成功的主要将领甘辉、张英、万礼、林胜、陈魁、蓝衍、余新等阵亡。这是郑军空前的失败。

郑成功率部退出长江流域，分兵占领舟山群岛以南各个岛屿和海口，永历十三年（1659年）九月初七日，郑成功率大队退回厦门。

郑成功退回厦门后，痛定思痛，为激励士气，建了一座忠臣庙。《台湾外纪》记载："成功回厦，建忠臣庙，享诸死者，以甘辉为首，次万礼。后有怨礼（者），言其非战死，是逃覆水，忙不及去甲溺死……成功信之，撤去。"

撤庙事件，对"万氏集团"成员的精神打击是可以想见的。但史料没有提供这一段时期"万氏集团"成员的任何异常言行，直到顺治十八年（1661年）的"铜山之变"。

南京之战后，清军决定乘胜追击，永历十四年（1660年）四月，清军发起了厦门渡海之战，以失败告终。永历十五年（1661年）二月，郑成功在厦门率师出征，次年二月收复台湾。这样，郑成功在东南沿海一带控制着台湾、金门、铜山、南澳、海坛山等6个主要海岛。

就在这一年五月，郑成功在台湾听闻铜山（今东山）将领郭义、蔡禄暗通黄梧欲投靠清廷的消息，遂下令将铜山部队移往台湾。事出突然，万二郭义、万七蔡禄和万五道宗3位"万氏兄弟"秘密商议对策。《台湾外纪》记载："其兄万五击楣曰：'君臣不可相疑，疑则必离。今者藩令来召，是疑之渐也。况台湾新开荒凉之地，去者多不服水土，此决不可去！若召而不往，非臣子之礼，势难两立。七弟所见甚高，宜从之'。"为求自保，郭义、蔡禄等"万氏集团"成员率部投降清朝，郑成功实力大减。这就是历史上的"铜山之变"。

率部降清的万二郭义和万七蔡禄分别任南宁和怀庆总兵。万五道宗来往于长林寺、万公祖祠、报国寺之间，弘扬佛法，广纳门徒。

永历十六年（1662年）五月，郑成功病故，其长子郑经继位延平郡王。郑经采纳陈永华、刘国轩建议，为万礼将军恢复名义，入祀忠臣庙。

康熙十二年（1673年），吴三桂在云南起兵叛清，福建耿精忠、广东尚之信起兵呼应，史称"三藩之乱"。原郑成功降清将领襄阳总兵杨来嘉、广西总兵郭义相继反戈。四月，"河北总兵蔡禄谋叛"，由于时机不密，清军攻入河北总兵府衙，擒杀蔡禄父子。少数蔡禄余部突围而出，辗转逃回闽南投靠万五道宗。

他们在深山密林中的长林寺、上岩关帝庙和高隐寺"隐蔽待机"。三地呈钝角三角形，彼此距离均在十里之内。《高隐寺天地会会簿》称为"三点地"，又称"三合会"。

这些历史事实，后来被演绎为虚虚实实的洪门"海底"中的"西鲁故事"。故事说，康熙年间，西鲁入侵，来势汹汹。康熙发榜征集勇士。福建少林寺僧揭榜出征，得"六丁六甲"神助，大败西鲁，得胜回朝，不受封赏不为官。少林叛徒诬告众僧图谋造反，清军火烧少林寺。蔡德忠等五僧杀出重围，逃往长林寺，遇万云龙及军师陈近南、小主朱洪竹，歃血结盟。时为"甲寅年七月二十五日丑时"。

万五道宗深知此时国内民族矛盾大为缓和，轰轰烈烈的武装斗争已经事不可为。为免徒增生灵涂炭，他们选择了长期的秘密斗争，并将力量分散各地，"反清复明"，徐图东山再起。"隐开各省，流传旗色牌号，以便异日相认"（《会谱》）。福建甘陕立长房青莲堂，广东惠州立二房洪顺堂，广西云南立三房家后堂，湖南湖北立四房参天堂，江南浙江立五房宏化堂。万五道宗在报国禅寺创立香花宗，秘密招收门徒，壮大实力。

天地会就这样发散开去了，写下了一页页纷繁复杂的历史。辛亥年惊天动地的枪炮声中，活跃着革命军和天地会众冲锋陷阵的身影，腐朽没落的大清龙旗在浓烟烈焰中缓缓飘落。

300多年过去了，青山依旧，高隐寺屋檐下，挂着一把斗笠大的电喇叭，一对蝴蝶在上面停留片刻，又一前一后一高一低地飞向蜜柚林，蜜柚林的枝枝叶叶洒满了柔和的阳光。不远处，几头黄牛水牛慢悠悠地啃吃青草。

# "海澄公"黄梧

何 也

"少时机智勇敢，好舞枪弄棒、结交朋友"的黄梧，于明崇祯十七年（1644 年）二月，在 27 岁时，凭一身武艺，当上平和县衙的差役。而在此之前，尽管有风水师对其祖坟断下日后子孙将出"九公三王"的预言，和虚构的黄梧出生时出现的异象，他却仅仅是业余习武的烧炭后生。当机会出现在黄梧面前时，他毅然决然走出生养他的霄岭坎下这个小山村。

霄岭黄氏可以追溯到唐代邵武和平镇的黄峭。这位官至工部侍郎后致仕于家的黄峭，目光高远，脑子里充满了睿智，和那些为子孙积累财富或为保护家人广筑高墙城堡者不同，与成吉思汗靠血腥征伐而得以传播也不同，他以开放的胸怀和一首著名的遣子诗，使 21 个儿子义无反顾各奔他乡开基立业。时至今天，福建各地的黄姓多数为他的子孙，传播海内外也不计其数。这个老人以一个英明决定使他的种族得到"和平扩张"，以一首遣子诗使他的后人得认祖归宗之便而免于无根之苦。

在平和县的腹地深处，在僻远的小山村霄岭坎下，黄梧的生长和他理想的形成，肯定和他祖先的辉煌、风水师的预言以及他出生时出现的异象有着莫大的关联。读者诸君可千万别小看黄梧身上拥有这三样的"文化背景"。往深一点想，这三者正好暗合了天人合一的传统文化观念。此观念强调的是天地人的和谐统一。上元为天，天现异象；下元为地，有祖坟接引地气的风水师之预言；中元为人，有祖先名震八闽的辉煌为前导。

在中国几千年来的民间，却一直据此演绎着他们心目中的向往和理想，而形成对子孙后代一种强大的心理暗示。在这一点上，黄梧弃儒行医的父亲黄职无疑把这种追求做到了极致。我们想象在黄梧的骨髓里，大概一直都有"天将降大任"那种不安分的因素在起作用。

从日后智计深沉的黄梧，及至提出《平海五策》那种直抵战略要害与本质方面看，我至今难以置信，黄梧在县衙当差时会因其堂叔黄猴丕被诬赖偷富户鸡鸭，为打抱不平与门役赖升密谋杀知县的那种因果说项。是其时，郑成功树起"反清复明"的旗帜。我宁愿臆测黄梧是在为自己创抓机遇。黄梧跑到厦门投奔郑成功，得郑赏识委他中权镇左营副将，几年后任英兵营统领，又几年升迁英兵镇镇帅，不久改任前冲镇（今海澄）镇帅。这段时间，为报郑知遇之恩，黄梧屡建战功。但随后与前提督黄廷、左先锋苏茂同被派驻揭阳时与清平南王尚可喜战而失利，郑成功论处揭阳丧师之罪，斩苏茂，黄梧被记责，罚俸制铠甲五百领，"戴罪代守海澄"。对于雄心勃勃的黄梧而言，其处境可以说是回到当初投郑时的起点以下。苏茂的结果肯定让黄梧想得很多。黄梧一方面"心终不安"，一方面对郑氏任人唯亲、刻薄寡恩、难成大事感到心寒。

这一年是顺治十三年（1656年），黄梧40岁。清入关第13个年头，统一天下已为大势所趋。

黄梧再次作出他一生中最为重要的抉择——他冒了天下之大不韪，和苏茂的堂弟苏明等率众献海澄归顺清廷。

"黄梧此举不仅使郑失去数十万军械粮饷，并且失去一个拱卫厦门的重要据点。清顺治帝为此于同年八月十七日封黄为'海澄公'，给予敕印，开府漳州；顺治十四年（1657年）三月，追封黄梧祖上，并赐金在家乡霄岭营造宗祠。对此殊荣，黄甚感新主之恩，实心任事，戮力征战，向清帝上《平海五策》，并举荐施琅，积极招抚郑氏官兵；五月，黄梧率兵攻打乌龙江罗星塔，打通南北的咽喉要塞；九月，会同宁海将军固山额真郎赛一起收复失地闽安镇。顺治十七年，黄梧晋太子太保，与总督一起督水师出海门，斩郑军闽安侯周瑞。康熙元年（1662 年），郑成功在台病逝。翌年初，郑经即位，黄梧上书密陈'乘彼众心未定，神速进兵剿灭之'，建议攻克厦门。十月，黄梧与施琅师出漳州，破厦门、金门，翌年收复铜山，迫使郑经退守台湾。康熙六年（1667 年），帝表彰黄梧，授一等功，准袭 12 次，并赐予'勋高九锡'金匾。此后至康熙十一年（1672 年），清、郑双方战事较少，黄梧带领将兵屯田垦殖，同时积极招抚郑军。康熙十二年（1673 年）吴三桂在云南叛清，时黄梧患病卧榻。翌年三月，耿精忠在福建叛清，黄梧闻讯大震，痛口并裂，病情恶化，急托其次兄黄枢及中军总兵吴淑等扶助其长子黄芳度。康熙十三年（1674 年）三月初三日，黄梧病逝于漳州。终年 57 岁。"（《平和县志》人物传）

　　之所以不厌其烦录下这一段话，是因为纵观清史黄梧基本上属于罕见的个例。

　　据说"海澄公"这个爵位原本是清朝为招抚郑成功预备的。黄梧恰逢其时献海澄建功，这顶帽子于是意外落在他头上。清代爵位分王、公、侯、伯、子、男等级。整个清代，对汉人封王的只有替满洲人打天下的大功臣定南王孔有德、靖南王耿仲明、平南王尚可喜、平西王吴三桂、义王孙可望 5 个。此外贵族等级最高的就数黄梧了：一等海澄公，世袭 12 次。而且是极尽恩宠，天子才"勋高十锡"，清皇却不吝褒奖黄梧"勋高九锡"的金匾；顺治、康熙两朝均拨巨资翻建、复建规格极高的黄梧宗祠；清廷也让黄梧后人世袭一等海澄公 10 次；此外黄氏族人身居将军、总兵要职者也大有人在。试想想看，被称为"开清第一功"的洪承畴只封三等轻车都尉，连男爵都不给他。

施琅平台，也只是靖海侯。至于后来被视为中晚清中流砥柱的曾国藩、左宗棠、李鸿章、袁世凯等人也爵不过封侯。

黄梧是大清的开国功臣。他献海澄归顺清廷，感新主隆恩而戮力征战，上《平海五策》，举荐施琅，为其后击败郑氏收复台湾、实现国家版图统一可谓居功至伟。但相比之下，清廷对他如此慷慨如此厚爱却让人有点匪夷所思。能说得通的，黄梧是恰逢其时选择了大清，同时大清也恰逢其时选择了黄梧。依当时的形势，一是清入关之初顺治二年（1645 年）发生"扬州十日"、"嘉定三屠"大屠杀的事件，即使事过十余年，汉人的反清情绪仍然高涨不衰，民族间的融合仍然是个大问题；二是对马上得天下的大清而言，水陆殊途，军事强弱易势，对东南沿海频仍的战事甚至成了最为挠头的大难题。据此推断，清廷无疑时刻不忘寻找能克制前有东南沿海战线、后有台湾大本营的"郑家军"者，适时归顺清廷的黄梧于是成了不二人选。更深一层的原因是，上面提到的汉人"五王"，个个拥兵自重，成了清廷尾大不掉的心腹大患。黄梧不同，他叛郑献海澄，上《平海五策》，掘郑氏祖坟，全都是传统的汉人社会所不容的行为，对清廷是绝对的赤胆忠心。而且他手无重兵，最少时其标下被额定 1200 官兵，对清廷不构成任何威胁。但黄梧仍然有能力起着百倍人马才能做到的靖边作用。顺治、康熙两帝看在眼里，能做的就是对黄梧及其家人的极力嘉奖。

黄梧是一代枭雄。有机会到霄岭看一看高规格的黄梧宗祠，看一看黄梧建造的既可当民居又可以作战略防御的藩垣楼、仰星楼，说不定你会在油然间觉得，他就是那样一个可以触摸到的顽强的存在，他还没有走远。

# 林爽文和雾峰林家

怡 霖

平和历史上出过皇帝，或许让许多人感到意外。不过，这是事实。尽管这个所谓的皇帝，并没有真正被载入史册，只存于民间野史当中，就像李自成和程咬金，都是自封的，但也值得一提。正所谓成者为王败者寇。

他就是"顺天皇帝"林爽文。清乾隆时期，发动台湾农民起义的"土皇帝"。

林爽文（1757—1788 年），出生于平和县坂仔贫苦农民家庭，乾隆三十八年（1773 年）随父移居台湾省彰化县大里，林爽文年方 17。林爽文的祖上因为贫穷，在村中经常受恶霸、财主的欺负。话说林爽文出生时，有个游方和尚身披袈裟，来到林家门口，大声叫唱着："龟仔山，好地骨，有福气，真主出。"林爽文父亲闻之好奇，遂请云游和尚到家里，并将家里最好的食粮——地瓜，招待这位特殊的客人。此客毫不客气，之后摸摸肚子对着林家夫妻俩劝说："这位孩子应该好好培养，日后定会干出一番惊天动地的大事业。"说话间，那个云游和尚瞬间不见踪影。后来，迫于生活无奈，林爽文随父移居台湾。

父子俩不曾料及，当时台湾也是战乱不止，官场腐败，民不聊生。他们到台湾不久，当地就因为土地开发问题而发生械斗，很多有钱人自组护卫队以保护家产。林爽文与父亲商量，准备也建立一支私人卫队。林爽文的想法得到父亲的支持。林爽文从小好舞枪弄棒，对自卫队实行严格训练，自卫队很快成为一支训练有素的精锐队伍。后来林爽文凭着这股武力，保护受到地方官员压迫或是因族群冲突而避难的人，深受当地许多老百姓的赞扬，威望也日益提高。乾隆中后期，台湾吏治更加腐败，人民处于水深火热之中。俗话说，哪里有压迫，那里就有反抗。台湾官场的腐败，终于引发了林爽文、庄大田的农民起义。

林爽文、庄大田发动的农民起义和天地会有关。乾隆四十八年（1783年），一位来自平和的天地会骨干，名叫严烟，来到台湾，并很快找上林爽文，说明发展天地会会员的意图。当时大陆的天地会在民间影响巨大，人员也众多，愿意追随者众，因此，很快一拍即合。不久，第一次会议就在彰化召开，参加者有林爽文、陈升、陈泮、王芬，诸罗县（今嘉义市）的杨光勋、黄锺、张烈，淡水厅（今基隆、台北市等）的王作、林小文，以及凤山县（今屏东、高雄市）的几位热血青年，不久后，台湾天地会会员迅速发展到1万多人，他们相互结盟，遇到困难相互支持。林爽文也因此成了这支队伍的实际领导者。

后来，天地会组织遭告发，台湾总兵柴大纪、知府孙景燧等率兵，耀武扬威前往镇压。这些官兵一到诸罗县，不管三七二十一就滥杀无辜者数十人。台湾天地会得知官府的行动后也开始从暗处转向明处了，与官府展开公开斗争。林爽文指挥的起义大军所向披靡，取得节节胜利，声势大振，队伍也迅速扩大，并且在彰化顺利建立了政权。起义之初，大盟主是刘升，林爽文为人豪爽，有义气，虽然没有读多少书，但善于指挥打仗，在百姓中威望很高，不久就被众人推为盟主大元帅，并很快建号"顺天"。机构就设在彰化县署，属下分别有地方组织、军事组织以及司法、治安组织（相当于现在的公、检、法）。地方组织设节度使、知县、同知等职，军事组织设元帅、副元帅、大将军、将军、左都督、右都督、军师、总督、监军、提督、先锋等职。"顺天政权"就这样建立起来。于是林爽文自称

"皇帝"。

林某讲义气，他能够团结力量，体察民生，还十分重视农业发展。他说："吾以安民心、保农业为己任。"同时还注意改善军民关系，制定纪律，规定官兵对老百姓的东西分毫不取等等，受到众多百姓的拥护。当时漳州籍人与泉州籍人因为土地问题，经常有纠纷，林爽文发动起义时，呼应的主要是漳州人。但为争取更多人参加起义，林爽文经常深入泉州籍人集居地宣传发动，很快广东、泉州人也纷纷加入，起义队伍就这样不断壮大。

乾隆五十二年（1787年）年八月，在清廷重兵围困之下，林爽文被捕，迅速被押解到北京。他历尽酷刑，于乾隆五十三年（1788年）三月（又一说法是五月），在北京菜市口被斩首示众，时年32岁。这一天，北京菜市口的上空，布满阴云，就在林爽文就义时刻，天空下起瓢泼大雨，为这位农民领袖动容垂泪。林爽文在台湾起义失败，民间有一个唯心说法，说是林爽文的父亲林劝，在离开大陆时，做了一个坟墓，就是前面提及的风水宝地。当时他父亲在做坟墓时，比较草率，没有注意到"金斗"下面的一团干草。林爽文这次起义失败，正好是这一团干草腐烂之时，所以注定林爽文"皇帝"宝座不能坐稳。

当然，在历史上，林爽文这个"顺天皇帝"，将永远只是个传说。

雾峰林家在台湾，赫赫有名。被海峡两岸史学界公认为台湾200年来最具影响力的第一家族，在台湾的近代史上留下了光辉的一页。这个家族之所以如此声名显赫，是因其百余年来，集商、政、军、文身份和兴衰荣辱为一体的庞大家族。这样的家族自然会让人肃然起敬。

康乾时期，大陆沿海人口压力日重，而台湾地广人稀，资源丰富，民间有"台湾钱淹脚目"的传言诱惑，使之成为迁徙者首选之地。在这种趋势下，甘冒生命风险，偷渡东移的人众"如水之趋下，群流奔注"。乾隆十九年（1754年），平和县五寨乡埔坪村青年林石，凭借坚强意志、果敢性格，加入东渡队伍之中，踏上了移台拓垦创业的征程。

林石就这样成为台湾雾峰林家最早的开世祖。在台期间，他曾随林爽文参加起义，被捕后被杀害，他的后代从原先大里，搬到雾峰，开始了族群的经营。光绪十年（1884年），林家在雾峰的经营非常顺利，土地开垦，商号建设，规模越来越大。当时家族中的林朝栋，曾率乡民2000余人在中法战争中立下战功，因而被清朝赐官。家族中的林资铿于1915年回大陆参加了孙中山兴起的中华革命党，1921年，升任为大元帅的侍官。1925年，被军阀杀害。他也是林家最后一位军政人物。值得一提的是，早在光绪十六年（1890年），雾峰林家就已经掌握台湾全省樟脑的外销，利润相当可观，也因此成为声名显赫的大家族。

雾峰林家在台湾，被称为"第一家族"，是有根据的，但是，过程是极不容易的。据有关资料记载，雾峰，以前叫阿罩雾，是平埔族群的一个地名，介于草湖溪与乌溪之间，靠近内山，易遭番害，当时仍是一片草莽未辟的险地。可见，当时林家搬到雾峰乃无奈之举。后来，雾峰林家名振海峡两岸，归功于林家出现"三代公卿"，并创下百年不朽基业和声名。

很有意思的是，"三代公卿"之首在150年前就与我的故土武义结下不解之源，这是否也是冥冥中注定的一种缘分呢？公卿之首——林文察（1828—1864年），字密卿，雾峰林家第五代，清代著名台籍将领，曾协助平定小刀会、戴潮春事件，并于福建、浙江与江西等地领军对抗太平军，最后战死于漳州万松关。林文察小时长相斯文，12岁时已能写诗文，14岁时在当地孝廉杨廷鳌门下受学。但他对读书考试兴趣不大，敬佩大英雄关羽、岳飞等，好读兵书，勤练枪法、刀剑等武术，尤其擅长射击火枪。后来加入清军，很快成为将领，领兵作战成绩显著。尤其在对抗太平军时，立下汗马功劳，屡次被朝廷嘉奖。清同治元年（1862年）农历九月，林文察率军进驻李村，打算攻打武义，十一月间太平军有10万人之众取道缙云，部分部队在李村一带与林文察遭遇，被林文察军多次击退，武义城内的太平军出城迎击也被击败，于是坚守不出。同治二年（1863年）一月十一日，左宗棠收复汤溪、龙游，武义孤危，林文察令林朝安发动夜袭，一举破城，得以顺利收复武义。四月八日，林文察正式赴福建任总兵一职。林文察战死沙场后，清廷赠太子少保衔，赐谥刚愍，诰授振威将军，并赏骑都尉世袭，并准建专祠，从而奠定了"三代公卿"之首的地位。

"三代公卿"之二——林朝栋，又名松，字荫堂，号又密，人称"目仔少爷"。台湾清治时期将领，雾峰林家第六代，曾参与中法战争的台湾战事，协助刘铭传在台湾办理新政，以及平定施九缎事件，但乙未战争令他心灰意冷，于是举家迁至厦门，最后病死上海。林朝栋受刘铭传重用时，除了负责抚垦业务外，也接掌当时台湾最重要的外销品之一——樟脑的管理工作，并统帅当时全台湾最具战力的部队"栋军"，一肩扛起台湾中部的治安与防务工作。林朝栋官至三品，成为家族中仅次于林文察的大官，从而大大提升并巩固林家在台湾的社会地位和影响力。

"三代公卿"之三——林献堂，名朝琛，号灌园，被称为"台湾议会之父"。单从这个称号即可知道，林献堂在台湾地位何等尊贵和重要，影响力又有多大。据史料记载，林献堂是台湾日本殖民统治时期反日的代表性人物，后因国民党当局的迫害而避居日本；他的一生是对国民党当局的讽刺。不过，以我之见，林献堂之所以会被后世之人传颂，除了以上所说外，也和他留下来的著作有关。林献堂留有欧美游历时的《环球游记》和《灌园先生日记》（中研院台史所出版）被视为台湾历史上最重要的私人文献之一，同时被台湾人民视为"民族之父"。

　　雾峰林家在台湾确实是一个奇迹，近代史上每个阶段都起到举足轻重的作用。而这种奇迹的发生，应该归功于家族爱国爱乡之心和情怀，其绵延 200 多年的优秀传统，不仅表现在抵御外来侵略方面，也表现在开发建设宝岛、无私援助祖国大陆方面。马英九当选台湾地区领导人前，曾为雾峰林家题联曰"三代民族英雄，百年台湾世家"，国民党名誉主席连战也题联曰"裨海累世垦荒域，蓬莱万世通京衢"，充分肯定了雾峰林家在台湾史上的重要地位。当然，雾峰林家在台湾近代史上所做出的贡献和历史意义并不是三言两语可以表达的。

　　如今，在平和县五寨埔坪，珍藏着一份弥足珍贵的、具有浓厚血缘亲缘的林氏家谱。这份家谱为人们揭开了埔坪林氏与雾峰林氏之间源远流长的特殊关系。另外，在平和五寨埔坪林氏的家庙里，还悬挂着"四世大夫"、"太子少保"、"四代一品"、"武威将军"等匾额，它清楚地记录着"雾峰林家"的光荣历史。另外，庙内至今仍保留着很多台胞回乡寻根谒祖的史物，如林文察、林朝栋、林祖密祖孙"三代公卿"的史料以及记载为家乡捐资的台胞名录等。其实，早在清光绪十九年（1893 年），台湾"雾峰林家"就由林文钦、林文荣、林朝栋组团回五寨埔坪祭祖，并由台湾宗亲集资在五寨买田地让乡亲耕作，还将收获粮食用来祭祖宴请等。这些历史事实，无不充分体现了雾峰林氏浓浓的思乡情结，反映出海峡两岸的鱼水深情。

　　历史虽然过去，但是，两岸之间血浓于水的亲缘关系和历史渊源永远存在，就像林爽文和雾峰林家一样，他们的人生经历和家族历史永远不可能磨灭，正如余光中在《乡愁》中所写的："……乡愁是一湾浅浅的海峡，我在这头，大陆在那头"，永远都是"同厝人"（一家人）。正因为如此，祖国统一定能实现，两岸将进入共创辉煌的时代。

# 三平圣境

# 行旅世界　心归平和

## ——三平寺去来

陈慧瑛

## 缘　起

　　旅次平和，在广济祖师文化园中见一大牌匾，上书："行旅世界，心归平和"，颇为震撼，为其襟怀气度，更为其乡情哲理禅心。向当地陪同询问何人所撰，答：本县县长黄劲武先生。县令风雅大气，令人感佩，由此，自然而然想起这一方沃土的种种人文——那琯溪边的文坛巨子林语堂故居，那九峰古镇城隍庙，那蜜柚飘香、木笔生花的土楼群，那梦中的大芹山，那下石村卓立不群的桥上书屋……但最令我难以忘怀的，还是千年名刹三平寺。

　　儿时侨居海外，便听长辈说起漳州平和地界的三平寺，那出神入化的感应和传说，深深地嵌入我童年的记忆。真正有幸拜谒，是 30 年前我在厦门日报社工作的时候。那一年初夏时分，我与报社同仁驱车前往三平，行程 3 小时，黄泥山道逶迤起伏烟尘滚滚，一路颠簸眩晕好不辛苦。到得寺前 2 里许，便有成群乞丐不下百人沿途乞讨，蔚为大观。至寺里，只见香客如云香烟如雾，鞭炮之声不绝于耳，目睹广济祖师的赫赫威仪和众生顶礼膜拜的虔诚，令我心倍生崇敬。于是此后数十年间，这条朝圣的路，究竟来过多少回，实在是记不清了。

　　今年暮春时节，有缘再度来朝，所见所闻，真是耳目一新，感应殊胜，特书于此，以飨同好！

## 由　来

　　三平寺为晚唐高僧杨义中禅师于唐会昌五年（845年）创建，至今已有1000多年历史。禅师祖籍陕西高陵，出生于福建福清，自小与佛有缘，心怀慈悲，不食荤腥。14岁随父至宋洲，投律师玄用出家。24岁受具足戒，云游四方，拜谒百岩怀晖、西堂智藏、百丈怀海、抚州石巩，被石巩誉为"半个圣人"，后来成为大颠禅师的法嗣弟子。大巅禅师圆寂后，义中禅师离粤来闽，在漳州开元寺后的半云峰下，创立三平真院宣扬佛法。公元845年，唐武宗李炎废佛汰僧，几十万还俗僧尼无家可归，65岁高龄的义中禅师被迫避入平和九层岩，着手兴建三平寺。

　　义中禅师初到三平时，当地山高水冷、瘴雾弥漫，野兽毒蛇横行，山民还过着刀耕火种的原始生活。禅师传授山民桑麻耕织技术，招集山民垦荒造田、兴修水利、筑村建舍，并以精湛医术，为山民施诊，教山民习武强身、御暴安良，于是后世流传了许多关于禅师的神话与传奇。唐大中三年（849年），唐宣宗恢复禅宗，漳州刺史郑薰敬仰慕禅师功德，上疏朝廷，宣宗遂敕封禅师为"广济大师"。唐咸通十三年（872年），大师圆寂，享年92岁，人们尊其为三平祖师公。

　　禅师圆寂后逐渐演化为佛教俗神，成为三平寺主祀，在海内外拥有众多信徒。三平祖师文化继承南禅衣钵，开枝散叶，源远流长，信众遍布33个国家和地区，每年前来朝圣旅行的游客超过60万人次，特别在闽南、粤东一带，对祖师几乎家喻户晓，在台、港、澳同胞和菲律宾、新加坡、印尼等东南亚华侨、华人中也影响深远。目前台湾有三平祖师分庙50多座，信众上百万人，每年前来祖庙朝拜的香客达数万人。

三平寺距漳州 60 公里，地处岩谷幽深、峰峦奇诡的三平峡谷中，群山环抱、竹海林涛、泉瀑飞流、花草葳蕤，风光秀丽如画。广济大师示寂后，门人弟子于三平寺后进修了祖殿，殿里雕塑广济大师金身，春秋祭祀。又奉大师遗骨及舍利子置大瓮中，藏诸山顶塔殿石龛下。所以，三平寺又是广济大师的庐冢所在。古寺北靠狮子峰，南望笔架山、百丈漈，东接大柏山，西邻九层岩，背靠蛇山，势如金蛇下水，俗称"下水蛇"；寺前一箭之遥有状如海龟上水的龟山，俗称"上水龟"。灵蛇参禅，神龟悟道，龟蛇南北相望，真风水宝地也！

千载以来，著名古刹三平寺历尽沧桑，屡毁屡建，今天的三平寺为清代重建。近 10 年来，由于当地政府大力支持和海内外善信热心捐助，古寺已修葺一新，总建筑面积 2000 多平方米的建筑群落分为前组：山门、钟鼓楼、僧房、大雄宝殿等；后组：祖殿、斋堂、塔殿等，殿宇金碧辉煌。建筑别具一格，重修的山门上有赵朴初先生手书的"三平寺"金字横匾，在七彩阳光照耀下灿烂夺目；山门屋脊上，两尾栩栩如生的彩瓷青龙，大有腾跃晴空之势。

## 灵　应

农历三月二十九日午后，平和县委宣传部小陈，陪我前往三平。是日县城雨脚如麻，天色阴晦，到得寺庙，竟雨过天晴，霞光焕彩，春阳艳丽。拜过汉白玉祖师公雕像，转过"有求必应"照壁，脚踩莲花蒲步步莲花，进内山门牌坊，见门联"梅岭禅灯照八闽，潮州法乳抚三平"，经天王殿、钟鼓楼、大雄宝殿、伽蓝殿、开漳圣王殿、地藏王殿、祖殿到塔殿，一路虔诚礼拜。塔殿中央供奉祖师神像，神像下有古井，祖师真身舍利就坐镇于此。后面有石巩禅师、蛇侍者、虎侍者、潘颜尚书塑像。因时近黄昏，比较清静，三平寺管委会讲解员小林建议到广济园一游——沿虎爬泉左侧台阶下行，来到广济园，这是当年广济祖师种植中草药的地方，因此又称百草园。这里借蛇山地势，取虎泉水利，得天地灵气，可谓风水绝佳之处。步出园林，小林诚邀我们到贵宾室小憩品茗。我和小陈谈及三平寺香火鼎盛，小林不无自豪地插话："那是祖师灵感，神光普照，才有源源不断的回头客啊！"

于是小林提起 2007 年首届海峡两岸三平祖师旅游文化节开幕式，日期定在六月初六祖师诞辰。是日，山顶烈日炎炎，想不到庙前却一片阴凉。当启动球按动时，天幕上出现 1 分钟霞光后，会场又转清凉。去年广济文化园祖师露天铜像开光前几天，一直大雨滂沱，十一月初六祖师圆寂日铜像开光时，竟然艳阳高照，祥云缭绕。祖师神奇，由此可见一斑。

据当年寺中石碑记载，宋代吏部尚书、漳州人氏颜颐仲回家省亲，忽于墨砚水中得灵蛇一条，由小变大，锦色龙鳞。询问其母，母告之，小时候，曾带他到过三平，并向祖师公许愿：若来日成大器，定出资修建三平寺。颜尚书听后，猛然省悟，及时赶到三平寺，见殿堂倾颓，感慨之余，遂拿出俸银 360 余贯开工，又奏准拨用库银重修。后人为纪念他重修三平之功德，特树碑供奉。于是，三平灵蛇护法，人蛇相亲，历来传为佳话。

提到灵蛇，小林说，这里的蛇轻易不出洞，往往多少年难得一见，如果有幸遇上，那是要交好运的。此时，门外忽然飞奔而进一位气喘吁吁的年轻人，对小林高声叫喊："小林，蛇出来了，不得了呀！"

小林一听激动不已，说已多年没见过蛇出水面，立即召唤我们一起前去参观。沿绿茵小路，我们一行 4 人连走带跑来到广济潭东侧，只见一条近两米长、青绿明黄相交的金蛇，由广济潭中游出，闲闲地休憩在桥墩上，我们赶到它身边，是申时 3

点半，见人来，它抬头仰望悠然不惊，约3分钟，便施施然下水，沿广济潭游弋一圈后，又跃水上桥，在桥面石板上旁若无人地缓缓穿行，然后款款下水飘然而去，全程约8分钟。我想应是祖师念我至诚，特派蛇侍者来迎。回县城参加晚宴时，将此事喜告席间同仁，大家看了我拍下的照片，都说幸逢盛事，一一握手志庆。

三平灵签，也誉满海内外，民间代代相传三平求签凡求必应。据说，某年港人杨先生到闽南做生意，因遇台风未能如期返港，而银行贷款即将到期。情急之下，杨先生到三平寺卜问祖师，得签诗"曹操华容道遇关公"，卜签人决明为上签、有救。杨先生回港后，恰巧香港亦因台风停电一天，电脑停止工作，作特殊情况处理而视为按期还款。杨先生感恩不尽，再次来到三平寺添香油还愿。1987年，一位农家子，连续两年考不上大学，自己着急，家人埋怨，无奈之下，到三平求签，签曰："丈六金身观世音，遍满三千及六千。百亿化身长叫苦，普度众生坐金莲。"解签人告之好签，只要继续努力，必然金榜题名，第三年果然被重点大学录取。

小林说，三平祖师公不仅问事灵应，还能问药。据传1944年，漳州官园巷口初华坊发生一场鼠疫，死了五六千人，当地村民请来三平祖师供奉，并将供奉的炉丹洒到井里，鼠疫因此灭迹。于是村民另塑祖师金身拜供，取名"三平分镇"。

三平的药签以健脾益气、祛风化痰、清热利湿、补血养阴为主，用49味中药临症配伍，组成7首常用方剂。其药方的特点是合医理、明规律，诚则灵、行必果。在缺医少药的年代，三平药签救治了无数穷苦百姓。

# 传　承

　　佛教自东汉永平十年（67年）传来东土，递经三国、两晋、南北朝至隋唐，逐步与中国本土儒、道交融，从而渗入中国文化的各个领域，深刻影响了中国的哲学思想、文化艺术、音乐绘画、建筑雕塑、天文地理、医药气功、自然科学等等。佛教在"化中国"的过程中，也实现了"中国化"，与长期共融的儒、道两教交替互补、共同发展，一起成为我国宗教文化的三大支柱。三平义中禅师身上体现的佛儒道医的结合，正是传统文化特色的集中反映。

　　善良、智慧的平和人保留并繁衍了三平祖师信仰，富有文化底蕴、大有作为的现任平和执政者，以"广济、和谐、发展"为主题，充分发掘三平祖师的民俗文化、佛教文化、医药文化、生态文化、红色文化内涵，用两年时光，用250亩土地，集结民众的爱心与虔诚，弘扬百代的文化传统，开拓朝圣之旅的康庄大道，在三平古寺东侧山坡上，兴建起南自东湖、北经紫竹谷的闽南首屈一指的三平祖师文化园。祖师文化园拥有广济桥、放生池、六经幢、仰圣广场、长廊、祭祀台、报恩墙、功德墙、六福台、麒麟浮雕、祈福广场、禅茶室、净茗轩、慈悲喜舍灯柱、六度台、九龙浮雕、尚德广场、祖师文化联谊馆、祖师金身堂、祖师铜像等。设计者以"今日之建筑、明日之文物"为宗旨，以博大精深的佛教文化为基础，以广济大师普济众生精神为内涵，总体构思大气磅礴、建筑技艺精湛华美、文化底蕴根深叶茂，令人瞻仰之余，慈悲喜舍之心顿生，污垢杂念消弭。

　　难忘广济桥上祖师偈语："菩提惠日朝朝照，般若凉风夜夜吹"，"此处不生聚杂树，满山明月是禅枝"，读后令人如沐惠风、心念纯一、法喜充满。更难忘道场至尊祖师铜像，当你仰视六角莲座金刚台上庄严肃穆的行脚僧宝形象，回望漫漫历史千年风霜，遥想当年广济祖师开化漳州、惠及闽南、扶危济困、降妖伏魔、消灾祛病、护佑众生的桩桩件件忘我无我、行愿无尽的大爱懿行，谁能不弃俗归真、心如菩提呢？

平和人对祖师文化的尊重与弘扬，也是对中华传统文化的伟大传承！

## 平　　和

行旅世界，心归平和。

平和是一个地名，也是一种境界。

"平和"是佛家心境，是道家用语，也是儒家经典。"平和"，即平安、和谐、雍容、大度。

三平祖师所弘扬的是人间佛教；所示现的种种神奇善行，是度化众生的轨迹；所践行的信仰，是无我为人、普度众生，转婆娑世界为人间净土的菩萨道精神，这与社会主义精神文明所倡导的"全心全意为人民服务"思想、与构建和谐社会的核心价值观是契合的。有祖师神光照耀，平和人走遍世界，心系平和，存心平和；五湖四海来游客子，感受广济祖师文化精髓，无论消灾还是祈福，总能大愿圆满、心无挂碍、心态平和。

平和地域的魅力，在于从容淡定中的大奋发大有为；平和境界的美丽，在于心灵世界的大解脱、大自在。

广济祖师赐予人们的济世情怀、慈悲法力、平和精神，是千秋万代闽南人永永远远的精神瑰宝！

我用一瓣至诚的心香，敬献平和，敬献拥有广济祖师的三平寺！

# 结缘灵通岩

卢平 冬青

原以为灵通岩的美主要是当地人自己夸出来的，就好像每家父母都会夸自己的孩子多么聪明漂亮一样。看了几张灵通岩照片后，才觉得此山不凡，值得一看。

车子抵达灵通岩山脚下，朝车窗往外看，眼睛一亮，眼前出现一座山很神奇，远远望去，被云雾萦绕得如梦如幻有如仙境不说，它的超凡脱俗更让人惊喜，这就是传说中的灵通山吗？

灵通岩，也叫灵通山，又称大峰山，或大峰岩。早前叫大枫山，也有叫大矾山。大矾山的名称都是有来历的。灵通岩之前叫大枫山，是因为满山长满枫树而得名；还有人称之为大矾山，是因为灵通岩的地质均为矾石结构。据了解，它是一座由上亿年前的火山岩堆积而成的山峰，海拔1287米；至于灵通岩的叫法则和明末大学者黄道周有关。黄道周在《梁峰二山赋》中称赞大峰山其峰"三十有六，一一与黄山相似，或有过焉，无不及者"。后来在此隐居，写下"灵应感通"4个大字，大峰岩（大峰山）就改名为灵通岩，即现在所说的灵通山。

山不在高，有仙则灵。水不在深，有龙则灵。灵通岩号称"闽南第一山"，并有闽南"小黄山"之美誉，山上一定也会有"神仙"吧。是的，灵通岩不仅因其险、峻、奇而吸引人，与之结缘的历史名人亦是不少，这些人就是山上的"神仙"。而在众多"神仙"中，与灵通山结缘最深的无疑就是黄道周。黄道周是福建漳浦人，历任翰林院修撰、詹事府少詹事。南明隆武时，任吏部兼兵部尚书、武英殿大学士。是明末大学者,著名理学家和抗清英雄。其从小受到道家思想的影响,对山水情有独钟,一生以崇尚自然为追求,相信大自然的伟力和神奇。

佛教有三境界:见山是山,见山不是山,见山还是山。灵通岩峭岩立壁,层峦叠嶂,怪石嶙峋,其"菊花引路"、"三虫游斗"、"仙人披被"、"三童弄狮"、"画眉跳架"、"珠帘化雨"、"猛虎守峡"、"五鲤朝天"、"九牛拖车"等十八景,奇异瑰美,惟妙惟肖。最美妙的当数"珠帘化雨",传说黄道周20岁那年第一次爬上灵通岩,就是为了沐浴到"珠帘化雨"。当时民间有一种传说,谁能够得到"珠帘化雨"就可以考中状元,成就一生功名。于是,就有不少学子跃跃欲试,想要去"应验"一下,但很少有人能实现。山的神秘由此可知。

传说当年有幸沐浴到"珠帘化雨"的人有两个,一个就是黄道周;另一个是"跛脚进士",名字已无考。黄道周一生功名,算是应验。据说当年那个"跛脚进士"也沐浴到了,但不小心摔下悬崖,幸亏被绝壁处的一棵树拦住,才大难不死,被救起后脚摔断了,后考上进士,也算是应验。有意思的是,时隔28年后,黄道周在官场上失意而归,又来到了灵通岩,并在山脚下开馆授徒,可见他对灵通山和这里的人确实是非常有感情的。如今,民间有关他的传说还很多,据传他在灵通岩上隐居时,曾收服了一只白额猛虎,这只白额猛虎后来成为他上下山的坐骑,果然神奇飘逸。虽然这只是一种传说,但反映了民间对黄道周的怀念,并把他神格化了,其实这也在情理之中。试想,灵通岩那么高,四周都是悬崖绝壁,如果没有神力,又岂是一般人所能上的?历史传说有时也并非完全空穴来风。

据载,黄道周在灵通岩隐居期间,大旅行家徐霞客也曾先后两次来到灵通岩,与黄道周一起游览,"徐自毗陵来访予山中,不一日辄搜奇南下。觅篮舆追之百里乃及,相将于大峰岩次"（黄道周《分阄十六韵》诗序），文中的大峰岩就是灵通岩。黄道周还写下《赋得孤云独往还赠徐霞客》："何处不仙峤，长游已达还。猿鱼新换径，虎豹久迷关。天纵几人逸，生扶半世闲。椤枷言语外，别寄与谁酬。"可见，徐霞客之所以成为灵通岩的不速之客，与黄道周关系很大。当然，灵通岩的神奇肯定也让徐霞客赞叹不已，只可惜至今还没发现徐霞客为灵通岩所写的文章。关于黄道周，却还有一个谜至今未解。在他的老家漳浦县石斋村的明诚堂里，有一个用巨大的花岗岩建成的台子，台面上刻着 1.6384 万个格子和 8 个大小不一的圆圈，据说这就是著名的天方盘。300 多年来，天方盘引无数专家前来研究，可是都无法完全解出个中奥妙。

与灵通岩结缘深厚者还有一个人，他就是开漳圣王陈元光的父亲——唐归德将军陈政。如今陈政墓就在灵通岩狮子峰顶。唐高宗总章二年（669 年），归德将军陈政奉诏南下平定啸乱，通过 8 年征战，但大功未捷身先士卒，后葬于云霄将军山。后来有个风水先生称归德将军墓穴有王者之气，后代子孙有九五之尊，成帝王大业。其子陈元光，即后来的"开漳圣王"，对朝廷一片赤诚，并无据边称王之野心，但为避嫌，主动奏章上疏，将父墓迁往新安里大峰山上（即灵通岩的狮子峰顶），山下为陈氏聚居地。这就是陈政墓的由来。1991 年，陈政墓已被福建省人民政府列为省级文物保护单位。

有意思的是，当年只因一句江湖话，陈政墓从漳浦将军山迁到灵通岩顶，而灵通岩就这样成为归德将军的安魂之所并传之千秋万代。

层峰叠叠石千寻，老树寒藤隔翠岑。

烟雾中分天上下，洞门斜映日浮沉。

直从鸟道闻清梵，可怜禅声似古琴。

寄语空山旧猿鹤，何年相共守空林。

这是明东阁大学士林釬所写的《游灵通岩》。诗人寄语灵通岩，在表达自己心境的同时，也把灵通岩的幽静和禅意都写出来了，这就是诗人的魅力，也是文化的力量所在。其实类似这样历史文化名人还有不少，譬如张士良、陈天定、陈杨美等，他们都曾为灵通岩留下许多脍炙人口的佳话和辞章，在此不必一一例举出来。总之，灵通岩之美，之雄奇，之险峻，绝非只是因为几位彪炳千秋的历史名人的缘故，好山好水从来就是文人墨客和隐士的聚居地。灵通山也是如此。

那天，我们被安排住宿在青云宾馆，那是一座位于海拔800米的宾馆，位于灵通岩半腰处，清风凉爽，景色宜人。稍有遗憾的是，恰逢雨季，宾馆里的被子有些潮湿，虽可以事先把门窗关好，睡前把电热毯温热，毕竟也不是好办法，但这是没办法的办法。次晨，拾阶而上，沿途峭岩壁立，层峦叠嶂，怪石嶙峋，奇峰突兀，景色奇异瑰美，时有云雾自山谷翻滚而上，萦绕在身边，把整个身子托起来，果然有飘飘欲仙之感。最令人兴奋的还是那"珠帘化雨"的奇景。说实话，没有到过灵通山，真是无法体会到什么叫"珠帘化雨"。

其美妙之处在于，从海拔1287米的岩顶上垂直倾泻而下，抬头仰望，只见涓涓细流，飞瀑而下，继而化成雨滴，如珠似玉，又仿佛串在一起，如珠帘挂于悬崖绝壁之处，风一吹，缥缈不定，变幻莫测，实在很难接近。不仅如此，其最令人震撼的是刚柔相济。到过灵通岩的人就知道，整座灵通岩都是石头，其雄起的姿势充满雄性的力量和象征意义，而更令人想入非非的就是那"珠帘化雨"所构成的魔幻奇景，一刚一柔，互相缠绵，似乎大自然有意在向人类暗示些什么。

途中，时而抬头仰望山峰和各处的景点。临上岩顶时，突然有几滴水落在身上。导游说，这就是"珠帘化雨"，沐浴到它的人会得到好运。一看果然有不少人争着沐浴到它，都很开心。

走进平和

·结缘灵通岩·

然而，我们在想，当年学子们为得到一滴"圣水"，不惜冒着粉身碎骨的危险以求之，如今来到这里的人可不必费吹灰之力即可得之，莫非这也是天意？当然，时代已然不同，且相差很远，不可同日而语，但对于"圣水"的神奇还是有许多人相信它。或许，这就是民间信仰的力量源泉。

在导游的介绍下，终于找到了黄道周当年上山的那条路了。但是，说实话，我们真的怀疑那就是黄道周当年上山的路，因为那简直不是人所能走得通的路。那条路其实并不是路，只是隐约可见在悬崖绝壁上用刀斧凿出来的巴掌大石窝，而周围又找不到任何手脚可以借力的地方，比如树或者大块一点的石头之类，如果从这样的台阶可以爬上岩顶，那现在那些登山冒险者又算得了什么，简直相差太远了，因此，我们宁愿相信那只是一种传说。不过，环顾周围，回想当年，的确再也找不到一条比这更好走的路了，真是太不可思议了。看到这样的一条路，就想，当年的学子们要想得到"珠帘化雨"有可能比考上状元还难。因此，悟出了一个道理，与其说学子们沐浴到"珠帘化雨"就能考上状元，不如说是在考验学子们的毅力和决心，有了这样的毅力和决心何愁考不上状元？

真正的灵通岩应该是在海拔1000米之处，也就是接近峰顶凹进去的那个岩洞，那里有座观音庙，周围可容上千人，据说灵验无比。站在灵通岩上看风景，果然是美妙无比，不仅视野开阔旷远，而且无论远景近景皆很灵动，每个景点都让人赏心悦目。下次到灵通岩来游玩，真要再好好看一看黄道周当年留下的字迹，据说那个"灵"字写得很有讲究，风雨雷电全在其中。还有旁边那道符，更有神话般的传奇。

总之，我们也已经与灵通岩结下不解的缘分了。

# 神秘太极峰

马 乔

其实，仅凭其大号，就足以令人浮想联翩了！

在《周易·系辞上传》里，太极是易经的起点，所谓"易有太极，是生两仪"是也；但在道家心里，太极则成为一面旗帜，一种至当之理的象征，也就是"极中之道"；而在哲学家看来，太极是天地未分出阴阳之前的混沌状态；此外，太极一词，还有"总天地万物之理"，或者"太空的中心"等等意思。

南胜境内的太极峰堪称风景名胜区，这不是"驴友"的杰作；更不是有的人瞎吹出来的海市蜃楼，它原本就为天地生成。太极峰的幸运只在于远离城市，甚至连乡村也有意识地躲开了。她还拒绝能通行汽车的公路，直到拒绝一切现代化的交通工具的染指。所以直到今天，想上太极峰的人，只能如原始人那样，脚蹬手攀，沿羊肠小道一步三喘艰难而上。

山水皆为风景符号，游客解读各自不同，太极峰亦然。

历史上的太极峰，两次收留了还处于弱势的造反者，心甘情愿地担当他们的秘密据点。近的为闽南红军根据地。太极峰所在的南胜瓯寮村，1934 年 3 月，就建立了一个县级红色政权——靖和浦边区苏维埃政府，主席林路，副主席吴庭坚。靖和浦边区苏维埃政府看中的是瓯寮的偏隅一域，太极峰的群峰高耸。山高林密，利于同国民党白军周旋；石洞众多，有益屯兵住宿，既不用搭盖草寮，就可遮风挡雨，不用伪装敌人也发现不了。太极峰上的红色遗址甚多，红军洞便是其中之一。最大的红军洞又名万人崆，顾名思义它可容纳一万名以上的红军将士隐蔽住宿。可以住一万人马是什么概念？即这个山洞可住一个整编师的红军。更奇的是，传说这个红军洞可以直通到百里以外的漳州城。有关红军以太极峰为根据地的历史，知之的人很多。但对于太极峰藏有红军宝藏知的人就不多了。我孩童时期曾听一名当了10多年红军交通员的亲戚说过这件事。道是中国工农红军闽南独立第三团在1937年7月16日"漳浦事件"发生前，曾在太极峰的某个石洞里藏了一部分金银。后来，因参与藏宝的指战员绝大部分牺牲了，幸存的知情人也因为年久日深，记忆淡化而分辨不清具体藏宝地点了。七八十年的风霜雨雪，对于金银元宝根本算不了什么，如果还能找到，必定还是白花花金灿灿的让人爱不释手！

太极峰还曾经是以反清复明为宗旨的秘密结社组织——天地会的一个据点。天地会也叫三合会、三点会，亦叫洪门天地会，还叫洪帮。有关天地会的创始人、创建年代、创立地点，几百年来一直众说纷纭，莫衷一是。主要有这么几种观点：一是天地会的创始人为平和人万五道宗，创建年代为康熙十三年（1674年），创立地点在今天的平和大溪镇赤岭村境内的高隐寺。二是天地会的创始人为漳浦人郑开，即所谓的僧人提喜，创建年代为乾隆二十六年（1761年），创立地点在今天的云霄县城以东8公里的高溪庙。三是天地会的创始人为明延平郡王郑成功，创建年代在明末清初，创立地点在今天的漳州南部。在笔者看来，上述第二种观点是一种误认！天地会的历史真实，体现在以上第一种观点中。从某种意义上说，第三种观点也有其合理成分。一句话，郑成功虽然不是天地会的真正创始人，但它支持天地会的创设。这样讲是有证据的，绝非凭空杜撰。

这里有必要写写万五道宗其人，因为万五道宗与太极峰密切相关。从一定角度讲，没有万五道宗，便没有太极峰！

万五道宗的俗名叫张木，道宗是其法号之一，而万五则是他与郑成功麾下的"五虎将"之一的万礼等人结拜金兰时的排序。道宗所以取万为姓，其根源在"以万为姓集团"。除万五道宗的法号以外，已发现的属于张木的法号还有 10 多个，比如万云龙、无智宗公、达宗、慈光、和满、老万师傅等等。这应该与张木一生当过漳南各县 10 多座寺庙的住持有关。

张木于明万历四十一年（1613 年）出生在今天的平和县小溪镇后巷延安楼。幼时家贫，不久父母又双双亡故，张木由亲戚做主过继给诏安官陂张姓人家为义子。后张木到诏安报国寺当杂役，因天资聪慧又有心向佛，被该寺住持时空纳为弟子，从此剃度出家。这名时空和尚，不但禅境高修，而且肩负使命——在漳南诸县创立南少林分舵。

在时空和尚的倾力调教下，道宗的道行进步很快。明崇祯六年（1633 年），道宗才 21 岁，时空禅师便举荐他到云霄龙湫岩当住持。两年后道宗离开龙湫岩赴铜山，先在兴教寺（后叫西山岩）重构了初来寺。此时此际，中国又走到一个前后朝代交替处。清兵入关，大片朱明王朝的皇土尽入女真族的版图。具有正统思想的郑成功不愿降清，在闽南举义旗同清廷分庭抗礼。清顺治九年（1652 年），道宗为修建东山九仙岩及铜山长林寺，开始与郑成功手下将领洪旭、张进、黄廷、万礼、甘辉、余宽、卢若腾、陈六御、萧拱辰、郑擎柱等人有了接触，并向他们募得大笔善款，以解建庙资金不足之困局。

道宗与郑成功及其将领交好，已知的证据例如在诏安长林寺，就发现了郑成功捐款的功德碑。在厦门万石岩，就发现了郑将卢若腾为道宗写的一首赞美诗，诗曰："君家两俊杰，异道却相谋。以尔津梁法，为人帏幄筹。心惟存选佛，骨不羡封侯。军旅喧阗处，长林未改幽。"这首诗说的是万五道宗与万礼等人以万为姓，共同创建天地会的事。诗中把道宗与万礼同喻为俊杰，说他们擅长运筹帷幄，大智大勇，无愧于有杰出成就的才俊。同时又暗示铜山长林寺和诏安长林寺，是他及战友戎马倥偬之余休息的好去处。所谓的"军旅喧阗处，长林未改幽"正是注释。

也许就因有了与郑家军将领的频繁交往，道宗被植入反清种子，而且仇清情绪日积月累，于是开始暗暗筹备成立秘密结社组织；也可能为了投桃报李，还郑成功及其将领慷慨解囊助其建造寺庙的大恩情，道宗与郑成功相约开展两条战线反清复明：郑成功在明处，以军事斗争反清；道宗在暗处，秘密创立天地会，作隐蔽性斗争。两条战线道路不同，但共同指向的终极目标都是反清复明。从这时开始，道宗再也不是一位纯粹的出家人了，他已脱胎为一名坚定的反清斗士。

在与郑将交往过程中，道宗感到与其中的张要、郭义、蔡禄等人格外投缘，于是18个人歃血为誓结拜为金兰。相约以"万"为姓，共襄义举。大家亮出生辰八字之后，张要为大，是为万一，又名万礼；郭义为二，于是改称万二或者万义；蔡禄为七，从此便是万七，又称万禄，以此类推，直到万十八。

清顺治十年（1653年），清廷大举增兵福建进攻闽南，沿海的郑成功部日紧。出于隐蔽战线需要，道宗审时度势，从东山渡海西进，到他的第二故乡诏安官陂的"万山深处"，另辟了一座长林寺。两年后的1655年，道宗又回平和老家，在平和县南胜镇的太极峰，创建了一座紫竹寺。康熙十三年（1674年），道宗又在平和县大溪天马山修建了高隐寺。所有这些寺庙，其实都是反清复明的秘密活动据点。

值得一提的是高隐寺。正是在这里，万五道宗创建了天地会。为创建天地会，万五道宗先进行了舆论准备。他杜撰了一个"西鲁故事"，故事中把清朝的康熙皇帝描绘成一个言而无信、恩将仇报、火烧南少林寺的昏君暴君。故事的梗概如下：

康熙当朝，西鲁国精兵进犯清境，所向披靡。官军连连败退，忙向朝廷告援。康熙听从大臣建议，张贴皇榜，许以退西鲁之兵者，可得一半清廷天下。南少林武僧揭榜西行，很快打退西鲁国虎狼之师。班师回朝后，不居功自傲，拒绝封赏，照样回到南少林寺继续修禅论道。而康熙听信谗言，秘密派遣大军包围南少林，一把火想把南少林数百僧众烧为灰烬。幸得有5位和尚突围而出，找到高隐寺，这才让康熙火烧南少林免成千古谜案。道宗用这一招为天地会的问世，找到一个名正言顺的理由。于是与由南少林突围而出日后被尊为南少林寺五祖的蔡德忠、方大洪、马超兴、胡德帝、李式开等5人，共同倡议并组建了天地会。

从今天已发现的证据，天地会创建的具体时间是清康熙十三年（1674年）农历七月二十五日。在高隐寺里，至今保存着一方石碑，上面刻有"伍和尚结义立会志——甲天寅地"12个字。另有世代为高隐寺护寺的张课桃家族世代相传下来的天地会"海底"（即会簿）记载此事。"海底"原文如斯："万道宗主持五祖（到）上岩关圣帝君前立会，约定暗号，令旗宝剑。后五祖在三点地（之）上仙岩、高隐岩、长林岩三合会。众僧密拜立天地（会）在高隐岩。后分开（到）各省召集起义……"此外，还有一批收藏于张课桃家的天地会文物可以佐证：刻着"天地会"和"佛法立天地会"铭文的印章各一方、宝剑一把、神像三尊、壁龛一块、条幅四幅、会簿十数册。

万五道宗于康熙四十年（1701年）冬圆寂。他的弟子将之安葬于诏安报国寺的普同塔内，这也许为了圆道宗到另一个世界也要追随师父时空的夙愿吧。有碑文为证："康熙辛巳年季冬吉旦，第三代祖师无智宗公普同塔，五房徒子孙同立。"

没有万五道宗就没有太极峰。这并非为了美化万云龙才编造的。其实，证据就在太极峰的一块巨石上。这块巨石高数丈，上刻着"太极峰"3个繁体楷书，呈竖排状。旁边还有同为竖排的落款小字："乙未季秋吉旦开山僧道宗勒石。"掐指算算，这里的乙未年即1655年，时乃南明永历九年暨清顺治十二年。落款里的"季秋吉旦"，意思是九月的黄道吉日。瞧瞧，石壁上的刻字，再明白不过地把当地人称为石屏山的山峰，更名为太极峰了。而此大手笔的始作俑者正是万五道宗。

其实，万五道宗又何止把石屏山变成了太极峰。他还在石屏山的鼎底湖尖建立了一座寺院，亦即上文中提到过的紫竹寺。这座紫竹寺，建于清顺治十二年（1655年），也就是他建立起诏安官陂长林寺之后的第三年。当年，鼎底湖尖也叫下岩塘，是一个小山村，居住者几乎清一色姓陈。寺庙建好之后，道宗感觉到应有一座庄严大气的山门，于是来到石屏山的峰巅人称南天门的地方，选择了一块高数丈，宽盈5米的巨石，写上"太极峰"3字，并让人勒于石上。此举既把石屏山更名通告于天下，又把南天门当做紫竹寺的山门了，可谓一石二鸟。

紫竹寺与长林寺以及以后建成的高隐寺一样都主祀观音菩萨。而且道宗所选的观音法像全为十八手观音金身。从今天依然保持下来的十八手观音法像可知，万五道宗的选择是寓有深意的！这十八手观音像活脱脱就是天地会宗旨的象征佛和护法神。紫竹寺、高隐寺里的十八手观音菩萨左手持太阳，右手举月亮，这不是一个大明朝的"明"字吗？再看净瓶倾倒，也不难意会到那是在象征"反清、倒清"。净瓶何物？盛清水之器也！如今净瓶反转，清水必倒光了，这岂不正暗寓着"反清、倒清"和清朝必亡吗？！

是万五道宗为太极峰注入了人文内涵，正是这种人文内涵，丰富了太极峰的景致，也厚重了太极峰的天然秀色。

# 丽山秀水 名镇九峰

林爱枝

"走进海西"采风团去平和县，我又走进一个国家级历史文化名镇——九峰。

## 一方好山水

从县城往九峰，沿路两旁除了房屋，便是绵延的柚林，虽然树不高、冠不大，不成遮天蔽日的绿色冠盖，但也密密匝匝，形成一道绿色长廊。

九峰，这个地名便告诉人们，它是被群山环抱着。

时任都察院右佥都御史的著名思想家王阳明，承旨率师征剿闽粤边患之后，到了九峰，他以军事家的眼光审视九峰，深感此地山关险要，是兵家必争之地，便向朝廷上奏："呈乞河头地方添设县置以控贼巢，建立学校，以易风俗"，否则南靖县域广阔，九峰又处偏僻，难保边患不再。朝廷很快批准，于明正德年间置县，依"寇平而人和"之意愿，取县名为"平和"。以河头大洋陂中湖宗祠为县署。

自此，九峰成为平和县县城所在地400多年，直至1949年中华人民共和国成立，县城才迁至平和县较为中心的小溪镇。

王阳明为平和置县，平和人尊王阳明为"平和之父"，世代奉供，感念至今！

九峰是客家重镇，全镇4.6万多人口中有95％是客家人，有很独特的文化民俗，史上有"文化古镇"之称；与广东省毗邻，边贸发达，往来频繁，史上又有"闽粤边贸重镇"之誉。

置县之初，王阳明老先生亲自规划，设计新城池的建设：置衙署、建庙宇、筑城墙、辟街道、造双塔……九峰面貌为之一新，县治中心形象耸立。

九峰是平和最大的山间盆地，境内多山，全镇山地面积24.8万亩，加之阳光充足，水量丰沛，这在农耕时代形成了很好的经济环境。全镇至今已有茶山2.5万亩，琯溪蜜柚3万亩，育林24万亩，麻竹1.5万亩，形成了茶果竹林四大生产基地。

其中，大芹山海拔1500多米，雄峙一方，为闽南第一高峰。如今不仅种满了蜜柚，而且成了旅游胜地。

碧溪绕镇而过，如玉带，似彩练，使九峰更加曼妙。流水潺潺，似浸心脾，万般滋润。它给九峰带来的是丰沛的水资源，全镇竟有13座水电站，装机容量3500千瓦，发电量400千瓦时，自给有余。还能够为现代旅游提供充足的饮用水。

九峰境内山峦起伏、层层叠叠。其中遍布河谷、山坑，形成各种景致，让人移步换景，美不胜收。山里的好就是这样。

自古以来，口口相传，九峰有8个精品景点：双髻升羲、九峰返照、东郊春雨、西岭暮霞、天马晴烟、石潭秋月、笔山侵汉、碧水澄波。历代文人为之咏诗作赋，留下不少诗篇。

如咏"东郊春雨"："平畴解冻起农功，时雨效原占岁丰。牧笛声中芳草缘，簑衣牛背倚东风。"这是一幅春耕图！看到了忙碌不停的人影，看到了牛背牧童短笛的美丽画轴。

又如咏"石潭秋月"："石鼓潭郎秋月照，浮云飞尽夜无声。天边凉月潭中影，一片冰壶沏夜情。"怎样的高远、怎样的明净、怎样的清澈，如此超凡脱俗，让心飞翔！

## 独特的古文化载体

九峰多祠庙。据统计有百多座。至今保护完好的还有一多半，包含 27 个姓氏。平均四五十人就有一座宗祠，因而九峰被称赞为少有的、奇特的"孝道名镇"、"孝贤至德之乡"！

文庙。由王阳明规划筹建，并奏请朝廷恩准，按府级规格，其规模为漳州地区之冠。各种殿饰华美。殿上置"至圣先师"孔子神牌，正中悬挂"万世师表"金字大匾。县志记载："庙宇轮奂，甲于他邑。"

那日走进孔庙，颇有赏心悦目之感，因为它在平和二中校园内，大成殿与明伦堂已经过修缮。前后有 3 栋新楼：教学楼、综合楼、勤俭楼。感到先师与当今学子共处一园，令人愉快。后细想，觉得文庙修缮得不完整，大成殿前还应有仪门、牌坊、泮池等等。我询问了二中的校长曾发挥，说，文庙继续修缮时，几座楼及教学设施将全部搬迁到新校区去。

这平和二中值得说说，是一所资深的农村中学，风风雨雨、坎坎坷坷地经历了 94 个春秋，再过 6 年就该操办百年华诞了！

二中创办于 1919 年。自那时至中华人民共和国成立，几易校名，数迁校址，艰难办学，进步缓慢。其中，抗日战争期间，师生们投入到抗战救国宣传中去……结果，校长被拘留，师生的宿舍被查抄，学校被迫停办。但师生不畏强权，坚忍不拔，争得了学校的复办。其影响波及闽南各校。革命时期，领导平和农民暴动的朱积垒，就是这个学校的学生。1955 年，被正式命名为"平和第二中学"。

上个世纪 80 年代以来，随着国家大好形势的发展，二中迎来了一个长足发展的机遇，至 2002 年，该校已升级为省三级重点中学。

笔者思量，这是一座文化宝塔，坐落在九峰古镇，是一个无声的榜样，耳濡目染，潜移默化，不断地熏陶着古镇的人们，特别是那些青春勃发的青少年，他们会把前途期盼寄托在这所古镇圣地，会把走进这所学校视为自豪！

城隍庙。也是王阳明亲自筹划建造的，也是按府级规制，因而面阔、进深（五进）。有两个奇特是我在别处见所未见的：

一个奇特是城隍爷竟然是中国诗界著名的田园山水诗人王维。为什么王阳明拥王维当城隍爷？史料无有。有几种传说，一种传说是比较了他们的身世经历，有若干相似之处，彼此相惜。另一种传说是王阳明仰慕王维，赞赏他的才华。因为王维被称为"诗佛"，王老先生也怀着这样的敬仰心情。还有一种传说是两人都醉心于学问，都有独一无二的建树和成就，容易心有灵犀。

另一个奇特是城隍爷主殿入口处，两厢各站列着 5 位房科，担任着衙役和保安的任务。

王文成公祠。是九峰镇民众为纪念王阳明置县之功而建造的，并请黄道周题写碑文，以记盛事。

百岁坊。当年九峰乡绅曾敦立为平和建县立了功。传说，王阳明为置县走访了曾敦立，曾老先生端出一满杯茶接待客人。王阳明说，你盛得这么满，我都端不住，怎么喝？曾老先生笑着取出一个空杯，一倒两半。王阳明立刻明白，何不把南靖县分成两县？

此坊便是为纪念曾敦立而建。王阳明题匾："治建其功"。漳州知府钟湘题联："倡议建和城功迈八闽垂青史，出谋平饶寇泽合百世庇孙衿"。

中湖宗祠。置县之初，县衙设于此。1927 年，朱德、陈毅率南昌起义部队路经平和，总部即设在此祠。他们还接见了当地农民起义领导人朱积垒等。

上坪农协旧址。1926 年冬，中共平和第一个支部、平和县第一农民协会在此成立。朱积垒任支部书记（后任县委书记）兼农协会会长。

看了部分宗庙、祠堂，翻阅了一些资料，笔者思考良久，该怎样看待这些物件。最后感到有 3 点可讲：

一、承载历史。祭祀分祭始祖、祭先祖、祭父母等不同层次、不等规模。在九峰镇以往历来有定例：春秋两祭，春祭定于农历四月初一至初三，秋祭定于农历八月初一至初三。这两祭的头三天都公祭，祭始祖、先祖。之后各家各户自行设祭。通过祭祀让后人得知自己是哪里人，为什么到了这里，谁带来的，来多久了，几代中都有什么事、什么人，什么事要记取，什么人对国家、民族、家族做了什么好事，应该怎样学习，等等，这样脉络就很清晰了。

二、流传文化。中国几千年的社会里都以儒家文化为正统，许多宗族、家庭多半以这种传统文化教育家人，传承子孙。

曾、杨、朱是九峰旺族，人多、影响广，他们的先祖都是孔孟之道的传人，对儒学的建树、扩大和发展都有重要的贡献。

曾子（参），孔子儒学的正宗传人，也是著名的思想家、教育家，在儒学发展史上占有重要地位，其中他与同窗编纂的《论语》，对儒学的发展意义重大，为后人世代相传不息。

杨子（时），拜程颢、程颐为师，是"程门立雪"的主角之一。他学成归来，其师说道："吾道南矣！"被称为"道南学派"。他上承两程，下开闽学。在福建，他一传罗从彦，二传李侗，三传朱熹。他们被誉为"闽中四贤"。

朱子（熹）是理学积大成者，他的理论在中国历史上是一座难以超越的高峰。他一生研究学问，著书立说；设馆办学，收授学徒。他眼光深远、思想敏锐，又能体察现实，他立德立言的理论有独到之处，且涵盖方方面面，自成体系，形成了

"考亭学派"。"格物、致知、诚意、正心、修身、齐家、治国、平天下"的理想抱负，可以说是他的思想理论体系的浓缩。

……

祠堂成了流传文化的阵地。

三、品尝艺术。可以说宗祠是子孙后辈献给祖辈的一份厚礼，因此都建设得堂皇华丽、气魄宏伟。文庙、城隍庙自不待说，是一方百姓献给至圣先师和保一方平安和谐的保护神的，加之，又是按府制建设，自然高出一筹。

为了更加精彩夺目，还添加了许多装饰，如彩绘、雕刻、壁画、书法（或对联、或匾额、或勒石）等艺术样式，把整座祠堂装扮得雍容华贵。以追来堂为例：大门两侧青砖砌成，上有透雕石窗花和石栅栏窗。门前有集人物、动物、花草浮雕于一身的抱鼓石一对。门楣上方有"杨氏宗祠"匾额，两侧各镶嵌乾隆年间景德镇的"龙凤呈祥"彩瓷。其他各殿亦是如是。

在中湖宗祠里的石柱上看到了这样的对联，上联是"庙建中湖，享祀四时不惑"；下联是"春祭秋尝，冠褒百代常新"。正中神龛对联，上联是"武城衍派炜炜名祠，朱总挥师曾驻此"；下联是"中湖世界熠熠华堂，罗令开县首临斯"。

所看到的祠堂几乎都有笔墨华章，或说明祠的来由，或记叙事业、功绩，或启示后裔效法。

它们无疑都是中国古建筑的瑰宝，每一件都堪称艺术珍品，都值得用心保护，再行传承。

宗祠是九峰镇最突出的古文化沉积，此外还有诗歌、绘画、戏曲、土楼，都有代表作，都很有名气。

那么，九峰人敬重祖宗，起盖家庙，表达缅怀，表达谨记祖训，表达美德立身以流芳后世的决心就自然而然了！

## 福建农民暴动的先声

来到九峰之后，才知道朱积垒是九峰子民，能够全面地了解他不凡的人生。

他在九峰奎文小学毕业后，被保送到厦门集美学校师范部就读。受"五四"爱国运动的影响，阅读进步书刊，如《新青年》《向导》等；积极参与许多活动，特别是声援上海"五·卅"惨案的游行活动，"六·二二"沙基坝惨案的罢课活动……被同学们称为"朱先锋"。学校以"过急"、"赤化"把他开除了。

之后，由中共福建省委书记罗明介绍，朱积垒进了广州农民运动讲习所，恰逢这期由毛泽东同志主持，因而朱积垒有机会直接接受马克思主义基本理论的教育和农民运动的启发，他学习了不少马克思主义的基本著作，听了毛泽东同志讲授的《中国社会各阶级的分析》《中国农民问题》，听了周恩来同志讲授的《军事运动和农民运动》等等，又接受了组织纪律的训练，在世界观和人生观上产生了质的飞跃。

他特别能接受开展农民运动，实行"减租减息"、"耕者有其田"，否则农民无以改变自己的命运。

之后，经中共两广区委会的决定，朱积垒随北伐军东路军东征进军福建，并以国民党中央农民部特派员身份回平和县工作。此间，他大力宣传北伐战争的正义性，发动和组织农民协会，宣传共产党的政策主张，秘密发展党组织；办起了第一所农民夜校，成立了第一个农民协会，所发的"农民会员证"上印着"不劳动、不得食，宜同心，宜协力"；组织农民开展"二五减租"、"五减"（租、息、捐、税、役）活动，当时已有5个党支部，80多名党员。农会会员发展到20多个乡，2000多农户。朱积垒为农会起草的《宣言》称："农民协会便是我们的力量，便是我们的武器；我们要用我们的力量，解除我们的痛苦，我们要用我们的武器，打击我们的敌人。"并提出"政权归农会"的口号……

随着形势的发展、斗争的需要，1927 年，平和县农民协会成立，朱积垒被选为会长。与此同时，成立了中共平和县临时委员会，朱积垒任书记……

朱积垒从进步青年到追求真理，到接受马克思主义、信仰共产主义，到成为一名共产党员、一名党的领导人，到暴动的组织者、指挥员，是稳健扎实，一步一个脚印地成长起来的。

对于"平和暴动"，时任省委书记的罗明在《平和暴动不是凭空而来的》文章中说："'平和暴动'并不是凭空而来的东西，是贯彻党的'八七会议'精神，根据周恩来、朱德的指示，同时还得到赵自选（农讲所的军事总教官、广州起义的副总指挥）的鼓励和帮助，经过布置、准备的武装暴动"，"'平和暴动'为什么发生得这么快呢？主要导火线是反动军队经过平和时抓挑夫……他们挑完后，又把挑夫关在县城，等有军队需要时再挑。实际上成了长期的挑夫'犯人'……农民强烈要求县委、县农会攻进平和县城，把挑夫抢回来。因此，就集中了1000 人打进平和城……我们就把40 多个农民放出来，还放了其他政治犯"。

笔者为此还专访了省委党史研究室副主任林强。他说，平和是中央苏区县。"平和暴动"是多方面因素促成的。张鼎丞同志称"平和暴动"为"揭开福建农民暴动的先声"是准确的。这次暴动发生在大埔、饶平、平和三县交界处，罗明同志传达了"八七会议"精神和以农民武装反对反革命武装的战略思考，赵自选分析了广州起义的教训，即依靠群众不够。南昌起义部队经过平和，留下了王炳春协助。当时抗捐抗税斗争很激烈，朱积垒已担任工农革命军独立团第一团团长，当时他才 23 岁。他办事认真，思考冷静，对形势分析很稳重。原定 2 月 28 日起义，但他认为时机不够成熟，遂推迟到 3 月 8 日。这符合恩格斯关于"合力论"的思想，使"平和暴动"成为全省五大暴动中规模最大、影响最广的一次。朱积垒和"平和暴动"都载入了中国共产党党史！

看了暴动纪念馆、纪念碑、朱积垒故居（均已修缮），更具体地了解了他们的事迹，一股激情涌上心头。为了信仰，建立一个没有剥削、没有压迫的全新社会，他们聚集在共产党旗帜下，追求真理，甘冒艰险，不惜牺牲，前仆后继，这种精神激励了后辈。我想，要高举共产党的旗帜，就必须永远记住他们，记住千千万万为劳动人民的解放、为新中国的成立而牺牲的先烈们、缅怀他们、学习他们，发扬光大他们的精神，否则，便是对党、对人民最大的背叛。

家乡人民有情有义，盖了平和暴动纪念馆，保护了那些遗址。如今，家乡人民还要建设朱积垒文化广场、朱积垒公园，进一步修缮"第一支部"和"农协会"旧址，开展纪念活动，以缅怀先烈、教育后代，弘扬爱国爱乡、追求真理、勇于奋斗、甘于牺牲的可贵品质，成为代代继承和发扬的不朽精神！

## 保护建设　发挥作用

自从联合国教科文组织在世界各国征集、评定自然遗产、文化遗产、非物质文化遗产以来，的确促进世界各地对这些遗产的珍惜和保护，并争相申遗。

我国也制定了国家级、省级、县级的评审制度，从而营造了对历史文化遗产的保护热潮，各地争相申请。

申请到手后怎么办？有的把荣誉珍藏了起来，视为宝贝，只作为炫耀的标志，不知道要不要发挥作用；有的很积极地感到要发挥作用，让更多的人知道自己的身价，但不知如何运作；有的按旅游业思路，大刀阔斧地"建设"起来，结果除了原有的物件外，四周都被"现代元素"包围了，甚至把别墅盖进去，城里人活动的项目搬进去，结果面目全非，不伦不类，反而造成了"破坏"的后果。

为此，笔者与镇党委书记黄平辉、镇长赖俊杰作了交谈。他们说，得到这个称号仅一年多，完全是个新题目、新文章。的确，全省至今才有7个中国历史文化名镇，大家同时起步，都在摸索。

党委、政府已反复研究，不断磋商，大约有了目标和思路：向"文化名镇"、"旅游名镇"方向建设，由政府牵头、指导，先做好总体规划，再分期分项实施，并发动全镇群众一起参与。否则，没有共同努力，好的规划也落实不了。特别是分布全镇的祠堂、家庙，要求群众进一步管理建设好。

书记和镇长略谈了总体计划，谈了已实施的项目。比如，整个平和县以两种果（蜜柚、香蕉）、一片茶叶闹翻身，发展全县经济。九峰借文化名镇的获得，提出了"传统文化"、"红色历史"、"民俗活动"、"观光旅游"四大项目，构筑大片的、完整的旅游景区，向文化名镇、旅游名镇方向推进，以促进经济发展、民生改善，抬升全镇社会品位。今年开始他们计划投资2000万元，对历史文化古镇进行全面修复；投资300万元兴建朱熹公园；投资百万元对城隍庙、文庙进一步修缮；继续举办好一些在国内外具有很大影响的祭祀活动、研讨活动，以扩大宣传，增强影响力。

大芹山被称为"闽南第一高峰"，那里水清、雾重，适合茶叶生产。目前已在那里建有4000多亩有机茶叶基地，还有红豆杉、香樟等名贵树种的生态林6000多亩，还有竹笋两用林500

多亩……

他们的茶叶很有影响了：2008年1月通过"中国有机产品"认证，"名峰"商标于2009年11月被评为"福建省著名商标"。公司荣获"中国茶产业十大名牌"、"中国茶业百家观光园"、"2007年茶产业100强企业"、"漳州市科普惠农兴村先进单位"称号；"名峰"有机茶先后荣获"2010年上海世博会特许商品"、"中非共享发展经验高级论坛礼品茶"、"茶界泰斗张天福百岁华诞纪念礼品茶"、"省优质茶"、"省名茶"、"第九届国际茶文化研讨会暨第三届崂山国际茶文化节金奖"、"第五届闽茶杯银奖"、"第十六届上海国际茶文化节'中国名茶'评选优质茶"、"第八届'中茶杯'全国名优茶评比优质茶"等荣誉奖项和称号。

这是好的起步，或者说有了好的基础。至于如何把历史文化名镇做好做强，做得名副其实，的确需要不断地探讨。笔者也只能顾名思义地说点想法。

既是"历史文化"，我想要先把历史上的优秀文化保护起来，传承下去，让人看到这个地方的历史悠久、积淀深厚，从精神上、从文化中表现出、感受到文化品位、精神韵味，为人处世不同凡响、自成特点。还要添加当今的文化，今天就是明天的历史，这样才能使文化不断积淀，具有时代气息，起到承上启下的作用。

笔者以为，该保持原貌的、原汁原味的一定要保留，不要随便改造。试想，砍了一片林木，盖了几栋别墅会怎样？把那些祠堂、家庙改建成钢筋水泥的房屋会怎样？平掉一个山包去开发房地产，或是建高尔夫球场会怎样？肯定非驴非马，弄不好名镇称号也被取消了。

但愿几年后再到九峰，让人吃惊：太漂亮了，那么有文化的九峰！

# 榜眼美名百世扬

## ——谒平和榜眼府

林思翔

　　清乾隆五十九年（1794 年）春的一天，黄国梁逝世的消息传到朝廷，举朝震惊。这位被钦点榜眼、年方 39 的武进士、乾隆贴身侍卫，在即将出任"爪哇王"之际，怎么突然就离开人世？朝廷众臣在为国失良臣而惋惜之余，也对其死因感到不解。漳州籍大学士蔡新此时尚告假在故乡未归，噩耗传来时，这位 89 岁高龄的三朝元老痛心疾首、老泪纵横，后来病了好几个月，失去了黄国梁这位知交好友后蔡相爷常感老迈力衰，上朝都感体力不支。

　　对于乾隆帝来说，这位朝夕相处 14 年、忠心耿耿护卫自己的黄国梁之死，既感悲痛又心生疑窦："听人说国梁是病死的，可他昨日还侍卫在朕身边，身体好好的，怎会半夜暴病身亡？"因过于悲伤，年迈的乾隆帝连续几天不能上朝。此时与黄国梁相识、相知、相处的往事如过电影般一幕幕地在乾隆帝脑海闪回着：

　　那是乾隆四十五年（1780 年），朝廷举行殿试，选拔武科进士前三名——状元、榜眼、探花。此乃选拔侍卫朝廷、保国安邦的杰出人才，非同小可。朕一大早就驾临校场亲任主考，文武百官一齐到场参加考核。当时福建漳州籍的文华殿大学士蔡新坐在朕身边的副主考位置上。

　　动人心弦的殿试开始了。从会试中精选出来的数十名武进士，个个身手不凡，各使出浑身本领，以精湛的武功博得了阵阵喝彩。不一会来自福建漳州的黄国梁上场了。这位身材魁伟、英俊潇洒的青年壮士，气宇轩昂，举止稳重，红彤彤的脸庞上充满豪气，一拉开架势，就如猛虎下山，势不可挡。但见他手握120斤重的长柄大刀，左右飞舞，上下翻腾，人随刀转，刀护身形，舞动越来越快，仿佛无数身形与刀光交织在一起，犹如天地间巨大的银蛇飞舞，寒光闪烁，虎虎生风，足有半个时辰，文武百官看得眼花缭乱，不断发出"啧啧"的赞叹声，朕也看得入迷。

忽然间，黄国梁手中挥舞的大刀脱手飞向半空，这突如其来的险象把在场的文武百官惊呆了！眼看半空中那把大刀似闪电般直劈下来，往黄国梁脑瓜冲去，众人都以为这下非把这小子劈成两半不可，口中不约而同地发出"啊……啊……"的惊叫声。在这千钧一发之际，只见黄国梁不慌不忙，猛地向前来个蛟龙翻身，抬起左脚从背后往空中踢上去，恰巧踢到刀柄，硬是把大刀踢上了天，紧接着又如雄鹰般飞身腾空，迅疾抓住刀柄，轻轻地落在地面，稳稳地站立，然后收回架势，向在场百官拱手致谢，赢得了暴风雨般的掌声和欢呼声。

朕虽有过戎马经历，却未曾见过如此惊险场面。朕走到黄国梁身边，拍着他肩膀说："年轻人，武功太厉害了，你这是什么绝招？"这年轻人京腔说不准，一时答不上来，还是蔡新大学士替他回答："他这绝招叫——魁星踢斗！"于是朕命人拿来笔砚，写了"魁星踢斗"4个字，后又命人制成金匾，赐予黄国梁。

论武功，朕应钦封黄国梁为状元及第，可当朕问他家住何处时，他照实回答："家住福建省漳州府平和县大坪乡铜场鸭母坑。"这位出身闽南贫寒农家的小伙子憨得可爱。朕原本有意钦封他为武状元，然大多数主考官都认为"鸭母坑"，那地方太小了，连乞丐、轿夫都没有，怎能出状元？朕只好把他降下一级，钦封其为"榜眼及第"。然考虑他是位将才，又钦封为御前一品侍卫郎，任职终身。从此黄国梁留在朕身边作为朕贴身侍卫，十几年来一直随朕左右，保卫朝廷与朕的安全。

记得有一次，有人设计火烧后宫，若黄国梁无法救出皇后娘娘，则可以保护不力之名降罪于他。后来朕听说，当熊熊烈火围困后宫大门时，黄国梁纵身腾空，似雄鹰般掠过宫墙往后宫飞去，不到片刻工夫，他身背皇后娘娘从后宫飞出来，徐徐落在宫墙外的空地上。后来又有人借"娘娘长裙刮破一角，露出一节大腿"，向朕告状说，黄国梁"妄图侮辱皇后娘娘"，幸娘娘当即向朕说明真相，长裙破裂系情急之中被宫墙锋利金属装饰物所刮。朕于是当着文武百官，嘉奖黄国梁临危不惧勇救皇后娘娘立下的奇功。

乾隆三十七年（1772年），南陲边境发生骚乱威胁南国安全，戍边将领镇不住他们，边疆百姓屡屡遭殃。此时朕又想到了黄国梁，遂授命他赴云南任提督，统领将士治乱。国梁不辱使命，以威镇邪，迅速平息了叛乱；又以和感召，励耕图治，致使边陲安宁，民泰乐居。南国百姓还恳求地方官员上奏朝廷，表彰提督丰功。

不久前，朕接二连三接到爪哇国番邦叛乱、南洋告急的文书，朕刚批准了朝中重臣的奏章，授以黄国梁"爪哇王"的重任，命其几天后率领朝廷精兵出征南洋。可谁料到，"出师未捷身先死"，国梁竟离朕而去。

……

乾隆帝回想着与国梁相处的件件往事，陷入沉思。又想到其突然身亡且耳闻是被人谋害的，心生愤懑，也想查个究竟。但又有人对他说："国梁火气过旺，半夜里偶然气血冲上脑门，以致脑筋爆裂身亡。"故将信将疑，也就不了了之。

其实，国梁的死因很明确：被人毒死。然何人下此毒手一直是个谜。但许多朝臣都认为一定是和珅死党所为。因为他们害怕深受乾隆帝信任的黄国梁如此次出征南洋，降服番邦，建立功勋，势必更受重用，其声名地位必将更加显赫，也必将威胁到他们的地位。于是一伙奸臣就密谋以为其"饯行"之名，用毒酒害死他。

乾隆帝感念黄国梁之功德，特恩准其亲属要求，赐归故里，并钦命行厚葬之仪。还钦命选用最华贵的特大红木棺收殓国梁遗体，以最隆重的仪式送葬。朝廷大员率领庞大的殡仪队，从京城护送其灵柩回乡，一路哀乐高奏，响鼓齐击，18面爪哇铜钟敲鸣和音，浩浩荡荡，以示隆恩。皇上还御准其灵柩尽可"横行直撞"，殡仪队所经之地"遇府吃府，遇县吃县"，逢山开道，临水搭桥，遇厝拆迁，不得阻拦。当然，其亲属并没有这样做，而是遵照榜眼生前意愿，体恤百姓疾苦，不损民众利益，每遇民房阻路，则绕道而过，即使绕很长的路，费很多时间，也坚持这么做。历经近半年的路上颠簸，才将国梁灵柩运回平和大坪乡榜眼故里安葬。故里成千上万百姓为不幸失去这位早逝的旷世英才而痛哭不已。

黄国梁在朝廷尽职尽责，保国安邦，功德昭彰。为表其功，乾隆帝在位55年就御赐白银1.33万两，命其家人在家乡铜场村建造榜眼府第，以光耀门庭；同时，还赐与建榜眼府同等数额白银建造一座大土楼。历经200多年的风雨沧桑，建在黄国梁故里的榜眼府第与余庆楼，还有黄国梁当年生活过的朝阳楼，及其相邻的古宋永平楼如今犹在。我们有幸走进这些建筑物，感受当年古村落的辉煌。

榜眼府坐落在群山环抱的钟腾村。钟腾村原名铜场村，因村里蕴藏着铜矿而得名，改为钟腾是新中国成立之初为了纪念在村里领导革命的钟骞烈士，取其字偏旁而命名。如今的钟腾村与"柚都"平和县的许多村庄一样，村前屋后、山头坡地尽是柚子，无处不飞绿，遍地闻柚香。依山而建的榜眼府俯瞰如螃蟹状伏在山坡下，府后那两眼泉井便是螃蟹的眼睛。府第大门面对平和著名的双峰山，"双峰耸秀"4个大字镌刻在门楼上。两侧对联曰："一门诗礼流长泽，千载香烟锁白云。"道出了此地系人文、自然交相辉映之地。这山坳里的古村落，在科举年代，考中秀才、举人、进士的就有数十人。

榜眼府殿宇以砖木结构为主，飞檐翘角，雄伟壮观，占地面积达10余亩。主建筑是由上、下两堂与两侧边廊围合天井组成的合院式建筑。正厅上堂悬挂着复制乾隆帝当年钦赐的"榜眼及第"金匾，左右还分别悬挂着"进士"、"举人"、"选魁"、"亚魁"、"文魁"、"武魁"、"会魁"、"俊卫"、"福建巡武都督"等十几块金匾。据说下堂原来还排列着刀、枪、矛、盾等古代兵器以及大鼓、爪哇铜钟等，后来因种种原因有的散失，有的被移往别处。屏风和楹柱上雕刻的古代人物、龙凤、花草、树木、鸟虫等依然可见。大堂6根青石柱从下往上渐次变大，其造型为同类建筑所罕见，极富特色。整座建筑雕梁画栋，巧夺天工。叠木转梁，未用一枚铁钉。主殿两侧分别建有形制完全对称的南、北两列横屋，各屋之前廊左右有门可以互通，内部均有独立的小门楼、天井与厅堂等，只要关闭前门与边门，每屋即可自成一体。在主殿的门前，我们看到一对练武石，每块重达340斤，传为黄国梁年轻时练功之用，其武将雄风可见一斑。榜眼府门前摆放着一对练武石，意在告诉人们，国梁高强的武功是刻苦练出来的，榜眼是从练硬功夫起步的。

与榜眼府相比，乾隆帝赐建的余庆楼由于清末遭遇大火，虽经过修复，仍比较破旧，显得"苍老"。即便如此，其工程之浩大依然令人惊叹。据村民们说，那时的余庆楼"环楼走廊层层有，家家雕饰柳条屏"，瑰丽辉煌。这座用1.33万两银子建起的余庆楼是一座别具一格的三层大土楼，从高处俯瞰，外稍圆而内四方，恰似古代大铜钱。土楼拱形石门上繁体楷书镌刻的"余庆楼"三字犹在，落款时间为嘉庆丙辰年（1796年）端月。楼内的宽阔场地全铺上光滑的鹅卵石。每层均有36间房，第一层东西南北方向各有4个独立的门户。形似铜钱又门户众多的土楼，希冀住户人财两旺。从清朝中期至20世纪末，黄国梁族亲和后裔几十户百多口人一直居住在这里，至今还住着几户护楼人家。他们都以先祖曾沐浴皇恩而感自豪。

与余庆楼相邻的永平楼也是一座土楼，规模与余庆楼相当。然显得更为古老，住户已经说不清它的确切建造年间，只是从楼基边铜绿斑斑的墙体推测是宋朝所建的，因为钟腾产铜，宋代初年就开始炼铜，楼基那铜渣基石传为当年堆积的。"老态龙钟"的永平楼虽不壮观，却见证了山村的悠久历史，在众多的建筑物中，它犹如一位敦厚长者，其貌不扬却同样受人敬重。

紧挨永平楼的又一座大土楼就是黄国梁祖居地朝阳楼。这座始建于明代的大土楼傍山临溪，独占风水宝地。朝阳楼分内外两环，内高外低，呈二环相套（又称双叠楼、双套楼）状，是别具一格罕见的土楼造型。内环12间，外环32间，中间有一条3米多宽的环楼通道相沟通。青少年时期的黄国梁就居住在这里。楼前鹅卵石铺就的场地竖立着四座石旗杆，讲述着黄国梁考中榜眼和举人的荣耀。外大门上方镌刻的"世大夫第"石匾和内楼上方的"朝阳楼"石匾，虽历经数百年字迹依然清晰。楼外小溪石岸边长出的木笔树、含笑树、桂花树，葱绿茂盛，护卫着这古老宅第，成为一道亮丽风景。小溪边那一排青砖黛瓦的古老平房，传为清朝时乡间私塾，少年黄国梁就在那里读书。青山、绿水、土楼、平房，榜眼就是在这样的环境里成长起来的。

钟灵毓秀的钟腾山村，培育着一批又一批人才。当年黄国梁从京城带回栽种的月季花树和玉兰花树以及后人栽种的桂花树，令村里年年季季兰桂飘香。镌刻于榜眼府门楣上的"植桂"、"培兰"演绎为村里人对家教与育才的代名词。"古树数百载，榜眼故里栽；兰桂寓深意，世代育英才。"榜眼黄国梁身上体现的忠心卫国、为官清廉、刚正不阿、驱邪除恶的优秀品德，也随之在这片土地上代代相传、发扬光大。一代油画艺术宗师周碧初的岳父、清末著名书法家黄惠先生，曾在村里创办私塾，乐育英才。他一家人忠心报国，勇敢坚强，为民族的独立和解放作出了很大贡献。村里人战争年代如此，和平时期亦然。从这块土地上走出的人们，都在弘扬着爱国卫民的光荣传统，谱写着为民造福为家乡争光的新篇章。

在钟腾村，我们见到了几年来一直在倾心倾力推动修复榜眼府和土楼的黄仰东先生，这位年近七旬的老先生，为筹措修复资金四处奔走。当我问他为何如此热心时，他爽朗地说："修复这些古建筑，不只是品读它、鉴赏它，更重要的是保护文物、抢救文物，让祖先留下的宝贵文化遗产世代流传、永不泯灭。"说得多好啊！这宝贵文化遗产其实传承着民族精神精髓。领我们参观的村支书黄健全，是一位回乡的大学生"村官"。当我问到榜眼府年代久远，修复何用时，这位新时代的年轻人回答得很干脆："民族文化的影响同样是久远的，我们就是要利用榜眼府这些载体，传播优秀的传统文化。"他还谈道，榜眼府修复后，每年都举行两次大型的文化传播活动：一是年初的榜眼府文化节，全村人都参加，有朗诵古诗文的，有武术表演、广场舞和自编自演文艺节目以及踩街等民俗活动；二是年末的文化交流座谈会，漫谈和交流对传统文化传播和教育的体会，特别是对下一代教育的体会，听众达数百人。正说间，我抬头瞥见榜眼府正堂还挂着一副红布横幅，上书"第三届榜眼府文化旅游节《弟子规》诵读会"，看来刚举办过这个活动。真是古为今用、推陈出新。榜眼府成了新时期村里的"私塾"，一处传播传统文化、书声琅琅的学堂。

日头西沉时，我们才离开村子。暮色中遍地柚子的钟腾村沉浸在一片绿海中，起伏的山头仿佛绿色的波浪翻滚，给人以飘逸的动感。晚风送来淡淡的柚香，令人心旷神怡。"漳州绿化先进单位"、"漳州最美生态村落"、"平和县十大最美乡村"，这些嵌在村里的荣誉品牌在夕阳下熠熠闪光，道出了我们内心的感受。

# 平和土楼报告

### 楚 欣

第一次到平和，是在上世纪 60 年代初。当时这里称得上是土楼的世界，那些散布在山坳里或小盆地上的各式土楼，显得格外醒目。

走进城堡一般、能容纳整个家族甚至几个生产队的土楼内部时，我着实感到惊奇。然而没过几年，一场史无前例的政治风暴，把我从福州"刮"到了平和，落脚于"西半县"的一座古老的土楼里。多年的朝夕相处，它成了我最熟悉的伙伴。

虽然我离开平和已多年，但有机会就"回乡"看看。2008年 7 月 7 日，福建土楼申报世界文化遗产获得成功，永定、南靖、华安三县，欢呼雀跃，气氛热烈，那里的土楼顿时身价倍增，引得游客纷纷慕名前去参观。奇怪的是，平和这边却悄无声息，其拥有众多土楼的事实甚至不为外人所知。如此强烈的反差让我这个视平和为第二故乡的人感到困惑。一问究竟，说是当初申遗时，平和（还有诏安）的土楼并没有被列入名单，至于其中的原因，则众说纷纭。

这次采风前，我在查找资料时发现，一些人为平和的土楼"打抱不平"，其中就有著名的建筑师。于是乎我想，到了平和，应该再去看看那里的土楼，为它们的存在与"复出"鼓与呼。

## 这里的土楼不寻常

2012 年阳春时节，莺飞草长，我随省采风团走进曾经下放 8 年的平和，颇有一种游子归来的感受。

这个昔日贫穷的闽南山区县，改革开放以来，经济、文化等方面的建设取得了长足的进步，到处呈现欣欣向荣的气象，令采风团的同仁们刮目相看。而我，除了"回乡"的兴奋，还因行前的那个想法，同时牵挂着当年无处不在的土楼，不知如今怎么样了？

几天来的所见所闻，得出的结论是，经过近半个世纪的变迁，现在的平和，那些曾经作为主要民居的土楼，已逐步退出历史舞台，代替它的是一幢幢或砖木结构或用钢筋水泥作为原材料、生活设施比较齐全的楼房。这无疑是群众生活质量提高的一种表现。但是，土楼的历史地位与功绩不应忘记，它在一个相当长的时间跨度里，为这里的老百姓提供安居乐业的住所。

据《平和县志》记载，平和县已知年代最早的土楼是小溪镇新桥村的延安楼，它建于明万历十一年（1583 年）。另据一份材料称，目前平和尚存的土楼 474 座，分布的情况是：九峰镇 44 座，芦溪镇 45 座，长乐、秀峰两个乡 18 座，霞寨镇 30 座，崎岭乡 31 座，大溪镇 37 座，国强乡 26 座，安厚乡 29 座，南胜镇 50 座，五寨乡 29 座，坂仔镇 72 座，小溪镇 18 座，山格镇 35 座，文峰镇 10 座。熟悉情况的当地人认为，这个数字不那么准确，明显是少算了一些。

在长达 400 多年的历史长河中，平和人以自己的聪明才智建设家园，土楼从无到有，从小到大，从单一到多样，从简陋到精致，走过成熟，更走过辉煌。有人撰文称，最精美的土楼绳武楼在平和，占地最大的土楼庄上楼在平和，最奇特的单元式土楼西爽楼在平和。这个说法是真的吗？老实讲，我虽然算得上"半个平和人"，但对此毫不知情。看来，这堂课很重要，应该在这次采风的过程中补上。

### 土楼中的精品——绳武楼

绳武楼在芦溪镇。

芦溪是平和的西部边陲，与永定、南靖接壤，曾有"平和的西伯利亚"之称，旧时盛产烟叶与咸菜。记得当年我被借用到县报道组"打长工"时，曾多次奉命前往芦溪采访，也曾多次在春节前遇见那些插队永定的厦门知青，从山的那边艰难步行到此，然后搭车，经小溪（县城）、漳州，辗转回家过年。差不多 40 年了，如今的芦溪有了很大的变化，变得几乎认不出来了。然而由于心中惦记着绳武楼，我在镇上只稍作停留，便直奔目的地。

绳武楼坐落于蕉路行政村溪坪自然村，从镇所在地出发，车程只需 10 来分钟。这座被誉为最精美的土楼，始建于清嘉庆年间（1796—1820 年），楼主乃芦溪十八世太学生叶处侯（乳名贞卿）。然而他只是开了个头，接下去便进入了马拉松式的续建，历经嘉庆、道光、咸丰、同治、光绪五朝，达 100 年左右才最终落成。如此漫长的岁月，极有可能创下一座民居建设时间最长的纪录。

我站在土楼的大门前仰看，发现门楣的石梁已经断裂，但上方的"绳武楼"三字仍然清晰，那是叶处侯亲笔所书，笔法遒劲有力。至于"绳武"二字则来自《诗经·大雅·下武》："昭兹来许，绳其祖武"。绳是继承，武是足迹、功业，绳武的意思是，后人应继续踏着先祖的足迹，建功立业。这无疑寄托着楼主对其子孙的殷切期望。

绳武楼占地 1056 平方米，建筑面积 1266 平方米，楼体分内外双环。内环一层，共有 72 个开间，其中一二层被等分为 12 个各有上下开间和一个天井的独立式单元；三层为环楼通廊，分 24 个开间。整座土楼属于单元式住房与通廊式开间相结合的模式。楼中间的圆埕由鹅卵石铺成，上面有八卦图案。今天的楼内虽然已见不到住家，但我发现有人在酿酒，取水处就是楼内的那口井。

绳武楼的最大特色是它的艺术性。据说为了土楼的尽善尽美，当时先后从全国各地请来石、木、泥等各种能工巧匠几十人，进行了长达数十年的创作。其中木雕就多达 600 多块，分布在房间的小门、客厅的屏风、墙上的壁橱、楼梯的扶手以及梁柱上，且无一雷同，因此被称为"木雕博物馆"。石刻作品的精华则集中在大门上，各种浮雕，构图精美，线条流畅，工艺精湛。泥塑多半散见于屋檐、门槛及墙壁，有狮子、仙鹤、凤凰和蝙蝠等不同造型，形神兼备，栩栩如生。楼内还有壁画，绕圆楼一周，内容相当丰富，虽然已经残破不全，但仍不失其宝贵价值。

为了探个究竟，我先后走进几个单元，虽然屋里的各种雕刻经过长期的烟熏火燎和灰尘的日积月累，已经相当模糊了，但依稀可以看出当年的精美。有一副对联："孝悌忠信，福禄寿全"，粗看似乎没有什么特别之处，但仔细辨认，发现这些字竟是由燕子、蝙蝠、鲤鱼等动物以及铜钱的木雕所组成的，而屏风右侧的横木，还留有"物华天宝，人杰地灵"，"落霞与孤鹜齐飞，秋水共长天一色"等小书行楷，以及花卉浮雕等，充满着浓郁的文化氛围。

最叫绝的是一楼房间的窗户，它装的是里外两层的推拉式木制条状窗门。当内外重叠时，窗门即开；当内外相接时，窗门即关；而调节到一定程度时，内外窗条若即若离，房间内的人可以看到外面，外头的人却看不到里面。我请教陪同参观的当地人，为什么要设置这样的窗门？得到的回答是，封建时代，楼内的未婚女孩子，可以通过这样的窗门，窥视房间外来提亲的男人，看看是否满意，然后禀报父母，以供定夺。妙哉，如此装置，可算得上是在"父母之命、媒妁之言"的封建包办婚姻时代，相对开明的绳武楼的父母们，给心爱的女儿一扇认识外部、获得某种自主的"窗户"。

## 土楼中的"巨无霸"——庄上楼

庄上楼在大溪镇。

大溪与诏安县、饶平县毗邻，当地有著名的风景名胜——灵通山，新中国成立前曾是闽西南革命根据地之一。

据记载，庄上楼始建于清顺治至康熙年间（1644—1722年），楼主为叶冲汉。相传此人曾加入发端于平和大溪、旨在反清复明的天地会，与郑成功的部将张耍（又称万礼）义结金兰，并代其征收税赋，故而有财力建造如此庞大的土楼。

庄上楼的前端为方形，转角抹圆，西、南、北三面依山而建，共有5个大门（即东、西、南、北四门，外加小东门）、2座小山、3口水井、4个主祠、142个开间（楼高三层），另有葆真斋、毓秀堂、半天寮和宫庙等公用建筑。我在接触这个介绍材料时想，如此容量，肯定是一座巨无霸式的"庞然大物"，但也留下疑问，为什么不把小山推平，那样，住在楼内的人，活动岂不更方便吗？

带着想象与疑问，我在村党支部书记老叶的引领下，从小东门走进土楼，迎面所见乃一座宗祠——永思堂。堂前的旗杆石还在。堂内布局合理，大堂、前厅、通廊、天井，错落有致。处处雕梁画栋，构件十分精美。祠堂后便是小山，我当即把来之前的问题抛给了叶支书，问他："为什么不将小山平掉?"他说："那是我们叶家的风水龙脉，焉能随便平掉?"他这一说，我明白了。

行走在庄上楼的各个角落，今天还能看到为数不少的石雕和以立体镂空透雕为主的木刻，可以想象此楼初建时，应是何等的气派。然而在岁月的无情冲击下，当年精美的构件，如今已经损坏严重，随时都有可能从眼前消失，这不能不让人感到心疼。

走过楼内的通道，我们沿着山边，缓步登上八九米高的顶部。如今的小山，为鹅卵石和青草所覆盖。站在高处环顾四周，土楼之大，如同一座城垣，是我从未见过的同类建筑，难怪庄上楼又称"庄上城"。平和县的现代作家更是赞美它，"以王者的风范，宠辱不惊站立在自己的位置上，让风吹过，让云飘过"。据测量，土楼周长700多米，南北相距220米，占地面积3.465万平方米（相当于50几亩），建筑分内外两环，均为穿斗式木构梁架。鼎盛时，居住着1800多人，后来虽陆续迁出，现仍有90多户、400多人住在楼内。

与永思堂背后小山并排，另有一座小山，上面的建筑物是旧时的武馆。武馆边有一个演武场，曾是天地会人员操练之地。当年的人在这里舞弄刀枪棍棒、喝声连天的情景，如今已归于平静。叶支书指着周边告诉我，如今这里，每当月明星稀、和风荡漾的夜晚，便有一些楼内的男女青年，悄悄来此谈情说爱，不少人因此订下终身。从古时的演武场到今日的"爱河"，岁月流逝带来的社会变化，的确让人惊叹!

走出南门，转过弯来到另一座土楼——岳崇楼。此楼规模不大，楼中央是座武庙，供奉关圣大帝，环绕武庙的楼房则是老百姓的住家。庙宇与民居共处一座土楼的格局非常罕见，而更稀奇的是，岳崇楼没有北墙，它直接依靠在庄上楼的南墙上，形成小楼依附大楼的独特景观，人称"连体楼"。

离开岳崇楼，我们又回到小东门，门前是一个呈半月形的大池塘，水面波光粼粼。叶支书说，如果是晴天，离此不远的灵通山身影会出现在池塘上。土楼与名山相映成趣的美景，令许多到此参观的人驻足观赏。遗憾的是，今天的灵通山云遮雾罩，看不见了。说到这里，他发现我存有疑惑，便接着说："我家里还有张灵通山倒影庄上楼水中的照片。"我当即建议："你应该把它放大，挂在你们村委会，还应该将它印在宣传品上。"

## 土楼中的单元式典范——西爽楼

西爽楼在霞寨镇。

霞寨位于"西半县"偏中处，拥有两个盆地（即大坪与小坪）。上世纪六七十年代下放期间，我几乎走遍霞寨的山山水水，而今，望着这块既熟悉又陌生的"旧地"，感慨油然而生。

从镇所在地出发，驱车走向大坪墟旁的西爽楼，这是我当年寄居的地方。

西爽楼建于清康熙十八年（1679 年），距今已有 300 多年的历史。为什么起"西爽"这个名？下放时没有问，如今问当地人，他们说不清楚。于是我想起同名的杭州西爽亭。据载，杭州西湖的那座亭子之所以称"西爽"，是因为湖的西边是山，"西山朝来致有爽气，当于斯亭得之"。平和西爽楼的创业者，是否也因为土楼的西部是山，有爽气而来，故而起了"西爽"的名？我不敢肯定，只能录以备考。

西爽楼面宽 86 米，进深 94 米，平面呈四角抹圆的长方形，整座土楼由 65 个独门独户的小单元围合，楼高 4 层。每个单元面宽 3 至 4 米不等，进深却都达到 13 米多，进门是单层的门厅，墙设灶台，经小天井的侧廊通大厅。大厅既是会客的场所，又是全家人吃饭的地方。

土楼内部有 7 座祠堂（前排 3 座、后排 4 座），祠堂之间呈"廿"字形巷道，而祠堂与主楼之间则呈环形巷道。全楼设一个正门两个边门，大门前，是 15 米宽、90 多米长的大埕，埕前有半月形水塘，早年水塘两端伸出壕沟，就像护城河似地围绕在土楼的四周，以保楼内人畜的安全。

一些建筑师对西爽楼的评价很高，如福建省建筑设计院的黄汉民在其著作中称，西爽楼是"单元式最独特的一座"。最近他在接受《海峡都市报》记者采访时，又一再称赞西爽楼，说它曾"犹如一个热闹的小村镇"。另有文物专家认为，西爽楼既有适合小家庭生活需求的居住空间，又有满足大家庭使用的内院和祠堂，还有供公共活动的前埕。在西爽楼内穿行，犹如走在某个小镇的街巷之中。

1969 年 10 月，我从省城下放到西爽楼。起初曾担心能否被接受，但事实告诉我，这里的村民既淳朴又热情，无论是老者、年轻人还是小孩，都不嫌弃前来接受"再教育"的异乡人，我很快融入了他们当中。

那时的西爽楼，白天非常热闹，青壮年出工时互相招呼，结伴走出楼门；在家的老人、妇女忙着洗洗刷刷，也没闲着；小孩子们则在楼内的小巷玩耍。可是到了夜里，整座楼显得非常冷清。因为没有任何文艺生活，更没有电视，人民公社的社员们只能按照老祖宗留下的规矩办，"日出而作，日落而息"。

根据大队的安排，我与另一位下放干部借居在卢秧老阿婆家里，她无儿无女，独自住在底层。我们住三楼，房间里空空荡荡，只有用门板和凳子搭起的临时床铺，挂着两张蚊帐，实行"一床两制"。白天，我们或是随社员外出劳动，或是根据大队的安排，作些社会调查，夜里则早早休息。然而就在我逐渐适应土楼生活的时候，县里却要我离开，去报道组工作。后来的几年，我来回于县城与西爽楼之间，就像读中学时，来回于学校与老家之间，感受到浓浓的亲情，直到后来我调回福州，这才真正离开了西爽楼。

这些年来，我曾回过西爽楼4次。而今，第五次回到西爽楼，上年纪的人还能叫出我的名字，特别是那位打开祠堂门的人，竟是当年给我们做饭的另一位老阿婆的孙子。他的父母知道后，立即从土楼的附近赶来，尽管其中的一位已经30多年不见了，但都一眼认出了对方，且兴奋得亲切相拥，彼此有说不完的话，而说的都是当年的人与事。

离开时，回望倒塌严重的西爽楼，既难过又无奈，但愿它能得到一定的修复。对于这座土楼，我有一种难以忘怀的情结，十年动乱期间，是它接纳了我，给我以温暖，今后无论其命运如何，在我的心中，它都会像初见时那样，巍然屹立。

## 期待重现土楼的辉煌

除去上面说的绳武、庄上、西爽3座土楼，采风期间，我还去了另外几座，总的情况可概括为："破损严重，前景堪忧"，即便是被评为全国重点文物保护单位的绳武楼与庄上楼，也存在相当多的隐患。或许有人要问，这是为什么？依笔者管见，原因主要有二：其一，平和土楼的建筑年代较早，多半是明末至清代中叶，至今已有二三百年乃至三四百年。岁月无情，备受损坏是不可避免的事。其二，最近30多年来，因人口增加，更因生活得到改善，土楼里的人纷纷搬迁到外面另建新宅，无人居住的土楼最容易倒塌，而且常呈"多米诺骨牌效应"，连续倒，倒得快。西爽楼就是如此。

值得欣慰的是，此次采风过程中，听到了许多干部与村民谈及土楼。他们说，土楼是祖宗留下来的老屋，我们过去不够重视，造成了损失，今后应该吸取教训，妥加保护。可以看得出，他们不仅说了，而且在不同程度地实施中。印象最深刻的是参观霞寨镇钟腾村的榜眼府，这座古建筑修缮得相当好，当地干部意犹未尽，又带我们去附近看余庆楼、永平楼、朝阳楼，并告诉我们，他们准备依靠村民自筹、社会捐赠与国家资助相结合的办法，修复这3座土楼，以再现其当年的辉煌。

我以为，不寻常的平和土楼是宝贵的建筑文化遗产，保护它，留住一些人在楼内居住，并不断改善基础设施，提高住户的生活质量，不仅是当地老百姓所要求，也是现实的需要。政府部门应该高度重视，认真规划，投入必要的物力财力，精心组织。此外，还应该做好宣传工作，让外面的人知道平和有众多值得一看的土楼。倘能一一做到，则是平和土楼之幸，更是平和老百姓之幸。

放眼未来，但愿我的这个期待不是梦！

# 通往世界的心桥

王晓岳

一

两座土楼就要消失了，这是漳州平和县崎岭乡下石村规模宏大的两座圆形土楼。

两座土楼傍着东西走向的一道山涧，山涧不足 10 米宽，深度却在 10 米以上，一条溪流奔腾在山涧之中。溪北的到凤楼乾隆年间建造，300 多岁了；咸丰年间竣工的中庆楼坐落在溪流的南岸，也有 280 多年的历史了，它们均已风烛残年，虽然外观依然壮观，内里确已腐朽。进得大门首先映入眼帘的是几处断壁残垣，瓦砾中的茅草比人还高。没有坍塌的楼层也岌岌可危，残存的房屋房门破了，环道断了，屋顶漏了，几根折了的椽子吊在屋檐上，透着破败中的凄凉。

两座土楼中的村民几乎搬空，到凤楼里仅剩下一位 83 岁的孤寡老人，中庆楼也只剩下耄耋之年的两位五保户。到凤楼中的老人叫石珠廉，每天都要到土楼院中的井台边坐坐。水井已被填死，是怕调皮的幼童不慎落入。但井台是石珠廉对这座土楼最温馨的记忆，往日几百号人住在这座土楼里，家家户户都要到这口井里提水，井台便成了最热闹的地方，孩子们在这里嬉笑打闹，男人们在这里划拳饮酒，老人们在这里喝茶纳凉，女人们在这里说家长里短，谈儿女婚事，讲世间奇闻，就这样一代又一代地传承着乡风乡俗、乡恋乡情，传承着对土楼生活方式的依恋和敬畏。然而这一切都消失了，土楼人家都住上了钢筋水泥建造的洋楼，搬到了一公里外的山脚处，这里成了被村民遗弃的旧址……

想到这一切，石珠廉老人便油然生出了诀别的伤感。

突然有一天，一位骑着摩托车戴着太阳帽的年轻人走进了土楼，也走进了老人的伤感。这位敦实健壮的青年叫陈建生，清华大学建筑学院李晓东教授的学生。李教授正在研究的课题是"个性建筑实验"，他打算在中国农村做一座公益性的建筑，这座建筑既要与环境相生相融，又要能给农村和农民带来积极影响。他让陈建生帮助寻找一处合适的地方。陈建生花了一年多时间，走访了许许多多的贫困乡村，包括少数民族的山寨，却总也找不到这种既能与大自然对话，又能引起农民共鸣的建筑之地。于是，他想起了自己的家乡平和，想起了自己童年居住过的土楼。然而，当他走进下石村的土楼时，仍然无法承受那种意想不到的视觉冲击，他立马想到了战火和地震，但他明知不是战火与地震的破坏，还是不敢相信土楼家园的失落竟然到了令人扼腕的地步。土楼不仅是大地灵魂的雕像，也是福建客家人心中的图腾，一旦土楼消失了，土楼文化、客家精神还有依附吗？

他马上拨通李晓东教授的电话："老师，我终于找到了一处理想的地方，一条山涧溪流，两座即将消亡的土楼，亟待抢救，土楼和土楼文化。"

二

当李晓东站在下石村两座土楼的面前时，深切地感到曾经让下石村引以为豪的这两座伟大的建筑已变成空洞的符号，荒凉和颓败气息不免袭上心头。他反复思考着一个命题："如何让一座建筑与土楼形成关联？如何让精神重返家园？"

建一座桥，一座跨越溪水连接两座土楼的桥，是他最初的灵感。

李晓东认为，这座桥首先应该是一所希望小学，小学依偎着土楼，如同孩子在母亲的怀抱之中。当然，孩子们有一个舒适的地方上课很重要，别让他们晾在寒风中或晒在烈日下，课堂就建在桥上，有钱难买顺河风，桥上建课堂，利用自然条件调节冬夏室温，绿色环保，一举两得。这座桥梁又或是一间图书馆，还是村民活动中心。总之，这座多功能的桥梁是一座个性化建筑，应该是具备精神凝聚力的公共空间，应该有一个响亮的名字："桥上书屋"。倘若如此，这座桥梁既有传统精华的映照，又有时代特色的内容，古代和现代、过去和未来便一脉相承了。

建桥的理念确定之后，便是形式和内容上的探索。李晓东说，西方的桥梁建筑强调的是力量，因此，沉迷于高大雄浑，处于世界著名桥梁排行榜首位的伦敦塔桥高约 60 米，登塔远眺，可尽情欣赏泰晤士河上下游十里风光。中国传统桥梁建筑的精髓是移步造景、曲径通幽，如绍兴现存的 604 座石桥，实际上是连街接巷的一座长桥，五步一登，十步一跨，构成了特有的水乡景观。但这两种艺术形式都不适合下石村的环境，因为西方的建桥艺术需要高度，中国的曲径通幽则需要长度，然而在两座土楼间建桥，高不得也长不得，该当如何？

李晓东酷爱中国绘画，他的艺术基因告诉自己：对于习惯用笔墨渲染的中国人来说，最好的表现形式是大写意。大写意的真谛在于"真情、简约"，在于写出自己对自然、人生的理解，把主题内涵写成一首诗。如在两座土楼间建一座古色古香的廊桥，未免就太写实了，就板滞了，只有不拘泥于一个桥墩、一个拱面的挥洒，才能成就"桥上书屋"的真情和简约；只有大笔一挥，在小溪之上、土楼之间写下一个"一"字，方能写出江河源头古老村落的气韵来。这个"一"字，就是腾空横架在山涧溪流之上的一个现代化的廊桥。廊桥由3节"集装箱"箱体连接而成，中间一节是图书室，两头是阶梯式的教室。教室两端各自延伸着一个平台，如同登陆艇的跳板，一跳便跃入土楼大门。如此一来，廊桥便成了两座土楼的纽带，土楼也就成了拱卫廊桥的桥头堡，就像孙儿牵手爷爷，爷爷护着孙儿，多么迷人的一幕亲情啊！

李晓东觉得，这个"一"字是道枯笔，虽然遒劲有力，但缺少点东方的曲线柔美，缺少刚柔相济，因此必须加一道润笔——在廊桥之下，附一道"之"字形的吊桥，专供村民行走，孩子们上课时也不受打扰。

明眼人一看便知，"一"字形廊桥钢梁结构，内饰木板，外饰木条格栅，其骨是西式，其表是中式；"之"字形吊桥系钢索结构，其形是中式，其里是西式，这种表现形式的复合是世间独一无二的，是李晓东教授的匠心独运。建筑属于它所在的时代，同时也渴望不受缚于时代，渴望永恒。李晓东渴望这座桥上书屋是下石村的，也是世界的。

李晓东设计的桥上书屋于2008年9月1日开工建设，2009年8月28日投入使用。书屋总长仅28米，宽8.5米，实在说不上宏伟，但自从桥上书屋落成，这里便有了笑声、歌声、读书声，两座土楼之间的空间又成了下石村村民最喜欢的交流活动中心，成为孩子们筑梦的地方，桥上书屋催活了山村的历史。

苦心人，天不负。2010年来自世界各地的401项建筑工程角逐世界建筑领域一项权威性大奖——"阿迦汉"建筑奖，结果仅有19项工程入围，其中5项工程获奖，桥上书屋是我国唯一获此殊荣者。

"阿迦汉"建筑奖评委们给予桥上书屋的评价是：桥上书屋是一个生命体，它延续了相应的人文价值，影响和改变了当地村民的生活方式。

## 三

2012年谷雨前后，我两次造访桥上书屋。我原以为这座闻名于世的现代化建筑是座钢铁和水泥的雕塑，第一眼看到的却是木条格栅装饰的一座木屋，淡黄色的桉树原木木条间歇地排列着，它在翁郁的山林间与两座土楼交相呼应，色调和谐，却又充满张力。

一座建筑最难处理的不是结构，而是色彩与环境的匹配。桥上书屋周围是青绿山水的冷色调，如何与朝霞夕照的暖色糅在一起？李晓东用了简简单单的一道玻璃幕窗和一道自然原木的栅帘，便构成了外部世界与桥上书屋的一道界线——满山的柚林挡在窗外，似乎渐去渐远，只留下一片浓绿的底色；清晰可见的是高高的修竹、宽大的美人蕉、纯黄的金盏花、大红的三角梅在溪间摇曳，溪水像烟云淌过，好静，好美。一道玻璃、一道栅帘，便实现了桥上书屋与大自然的对话，实践了天人合一的概念，实在是大手笔。

那天，73岁的石茂火老人接受了我的采访，他是下石村文化管理员，凭着这一"官衔"每月领取300元的"俸禄"。他多次推辞不受，乡上说，不领不行，桥上书屋不仅是下石村的公共财产，更是一处风景名胜，总得有一位热心人看护。

石茂火实际上是桥上书屋的守护者。

石茂火的房屋就在到风楼的边上，距桥上书屋最近，但这不是他成为桥上书屋守护者的理由。过硬的理由是，李晓东教授和承建单位——漳州鑫盛工程有限公司极力向乡里和县里推荐他守护桥上书屋。

桥上书屋动工兴建时，石茂火就义务帮施工队看管工地上的建材，不管是春寒料峭的夜晚，还是蚊虫叮咬的夏夜，石茂火就睡在工地上，寸步不离。工程竣工时，漳州鑫盛工程有限公司给石茂火1000元人民币作为酬谢，老人说啥也不肯收。他对人家说，你们辛辛苦苦地为我们下石村建桥上书屋，这是积德行善，我帮忙是应该的。

桥上书屋获得世界建筑大奖后，每天都有百余名游客前来参观游览，其中不乏国外的游客。

有天，乡里通知石茂火，有两位英国人要拍桥上书屋专题片，你当一下导游。石茂火跑了五六里路，一直到国道与村道的接口处，替客人租了辆摩托三轮，连人带器材满满一车，车到地点后，英国客人只掏两元人民币给三轮车师傅。三轮车师傅笑着摇头，英国客人表情夸张地做出不解状，石茂火连忙掏出10元钱递给三轮车师傅，这边还连连致歉：别动气，人家千里迢迢是替咱宣传的。

两位英国摄影师十分敬业，有时爬到土楼的窗台上俯拍，有时下到十多米深的溪水里仰拍，前前后后拍了两天，县里没派翻译，乡里也没安排饮食，石茂火心想，有朋自远方来，总不能让客人饿肚子，他就用手比划着与客人交流，问客人吃干饭还是吃稀饭，客人一看就懂，手语回答吃干饭。石茂火连忙生火做饭，每天午时一餐，猪肉、鸭肉和自种的两盘蔬菜，客人吃得香甜，吃饱后不忘竖起大拇指称赞一番，就是不提给钱的事。石茂火不仅没有抱怨，而且还心甘情愿。他对我说，桥上书屋给了下石村千载难逢的机遇，一个走向世界的机遇。外国人拍了桥上书屋拿到欧洲去宣传，感谢还来不及呢，两顿饭算个啥呢。

这就是下石村的农民，他们相信桥上书屋是下石村走向世界的桥梁，心存希望，心存感激。

石茂火不仅对两位英国摄影记者好，对国内外的游客也是一片赤诚。到目前为止，石茂火用农家饭菜接待过英、美、法、日本、瑞士、瑞典、蒙古等国的客人和香港、台湾的游客，两荤两素，四菜一汤，客人若付钱，一位只收 8 元，不付款的，概不索要。2011 年 5 位中山大学的学生利用暑期前来桥上书屋义教两周，这两年，每逢周末，厦漳泉也有大学生来桥上书屋义务辅导村里的孩子，对于这些学生娃，石茂火经常免费接待。

石茂火说，他每月有 300 元补贴，家里还有十几亩柚树林，不缺钱，花点小钱，让客人们乘兴而来，满意而去，何乐而不为。

商品时代，许多人把风景名胜当做赚钱的门路，石茂火却贴钱买吃喝，有人说他一根筋。石茂火说，下石村祖祖辈辈不曾想过名扬天下，现在点一下中国和外国的网络，都有下石村和桥上书屋，日本东京大学一位教授从网上看到桥上书屋的信息，来这里拍了许多照片，制成了日本挂历；我们台湾东升电视台拍了桥上书屋专题片在台湾播放，下石村在日本在我们台湾地区可有名气啦！如今，桥上书屋成了漳州的一张名片，成了世界观察中国的一个窗口，我花点小钱，做一点点贡献，你说值还是不值？

在石茂火眼里，桥上书屋不光是一座学校，一座遮风避雨的风雨廊桥，它又是一座希望之桥，是下石村人面向全国，放眼世界的一座心桥。

告别石茂火时，老人把珍藏的一份资料给了我，打开一看，是李晓东教授寄给他的一篇文章：《我与桥上书屋》。陪同我采访的小蔡姑娘是崎岭乡政府的工作人员，她嗔怪道："石爷爷，你太偏心了吧，我带客人来你这里没有上百次，也有几十次了吧，每次都是我解说，爷爷怎么不把李教授的文章给我？"

石茂火只管憨憨地笑，笑毕，轻声对小蔡说，人家能让桥上书屋走得更远嘛。

　　走了好远，我依依不舍地回望桥上书屋，阳光透过薄雾撒在原木装点的桥身之上，书屋像镀了一层金子，桥下的溪流，桥畔的花草拥着这座金光灿灿的书屋，那情景便深深地刻在了心里。

　　我欣赏过赵州桥的古朴苍老，领略过悉尼大桥的矫健雄伟。然而，我却总是惦记着下石村的那座被称作桥上书屋的心桥。

# 秀峰山幽处：太极古村，水韵廊桥

## ——探访平和县秀峰乡

哈 雷

对于平和的向往完全源自一个人——林语堂，缘于他对家乡的热爱。一次，林语堂到香港看二女儿林太乙和女婿，女儿带他四处逛了一圈，还对他说，香港有山有海，风景像瑞士那般美。可林语堂却不以为然，他回答说："不够好，这些山不如我坂仔的山，那才是秀美的山。"说到此林语堂不禁叹道，"我此生没有机会再看到那些山陵了。"他说自己置身于纽约的高楼大厦之中，听着车马的喧嚣，却是常常恍然若有所失。"我经常思念起自己儿时常去的河边，听河水流荡的声音，仰望高山，看山顶云彩的变化。"

因为林语堂，平和在我的眼睛里变得神秘起来了，是怎样的一幅山川图景造就了一代文学大师亘古不变的淳朴、自信、平和、宽厚的"山地人生观"呢？

在我久久流连林语堂家乡美景不愿离去时，平和县新闻中心的记者黄水成对我说："平和美的地方太多了，越往西越美，人文、自然景观越有看头，秀峰乡就是一块纯然未琢的璞玉！"

一

福塘位于平和县秀峰乡，黄水成熟练驾驶着县新闻中心的采访车，一路上热情地给我介绍秀峰乡的人情风俗。坐在车上一边听他说，一边欣赏沿途美丽的乡野风光，一种久违了的泥

244

土的芳香迎面扑来。从县城到福塘村 70 多公里，抄近路 50 多公里，可省去 20 公里的路程，但是山道狭窄崎岖，比较难走。多年的记者生涯让我和黄水成都有种喜欢探险的性格，我们决定还是抄近路走，我们更相信"无限风光在险峰"。车子爬过了一座又一座山，山花翠竹绿树不停闪过，山风清冽，让你在初夏的山野里心旷神怡。正沉湎景色中，突然眼前山底下出现一座村庄。黄水成说这就是福塘，我们就在这停下来，找个角度好好观赏福塘村的全貌。

放眼望去，福塘村面积 3.6 平方公里，周围山陵龙盘虎踞，是一个四面环山的小盆地，被海拔 800 多米的五凤山脉所环抱。一湾溪水成 S 形状流入村中，正好是一条阴阳鱼的界限，将村庄南北分割成"太极两仪"，溪南"阳鱼"、溪北"阴鱼"，鱼眼处各建有一座圆形土楼：南阳楼、聚奎楼。从高处看，全村宛如一个道家阴阳太极图，笼罩着浓厚的道教神秘色彩。此溪当地人称为仙溪，溪水进入太极村，由西到东，左转右旋，既供村边农田灌溉之用，又保村内生活所需。村落屋厝边、水口处、田垄上，古梅、香枫、枇杷、桃树稀疏相映，摇曳多姿。

村内各座古厝散落村中，井然有序，熠熠生辉，可谓地灵人杰、钟灵毓秀。福塘村就坐落于这块如画的风水宝地上，不愧为人们称道的画里村庄，到处是一派人与自然的和谐画面。这样的山色很容易让人沉醉，好在一阵山风袭来，把我们从沉湎中唤醒，才想到要继续上路。不多时车子就下到了福塘村，到村口迎接我们的是秀峰乡党委副书记张东升和福建省美协会员、平和县文化馆副研究馆员朱镇生。

山水环抱是人们择居的先决条件。福塘村也不例外，前有好似笔架般的山，后峰如卧虎，左青龙，右白虎，中间还有一带环水。这是山里人讲究的风水地理。"其实这个村庄就是一幅太极图。"从福塘村走出来的朱镇生是最早发现的人，他对村庄的历史非常了解。多年前，在平和县城工作的他回到家乡探亲，在偶然间他在村外的山上惊喜发现，福塘村就如同一幅太极图。从此他开始整理和撰写了《走进福塘，领略'太极村'风韵》等系列文章，只要是来福塘采访的记者作家，他都如数家珍津津乐道地推荐他的家乡，这些年来福塘太极村小有名气，和他的热情和努力是分不开的。

他直接就把我们带进了村口一排古民居前，看来是年久失修的缘故，房子皆已破旧，但都还住着稀少的人家。墙上刷着那个时代的标语，其中有一幅是注明1952年5月28日题写的"反对细菌战"几个字，似乎一下拉近了在黑白战争片里才有的那段历史。残垣断壁，蛛网苍苔，只有那青砖墙依然坚实地屹立着，述说着当年这家主人曾经的荣耀故事。

在福塘村宗庙的门口，一块石碑吸引了我的视线，按照碑文上的文字，可以得知它是明朝天启年间立的，至今已380多年了。这块石碑上镌刻着题名为《禁约碑记》的碑文，禁止村人巧取豪夺。几年前，这块石碑曾经被不知情的村民当成普通的石板，架在村里的水沟上，供路人行走。石碑上一些文字虽已被磨损，但仔细察看却还依稀可辨。

据村里上年纪的老人讲，明朝时村里有人巧取豪夺农户的钱财，还抢夺庄稼所必需的粪便，为整治这些不良风气，结合当时县衙出台的有关严惩对策，当时村民自发组织立下此禁约碑，号召全村共同维护此约定。碑文最后还刻有村里的几大姓氏：朱、杨、黄等，以此说明这是村里共同立下的规矩。在明朝，这个村庄就自发立碑，立下村规民约，可见福塘人亦有最原初的法制观念。

"福塘村大致建于明万历至清顺治、康熙年间，由南宋理学家、教育家朱熹的第18代孙朱宜伯始建。"朱镇生见我看得仔细就特别介绍说，朱氏后人对教育非常重视，福塘村在建村伊始就设有书院，在农耕社会村民因读了书，也就比较开化，因此共同设立村规民约也很正常。

朱镇生沿着村道带着我们一户户地介绍，站在这些深幽的大院门口，不用进去，只屑看一眼这青瓦楞青砖墙，以及门口的一池荷花，满园蔷薇花，庭院里的雕梁画栋，你就能感受到那深藏了数百年的古老文化气息和农家人爱美的心情。在一家院门口站着一个中年农家妇人，她见我们走来，微笑着招呼我们进门。走进她家位于大院的一个侧井客厅，环顾了一下四周，古朴而又有生活气息，特别是天井里种植的十数盆兰花，有的已经含苞待放了。在中国人的文化里，兰花具有独特的象征意义，自宋代文人画兴起以后，兰花就成为艺术家最重要的绘画题材。古人把兰花看为君子，气节高雅而脱俗，品性清高。所以古代文人士大夫每每以兰花自喻，并多有在居室或家中养殖兰花，以自省。孔子云："芝兰生于深谷，不以无人而不芳；君子修道立德，不为困劳而改节。"而在这里，一个偏僻的小山村里一个农家居然养殖了这么多的兰花，他们手有兰香，眼里有幽兰，心里就会揣着山里人的那份淡定和闲适。

## 二

福塘太极村大致形成于明万历至清顺治、康熙年间，历代加以完善，是平和县原朱氏富族聚居区，由当年因避战乱而逃至此处的朱宜伯，根据这里的自然条件、山川地形精心筹划始建而成。朱宜伯谙知天文地理，"依太极图形，取不败之意"，造土楼、筑码头，建城池、学馆、祠堂及大批民宅，为福塘太极村奠定了基础与格局。

太极村四面环山，青山如屏，地形略洼，南面五凤山，其状如"火"，号称"南天一柱"；北面谓之秀峰山，其貌似

"水"，缠绵而锦簇；靠南为"阳"，居北为"阴"。而太极双仪定位之点南太极的鱼目"南阳楼"位于南山，始建于清乾隆年间，由朱宜伯手创，楼高3层，状如蘑菇，装修别致，气势恢弘。南阳楼年久失修，已经严重残缺了，大门没有了牌匾，只剩下石柱子。上世纪90年代初，上海电影制片厂在平和县拍摄革命历史题材电视剧《平和暴动》时，导演选中的主要外景场地就在福塘太极村的南阳楼。独具慧眼的导演，看重土楼遗留下来的残缺美，在此地导演了一场赤卫队员在土楼里宣誓起义、磨大刀的场景。

太极双仪定位之点北太极之鱼目聚奎楼位于塘背村。据介绍，园楼的所在地原来只是一口稍大的古井，井水清澈甘甜、源源不断，被堪舆家视为北太极之鱼目。1926年，以旅泰爱国侨领杨友政夫妇为主，花了6年时间兴建了聚奎楼。该楼高3层，以八卦形式设计，以古风格与现代民居相结合，楼内3间一单元的布局，是目前发现的土楼中所独有的。装修也十分精致，楼内门窗均有石雕楹联字画，楹联诗文清新简洁，寓意主人高雅的情怀。

太极村的古民居建筑大部分修建于清代康乾盛世期间，以南北朝向为主，依山傍水，布局合理，结构精致，造型美观，风格独具。该村至今尚遗存有明清时期的古民居62座共858间，多为砖石结构的大厝，家家户户有天井、花台、八卦井（也称阴阳井）；根雕、古瓷、古玩、字画比比皆是，屋宇雕梁画栋，雕花贴金，古色古香，十分精美。古民居内太极图、动物花草、人物神话故事等当年精美的木雕绘画，如今还依稀可见。

太极村古建筑的大门上绝大多数镌刻"门珠"，雕有大篆、小篆、葫芦篆、鸟线篆等各式各样的篆书石刻文字，其文字内容亦十分丰富，极少雷同，如"千子万孙"、"福禄寿全"、"双喜临门"、"福寿双喜"、"诗礼传家"、"合社平安"等等,凡此种种,都寄托着屋主人对人生、社会的美好愿望与追求。

古民居中最气派的当属"寿山耸秀"楼。大门正对着南山,这是一座内阁中书郎府第,修建于清朝乾隆末年。府第有3扇大门,平时只开左右耳门,只有达官贵人到来才开中门。大门前"文官下轿、武官下马"石碑一直保存到上世纪末。大门上面象征府第等级的"倒吊莲花"还在开放着。

太极村历代重视文化教育,崇文敬儒。据平和旧志记载,在明末清初,即建有桂岩书院、文峰斋书馆,免费招募本地及乡邻子弟入学,高薪到外地聘请名师执教,文风鼎盛。

太极村之文人,多有通晓音律之雅趣。据传,古时有专门演奏古乐之曲馆及八音班,就设在南阳楼毗邻的茂桂园内,而其鼎盛时期当属成立于抗日战争时期的福塘醒民潮剧团。

修建于嘉庆初年的南山木架桥之桥南岸,建有一座砖石结构、高近二丈有余的字纸塔,塔底座为青石浮雕,塔身为青砖堆砌,并有砖雕纹饰,外观精美,造型别致,独具匠心。塔专门用于焚烧写有文字墨迹的废纸、稿件等,以示古人对先贤、读书人的敬重。

三

福塘村被称之为太极村,不仅仅是从高处俯瞰该村颇像阴阳太极图,其细节也留存许多对太极文化的崇拜。如今的福塘村有着1000多户人家,4000多人口。他们信奉道教。在留秀楼里可见太极八卦图形天花板客厅,其巨型八卦图案更让人耳目一新,还有镶嵌着太极八卦图形的屋脊装饰,连天井也是用鹅卵石装饰成的古太极图案。此外,在福塘村,原来有28口井是根据太极的28星宿定位建的,其中有8口阴阳井。茂桂园楼的阴阳井，中间有一堵墙把一口井一分为二，两户人家共同用这样的一口井。"土墙把两个住户隔开，水井又把两家人的心连在一起。"朱镇生介绍说，阴阳井的设计除了建筑成本的节省，还显示了前人和谐共处的良苦用心。

水是生命之源，也是财源。如果说街是村的骨髓，水就是村的血脉。灵动的水赋予了福塘古村落水样的灵性。村里人自豪地说福塘村子处于玉带水环抱之中。风水有句话："门前若有玉带水，高官必定容易起。出人代代读书声，荣显富贵耀门间。"在风水中，"得水"是最重要的。

"这条溪流叫做仙溪。"朱镇生指着清澈可见鱼虾身影的溪水说，这条溪由东而西进入福塘村，左转右旋，流经长乐乡、粤东三河坝入韩江，经潮州、汕头注入中国南海。仙溪蜿蜒成S状，"南北两侧各有一座圆形土楼，南阳楼和聚奎楼，就是太极鱼目。"朱镇生指着这条河流说，仙溪将村庄南北分割成"太极两仪"，溪南"阳鱼"、溪北"阴鱼"，溪南的鱼眼古民居密集，而溪北鱼眼周围则是农田，"农田种植上庄稼，四季都会变化，太极图案的颜色就一样，因此此太极是活太极。"

据朱镇生介绍，福塘村曾水涝不断，朱宜伯利用得天独厚的地理条件，改村中的直溪为曲溪，筑码头、建城池等。村庄经过改造之后，几乎不再受洪水侵扰。

处于这样好的风水格局，福塘人还不满足，在建筑物上费尽心思，注入风水的灵魂。不管豪宅还是小屋，其门口、天井、通道等大多有门珠，石砌成的图案，有镇邪扶正的意思，又提醒族人商农并重。我只是走马观花地看了福塘村古民居的一角，但也似乎从中领略到了平和早年文化的博大精深，望着这承载着历史承载着客家文化深厚底蕴的福塘古民居，读着"敬祖不敬神"的客家古训，越发觉得"耕读为本"的客家思想，是造就一代代贤人名仕的座右铭，并且这些思想仍然影响着现在的福塘人。虽然采访时间短暂，这山野僻静处尽然蛰伏这么丰富的古民居，每一座都吐纳着古朴的客家民俗民风，让我领略着灿烂的客家文化内涵，不禁使我从内心深处发出赞叹！

平和县准备将福塘太极村打造成"太极客家第一村"，并提出了"太极古村，水韵文风"的保护主题。据说，中国社会科学院旅游研究中心副主任、研究员李明德也慕名到太极村。在他看来，福塘太极村作为遗产，保存相对比较完整。此外，建造太极村当初是选择风景、环境非常好的地方，现在福塘太极村生态仍然非常好。他说，这个村落生活、生产融为一体，不仅能看到文化的遗存，还能看到生产的影子，在我巡行的村落古厝边，大片田地至今犹存。

对于福塘太极村的保护与发展，专家也提出了建议：要注意文化的继承性，不要过分追求商业化而损害文化。"只有有人，才有风景，如果没有当地人的生活，这里就不是风景。"李明德说，福塘太极村要注重生态，只有感觉美了，人们才会停留，才会驻足观看。

## 四

流连在太极村中，不觉天色微冥，暮霭四合。见我余兴未了，秀峰乡党委副书记张东升建议我再跑一个点，到离福塘10多公里的龙岭村看廊桥。

虽然已经饥肠辘辘，但禁不住廊桥的诱惑，车子在山道上走了20分钟，就到了龙岭村。龙岭村在山坳里，啁啾的鸟儿已经沉寂，田里蛙鼓声声，烟岚和雾气笼了上来，一个小山村犹如环绕在仙气之中静谧阒然。

村四周500亩的椎树林碧绿葱茏，生机盎然，行走在山涧之中，尤其是村头那200多亩原始林带，老树缠蔓，古老而神

·秀峰山幽处：太极古村，水韵廊桥·

奇，空气特别清新；一水从山上淌下来，数间农舍坐落在山间，炊烟袅袅；村里还有两座近300年的土楼颇有古韵遗风，再与这静逸悠远的自然景色结合，俨然是一幅世外桃源的景象。

楼前几十米处水塘上是一座木制廊桥，建于清乾隆年代，全桥不用一颗钉子，全木头构架，东西走向，横跨在水塘上，16根石柱将它撑起。桥全长40米，隔成4间，4间房前面的走廊，宽约1米左右。建造这座廊桥的由来，据传是桥对面的锥树林里有一座诡异的岩石，叫"七星岩"，风水先生认为这岩石是"火"，直接对着天水龙文楼，犯风水大忌。于是他见招拆招，在土楼前挖了一口水塘，以水克火。单凭着水火相克还不够，他还力主建了一座廊桥，将门楼和七星岩隔开来，廊桥就起到了玄关的作用，避免了直接地相冲。正因如此，才有了这座廊桥。

中国古典美学与农业文明的关系是一个饶有兴味的话题。有学者认为，古典诗词基本上由农业文明的意象体系组成。青峰，斜阳，皓月，江流，细雨润物，落木萧萧，孤舟野渡，草长马肥……对于诗人来说，农业文明已经从生存依赖的环境转换为精致的美学体验对象。

近年来人们乡村审美情结的生发从某种意义上说也是人对自身价值的回归。我却看到有这么一批外出打工的村民，他们敏锐地感觉到了山村潜在的生存意义，放弃大城市打拼的机会，毅然返乡。接待我的龙岭村党支部书记曾凡良就是这样的一类人。

"2009年的春天我面临一个艰难的选择，到底是回来当一名村官呢，还是继续在城里打拼呢？"曾凡良说。他原本在江西赣州有一家面包厂，还有一个长运公司，生意正红火。在一次招商会上，平和县领导对他说："一人富不算富，你还是回来为家乡做点事吧！"于是他决定回去。家人反对说："你傻啊，回来当个月薪 200 元的村官，何苦呢?"可是他并不犹豫，走马上任该村的党支部书记。

龙岭村距县城近百公里，是平和最偏远的一个老区基点村。回来后曾凡良面临着三大难题，第一是村里没产业、没村财，想做事很难;第二是村里外出劳力多，留下大量的抛荒地无人耕种;第三是村里基础设施薄弱，环村没有一条水泥村路。

面对这样一穷二白的状况，刚上任的曾凡良决定烧"三把火"。第一把火就是鼓励村民发展种植业。他引进南华糖业公司到村里种植甘蔗，利用公司加农户的模式，成功发动村民种植甘蔗 200 亩;同时鼓励村民种植晒红烟 60 多亩，使村里的抛荒地都得到耕种。刚回来时他发现村里无人种植蜜柚，他个人带头种植 1000 多株，同时积极发动村民种植。目前，全村共种植蜜柚 100 多亩，仅种植业一项当年村民人均收入增加 1000 多元。

曾凡良回来烧的第二把火是让村里有条水泥路。为此，他一边发动乡亲投入村容整洁行动中，同时四处奔走，多方筹措资金 20 多万元，加上村民集资 10 多万元，铺设 1.5 公里长的环村水泥路，投入 5 万多元改造 2 座桥栏杆，增加群众出行的安全性。

曾凡良烧的第三把火是让村庄靓起来。他说，每个村庄的村容都是一面镜子，靓不靓那是全村人的脸面，为此他结合村容整洁行动给村庄彻底"洗了一把脸"。2011 年，他通过向上争取多方筹集资金 30 多万元，修建一个老年活动中心、一个篮球场、一座休闲公园，村中绿化 600 多平方米，使昔日的偏远小山村变成远近闻名的生态村。

村里老人曾永清说:"这年轻人有魄力，3 年就能把村庄变了个样。"回家乡任党支部书记 3 年来，曾凡良共为村里争取资金 70 多万元，用于各项公益事业建设。他说，下一步就是在这基础上，积极挖掘历史文化资源，以土楼及廊桥申报第八批省级文物保护单位为契机，把龙岭村打造成一个充满活力的生态旅游乡村。

今天，古村镇旅游是城里人最热衷的旅游项目之一，如果从心理层面来解释的话，似乎可以解释为当今生活在都市里的人们，已经厌倦了那种千篇一律的生活方式、生活形态以及快速的生活节奏。于是回归原始、回归自然成了人们心底最深处的自然渴求。因为那些仍然固守着古老村落和传统的人是这个世界的另外一套模版，它不仅是一种文化的象征，同时它也可以带给人们心灵上的安宁和沉静。同时也带给人们一种内心深处对于这种宁静生活渴望不可即的短暂的满足。

秀峰乡，这里的静静地躺在群山皱褶里的美丽的太极村、土楼和廊桥，正在睁开迷离的眼睛，注视着游人纷至沓来的脚步将她从千年的梦境中唤醒。

# 你心底的那一禅莲

璎 洛

你一低头，我便是你心底的那一朵禅莲；

你一望我，我只是你胸前的那一串璎珞。

——题记

天湖堂位于福建漳州平和县崎岭乡境内，原名庵寨，主神保生大帝俗名吴夲，生于龙海乡村，因为学医济世、游医天下而得到世人的景仰，民众塑像朝拜。然而，主神的位置不摆在殿堂中间，而偏居左边。这里的老人家说，天湖堂自古亦传为"琴地圣迹"。明崇祯四年（1631 年），著名学者黄道周游到此地，登堂朝拜，亲手题写"月到风来"巨匾，赞颂天湖堂的神秀景观。而"琴地"的主穴就在殿堂左边，即保生大帝的神像前面两米处。

这殿内除了供奉道教的保生大帝，还供奉着佛教的观世音菩萨。这对于某些执著于某一教派的坚定信徒便有些不适。其实老子在其著作第一篇即道："道可道，非常道，名可名，非常名。"从《道德经》角度探索心经，说明真理是难以言传的。最好的文字语言在宇宙的规律面前，也"只可意会，不可言传"。而佛陀在讲经论佛时，对"佛"概念的讲述答疑，也表示"理不穷而词已穷"。比如《心经》用了"色"和"空"来代表可见的大千世界和不可见的明净世界。它的"色"不是色彩的色，"空"也不是空空如也、一无所有。这色和空是一种对立，呈现一种状态、一种意境、一种宇宙事物存在方式。所以能心悟的

事物难以语言表达，佛祖只好"拈花一笑"委婉暗示。懂不懂，通不通，都靠自身修行了。所以，不论佛陀，还是老子，他们对事物的理解基本一致，只是表达方式不同。而悟的内容一致，安置于同一寺庙内，未尝不可。调皮点理解，神人之间也需要一个方便交流沟通的场所呀，何必各自建庙，划清各自势力范围，针锋相对？

在我的心里，一个美好的世界，那便是众生平等，不要互相杀戮以求生存。所以放生池在我看来是佛家所造的一个人为天堂、天池。天湖堂内便有这样一座放生池。它原是一口大水塘，云鱼秋荷，佛光无限，消灾除患，成就百万功德。天湖堂内的桂竹飞瀑、枫溪探梅、观音朝霞景区显现一派仙境气象，曾有仙人临境流连忘返，赞"真是天湖仙景也"。因此，这里的沙盘点问迷津特别灵验，据说抗日战争期间，当地百姓求问战争结果，得到中国必胜的签示，更感保生大帝的神明。

说到放生池，我也喜欢福州鼓山涌泉寺放生池周围的景致。一扇破旧的圆拱门，一方不大的池塘，池边两株老树紧挨一起像一对老夫妇携手相依，点点新绿的树叶缀在伞状枝头，探向池塘上空，映着那半池腐烂的枯叶，灵气穿心。底下青绿的塘水却像深山一般古、深、静、浓似要凝成一块墨玉。没有鸟声，此间寂静得让我的心一下老去一个世纪一般。我愿意我的心像这里的老树、旧池塘一般古老安静，连我这个人最好也一起老成一块石头，摆在池边看着这前朝的水、前世的树，生出我今生的情，今生的我又生出前世的情绪。我真愿意它被世人遗忘，乃至荒废，便可予我一块静寂之地，心生烦恼时，便躲入这前世中来，真是令人无比愉悦。

天湖堂则大不同，它没有给人那种拒之千里之外的名山大刹的威严得不可亲近的陌离感，而是以热闹的民俗方式向众生传播它的宗教文化和功德。数百年来，天湖堂的香客游客纷至沓来，香火旺盛。每年农历正月初五，是一年一度天湖堂保生大帝出巡节日。人们用大轿抬着保生大帝，到各社（村）轮流巡视，持续7日。每到一社，锣鼓喧天，彩旗飘扬，鸣炮响铳，热烈欢迎。家家户户备下祭品奉敬，以感谢保生大帝功德，祈求来年风调雨顺、人寿年丰、国泰民安。是夜搭台演戏，神人同娱。到正月十二日，各社善信士女，身着节日盛装，组成龙狮队、彩车、锣鼓队伍浩浩荡荡欢送保生大帝回殿。是日，天湖堂人山人海，热闹非凡。

天湖堂还是崎岭乡社学校址，培育出许多文武贤才，其中一个林姓武进士、一个石姓提督、一个黄姓万户侯、一个陈姓太子少保、四个总兵。天湖堂每年资助奖励当地考上大学的优秀学生，乃至硕士生、博士生。为促进闽台两岸的民俗文化交流，2009年起至今，天湖堂已举办了两届海峡两岸天湖堂民俗文化节。文化节内容以书画家现场表演、书画摄影展、茶艺、桌子艺（铁技艺）、大鼓凉伞、舞狮等民俗表演为主，还有各类体育竞技赛事、龙艺踩街等活动。

在平和，与天湖堂一样同时供奉道教神祇和佛教菩萨的还有侯山宫。它是福建省涉台重点文物保护单位。宫内有许多台胞返乡谒祖时捐赠的物品，如敬献的匾额，捐资建造的碧云室、戏台、八角形攒尖寿金炉和天公炉天井等等，无不体现了闽台同根同源、一脉相承之神缘。

侯山宫的主神玄坛元帅，即商朝纣王的忠臣赵公明（财神爷）。说起财神爷过海后的经历十分感人。清乾隆年间（1736—1795年），巫氏八兄弟从紫极宫带玄坛元帅的金像香火，搭木帆船涉洋过海，从台湾的鹿港登陆，寓于彰化城后建坛奉祀玄坛元帅。后由当地的"老土地公"巫长顺发动境内的善信捐资，择地彰化县溪湖镇西寮里兴建通天宫，香火年盛一年。2008年12月5日，侯山宫举行建宫500周年活动，台湾地区南投、台中、宜兰、彰化、桃园、澎湖等地的侯山宫分宫信众纷纷前来参加庆典。2010 年 10 月 31 日，由台湾道教总庙三清总道院主委郑铭辉率领台湾道教会、台湾道教总庙三清总道院、台湾芦竹慈母宫朝圣团到侯山宫朝圣分灵，进一步确立了台湾财神庙的祖庙就是平和侯山宫。2011 年 6 月，台湾桃园县南崁五福宫主委陈宗贤率领进香团一行 30 多人来侯山宫进香。据了解，台湾桃园县南崁五福宫被列为台湾三级古迹，也是台湾最古老的财神庙。在台湾信徒来侯山宫进香期间，两岸信徒共同探讨了财神文化对当今社会商业道德的提升和作用。

对全世界的华人而言，不论佛教或道教，同样教的都是我们如何做个好人的道理。我这一回要写寺庙的文章，便因为我的名字是璎珞，是伏贴在佛心前的璎珞，求一份美好与吉祥，所以，我终其一生由内至外，极力追求真善美的境界。祈望，佛祖见或不见我，我都能有一颗佛心，修成一朵禅莲，幻作一串吉祥如意的璎珞。

# 走水尪及其他

张 茜

走水尪，且不说它是何事，单单"尪"字我就很生分，问了几位文化程度不低的同事，均不认识。尪：闽南语，丈夫、神的意思。我又问闽南籍文化程度不低的人，还是说，不认得。

2012年4月，我从福州出发去寻访走水尪，还有龙艺、桌子艺、结彩楼，这些都是福建平和特有的民俗活动，据说，已经延续了700多年。

我行走在平和的青山绿水间，天气潮润温和。太阳时而光芒四射，天朗气清；时而雨珠子哗啦啦落下，手中一把花伞，皆可泰然。满山遍野的柚子树时时撞入视野。看脚下，汽车是行走在盘山的省道上；看前面，却好像是闯入了谁家的柚子园；山坡上、谷底里、农人的房前屋后皆是柚子树。平和蜜柚种植65万亩，占全国柚类种植面积的四分之一，被誉为"世界柚乡、中国柚都"。穿行间，我有时会分神地想起被女人称作"完美男人"的世界文化大师林语堂，目光便下意识地寻觅着有关他的丝丝气息，他说："我的家乡是天底下最美的地方。"

走水尪，是平和国强乡高坑村陈姓聚居地从宋代流传至今的一种祭祀活动，700年的风云变化，它该是怎样的沧桑面容。翻开陈氏后人保存完好的褐黄族谱，一场惊心动魄的改朝换代事件烟尘四起。恍惚间：马蹄声声，战马嘶啸，衣袍挥舞，人影腾挪，枪剑震颤，战鼓阵阵响起……

宋代，那个末代幼帝童声未脱的绝望哭声被大海吞噬，人们需要尪的庇护。

元代，陈氏第六世孙陈君用因平李志浦、黄二使叛乱有功，被朝廷封赐为声名显赫的万户侯，从此光宗耀祖。

明代，陈氏支脉扁舟渡海前往台湾岛开拓疆域。

从宋至今，四面环山、活水流淌的国强高坑村，每年正月十一日都举行古朴典雅、风格独特的走水尪祭祀仪式，当然除了那个特殊的年代。2008 年平和县人民政府将其列为第二批县级非物质文化遗产名录之一。

回看南宋末年，宋朝首都临安被伯颜率领的元朝大军占领，7 岁幼主赵昺为躲避元兵追杀而随母南迁。国强高坑一世祖陈概与弟、子、侄等随行护送，元兵水陆追杀，宋军降旗于战船之上。元至元十六年（1279 年）农历三月十九日，丞相陆秀夫见大势已去，仗剑驱使妻子投海自尽。换上朝服，礼拜帝昺，哭着说："陛下，国事至今一败涂地，陛下理应为国殉身。德祐皇帝（恭帝）当年被掳北上，已使国家遭受了极大耻辱，今日陛下万万不能再重蹈覆辙了！"帝昺则给吓得哭作一团。陆秀夫言毕，将黄金国玺系在腰间，背起 9 岁的帝昺奋身跃入茫茫大海，君臣殉国，宋朝灭亡。陈概带着家人杀出一条血路，成功突围，避开追兵，艰难辗转于闽南崇山峻岭之间。

一天晚上，疲惫不堪的陈概一家来到一个十分破烂的五显帝公庙内歇息。睡梦中，一位长着三只眼的彪形大汉对着陈概叫道："赶快上路，追兵将到！"惊醒的陈概赶忙把梦中情景告知家人。一家人觉得，宁可信其有，不可信其无，决定连夜赶路，离开此处。就在此时，陈概听到身后一声咔响，回头一看，只见神龛里一尊长着三只眼的尪像正在摇动。陈概醒悟，当即小心捧起这尊尪像，带着家人迅速离开。行至对面山头，身后的那座庵庙已是火光冲天，陈概望着手中捧着的尪像，心中好生感激。一家人都认为是这尊五显帝救了他们，决定从此把五显帝视为恩公和保护神来供奉。

陈概一家成功摆脱追兵后，就在国强高坑择"雄鹰展翅"的风水宝地，建造五显帝庙，同时供奉王公、王姆诸神，祈求神明庇佑陈家雄鹰展翅、东山再起。

五显帝已被妥当供奉在"雄鹰展翅"的风水宝地之上，陈家人再度思索：飞鹰展翅击水，更显英雄本色。于是，虔诚的陈氏家族开始漫漫岁首一度的祭祀仪式——走水尪。

时隔数十年，陈氏第六世孙陈君用在朝封万户侯，五显帝庙进而易名"侯卿庵"，陈氏家族荣耀的标杆从此高高竖起。

每年正月十一，早上7点，太阳刚刚露出山头，侯卿庵早已礼炮轰鸣，人们认为天地已经对接。陈氏家族有头面的男丁，统一蓝长衫、黑礼帽，肃穆静立神像面前，双手持香，恭敬膜拜，乐声悦耳，礼仪彬彬。鞭炮再度响起，请神，人们将神像抬离供台，坐上早已等候在门外的古老金銮轿，轿上落款告诉我它已经500多岁，敬畏之情油然而生。

起轿，五显帝、王公、王姆出行巡安。

3乘銮轿，每乘两根抬杠，前后各立两位壮汉，统一黄色衫裤，绿绸腰带，旁边一位蓝长衫黑礼帽者扶轿。5人一组，共3组。舞龙、鸣锣开道，抬神像者大幅度地左右摆轿边舞边行，身形矫健，步伐统一，训练有素，让人感受到强力与韵律、协调与奔放、力量与美。各种牌匾、绣品、龙旗、彩旗，鼓乐队，数十节甚至上百节华丽的龙艺随后，浩浩荡荡，迤逦而行于绿色山野间。沿线乡民门口设置香案、供品，神像经过，焚香鸣炮。

巡安进行至下午4时，到达设定地点母亲河花溪源头，3组壮汉将要开始走水尪接力竞赛。

此时花溪两岸，早已人山人海，水泄不通。接力抬轿者红黄绿3队3色汉服，间隔二三十米一个点，沿线布阵，翘首以待。汉子们站立在正月冰冷的溪水中，两手叉腰，原地踱步，跃跃欲试。鞭炮声、锣鼓声、呐喊声，汇成一片激动的海洋。

只见神像乘着銮轿，上下左右颠簸，向前飞奔而来。河底石头、暗坑使奔跑的抬轿壮汉不时趔趄摔倒，虽有扶轿者立即扶起抬杠再跑，却引得两岸围观者尖叫、大笑、跳脚一片。十岁八岁顽童忍不住冲入水中，大人们自顾捧腹大笑，也并不呵斥、抓回。溪边浅水处，无数长枪短炮架立，华服彩面神像，奋力激动的脸庞，奔跑脚步迸出的水花，构成一幅幅最美最动感的影像画面。

尪，完成了一年一度与民间的狂欢，承载了人们对于它的期许，返回了侯卿庵。

走水尪河道，三四百米长，对于陈氏族人来讲，却是从宋走到今，悲壮、豪迈、骄傲。

这是古老而精彩的民俗文化，是运动竞技，是苍鹰翱翔大海雪耻屈辱的威武之气！

同根同脉，台湾嘉义的王灵宫、炳灵公，台中龙井的开漳圣王庙等，都供奉着五显帝，每年都举行着走水尪民俗活动。

平和走水尪有着历史的沉重，龙艺、桌子艺、结彩楼，却如养在深闺的姐妹花，她们的一颦一眸会带你穿越400多年，窥探那个时代的生活景象。他们的出场必定是和吉庆活动分不开的，他们之间相依相扶，可谓异曲同工之妙。

龙艺该是综合体。龙头龙尾和我们通常所见的舞龙没有什么区别，它的"艺"体现在中间的龙段上："艺板"、"艺旦"、"楼阁舟车"；桌子艺（铁技艺）上也有"艺旦"，更胜一筹的是此"艺旦"借了民间能工巧匠的铁"奇器"，能上能下，能翻跟斗，能旋转；结彩楼，便是龙艺上小楼阁的无限放大豪华版了！

清康熙版《平和县志》卷十《风土志》有记载道："民间

结彩架，选童男靓妆立架上，扮为故事，数人肩之以行，先诣县庭，谓之呈春。"这彩架就是龙艺的雏形。

桌子艺，相传由康熙年间平和崎岭乡一林氏铁匠首创，至清咸丰九年（1859年）已设计表演形式8套，现今已发展到12套，被列入非物质文化遗产名录。

新编《平和县志》有记载道："平和结彩楼开始于明代，清朝渐入兴盛。"旧《平和县志》记载："结彩楼极耗人力物力，故不宜举办。如民国15年（1926年），旧县城（九峰镇）民众在东门外接官亭结彩楼3座，竟筹备3年，耗银3万元。"

耳边欢乐的鼓声响起，平和闹元宵有着别样的风情，盛时龙艺、桌子艺、结彩楼联袂出场，接应的鞭炮声此起彼伏，烟花在夜空里绚丽绽放，人们纷纷拥向街头，万人空巷。人们随着龙艺、桌子艺的队伍前行，仿佛所有的人都裹挟其中，县城沸腾。

龙艺是由一段一段的艺板组合而成，视规模可长可短，常有24节、36节、48节等。2007年元宵节，平和小溪镇设计制作的龙艺118节，长达400多米，创下世界吉尼斯纪录。2008年，平和县被正式命名为"中国民间文化艺术（龙艺）之乡"。

桌子艺上的靓妆华服艺旦，鹤立于万头攒动之上，或舞、或翻腾、或摆造型，牵动着无数喜悦而惊羡的眼神。那天，我去崎岭乡政府，刚进院子，迎面一楼走出一群放学的孩子。见我手里拿着一叠桌子艺表演的照片，他们就叽叽喳喳用小手指着推搡着几个孩子，其中一个小光头白皮肤、文静秀气的男孩叫丁丁。我喊他丁丁，他很认真地纠正我，他叫林家成。我蹲下身子揽着他和孩子们一起合影，抚摸着他的后脑勺问："你会在那上边表演吗？"他点点头。"怕不怕？"他摇摇头。"我们林家世代小孩子都出演！"是林家成的爷爷，老人的声音和语气向我传达着荣耀、勇敢和骄傲。他告诉我，每年做桌子艺艺旦的都是他们崎岭林姓人家的孩子。我脑子里闪过，桌子艺的创始者是崎岭林氏铁匠。如今平和崎岭桌子艺已被列入非物质文化遗产名录，这个从康熙年间走到今日的民间智慧，如同贴身的老棉袄温暖着世世代代的崎岭人。

此时，我想起我的家乡，一个紧挨着黄河的黄土高原小县城。七八岁的我，正月十五日徒步10华里去县城看热闹，最吸引我的，最不能忘的，就是高高站在"背走"上装扮成各种戏曲人物的小姑娘们。我曾是那么的羡慕，梦想着有朝一日也能够站立在"背走"上面，可谁都知道，那是城关孩子的专利。我现在做了城里人20多年，家乡的"背走"却成了触动思乡情结时的回忆。

结彩楼被称作"闽南的绝艺"，隐藏于平和的山坳间。年景好了，国泰民安了，农人们口袋鼓胀，心情畅快，便需要一种表达方式。自古高人在民间，结彩楼在人们饱满愉快的情绪里长了出来，一路从明代走来，风风雨雨，却依然枝繁叶茂。它集建筑、彩塑、花灯、游艺、戏曲、书画、纸扎、雕塑和剪纸为一体，形似楼阁，竹木结构，里面陈列民间收藏的古董奇珍，但作用主要用于观赏。平和结彩楼最多一次达到8座，主楼高20多米、5层，上下里外塑有人物数百个，动物、植物不计其数，耗资近百万元。

近观彩楼，两旁立有纸扎的狮子、麒麟、孔雀、鸳鸯、凤凰；几十根朱漆杉木大柱赫然鼎立，每根上面浮雕不同体态的长龙、蛟龙、山冈卧虎；壁上布有剪纸双喜、八卦图及彩塑彩纸的各种花鸟鱼虫、蝴蝶凤凰、飞禽走兽。室内摆放民间收藏的明、清阳羡、荆溪（今宜兴）紫砂茶壶、茶杯、陶罐，景德镇各色各样的大小花瓶，及青花金鱼缸、龙盘、龙碗、盘碟；各种小巧玲珑的彩色陶瓷玩具、茶具、酒杯；陶罐、玉石、宝石、寿山石；朱熹真迹"文明气象"，明末黄道周的山水、松石画，唐寅（唐伯虎）的书画；当地历代秀才、贡生、知县、举人、进士和翰林的诗稿典籍、对联、条幅、字画；木板雕刻，刺绣、云锦、玉雕、漆器等高档艺术精品。此时，人们已经从观看龙艺、桌子艺的亢奋状态中安静下来，脚步轻缓、神态凝重。先是虔诚膜拜楼内供奉着的神明，再一一仔细辨认、欣赏那些珍贵的陈列，享受泱泱千年文化的熏陶。

静静矗立的结彩楼，在青黛色夜幕背景的衬托下，熠熠生辉，宛如遗落人间的琼楼玉宇，那是辛苦了一年或者十年八年的农人心情的存放地。

走水尪、龙艺、桌子艺、结彩楼中，汇聚着"天下最美的地方"人的古老灵魂，是连绵青山皱褶里乡土史诗的鲜活展示，它承载着乡民们岁尾的富足和岁首的期盼，人们需要过着有盼望的生活。

# 后 记

　　四月的平和，春风骀荡、绿意葱茏。由福建省炎黄文化研究会和福建省作家协会组织的文学采风团一行32人走进闽南重镇平和。这里是闻名海内外的蜜柚之乡，也是辉耀八闽的文化名县，还是经过血火洗礼的革命老区。行走在平和的山山水水间，目睹柚乡的巨大变化，撞击着每一位作家心扉的不仅仅是一幅幅扑面而来的绿色生态场景和红色历史画图，还有百姓祥和、百业兴旺景象以及现代工业和城市建设的隆隆脚步声。收入本书的32篇散文、报告文学、访谈录便是这次采风的丰赡成果。

　　这是我们编写的又一本反映我省县域经济发展的纪实文学作品集。借本书出版之际，我们谨向关心支持本书编写和出版的漳州市委、市政府和平和县委、县政府，向为本书提供素材、接受采访的所有单位和个人，向参与本书采访、编写的作家、记者和编辑以及出版社的同志们，一并致以谢忱。

编 者

2012 年 7 月